JN024511

勇者召喚に巻き込まれたけど、
異世界は平和でした 12
灯台
Illustration おちゃう

フュンフ【冥王の手】

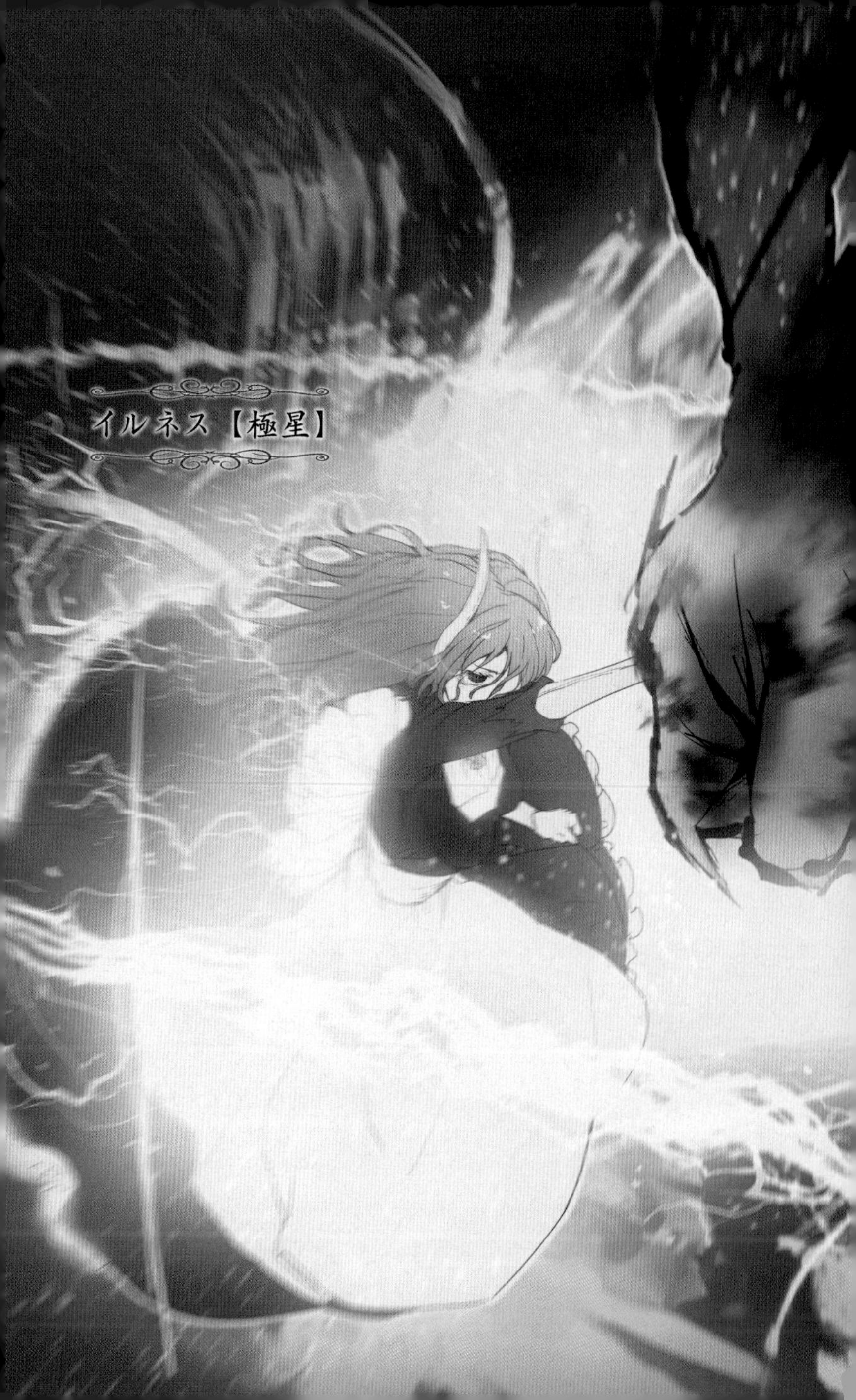
イルネス【極星】

ニーズベルト

灯台
イラスト　おちゃう

新紀元社

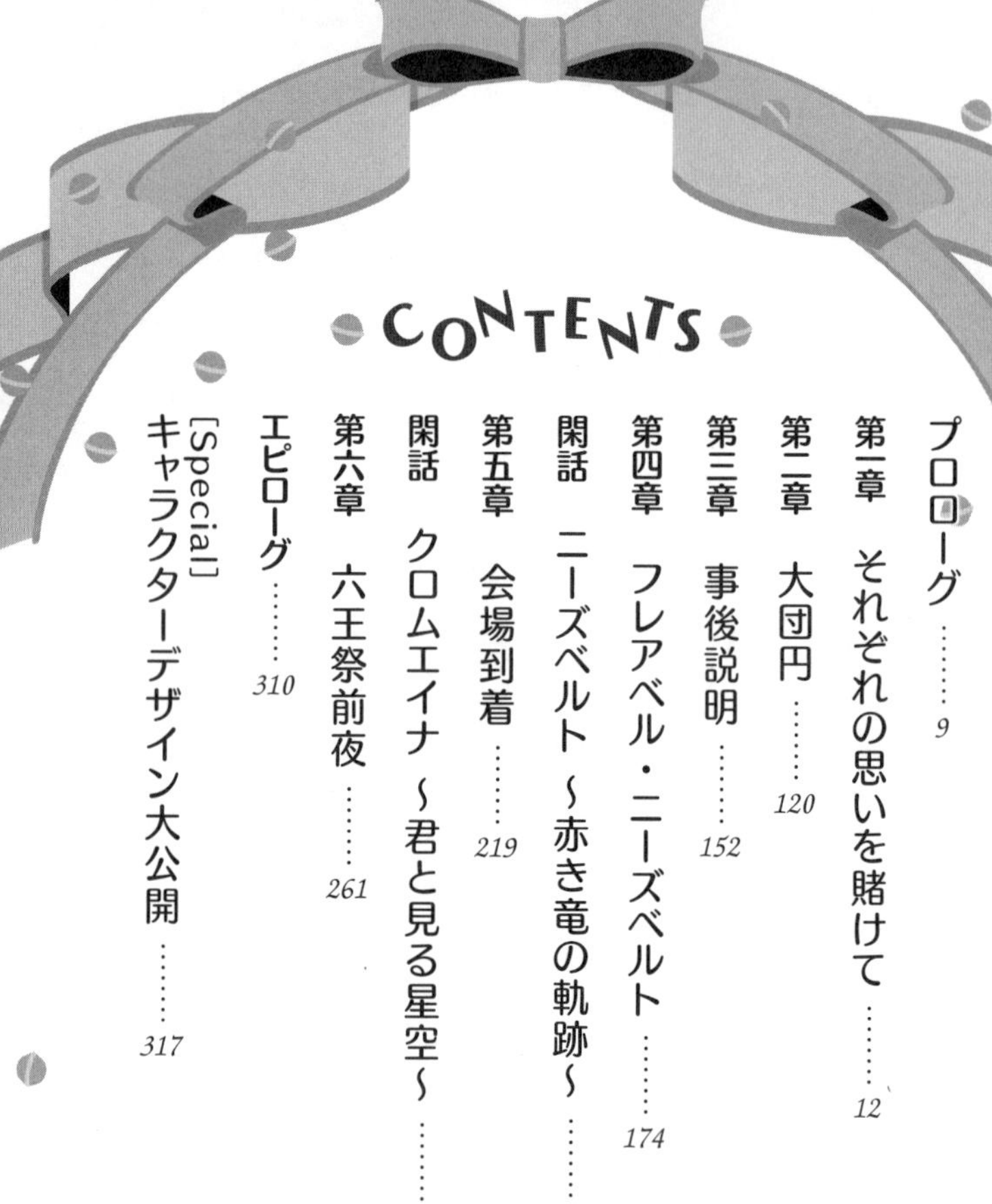

# CONTENTS



## STORY

勇者召喚に巻き込まれ、冥王クロムエイナ、死王アイシス、リリアら、異世界『トリニィア』で出会った存在と特別な絆を結ぶ宮間快人。やがて快人は、この世界で生きていこうと思うように。フィーアが『罪』と呼ぶ過去の真実を聞いた快人は、フィーアとクロムエイナの関係について悩み、心のもやもやが晴れずにいて……。

# CHARACTER

## 異世界転移組

**宮間快人**（みやまかいと）

奇縁に恵まれた大学３年生。穏やかでお人好しな反面、物怖じせず自己主張をするところも。両親を事故で亡くして以来、殻に閉じ籠もっていたが、クロと出会い、前向きになった。『感応魔法』が使える。

**楠葵**（くすのきあおい）

高校２年生。陸上部所属。育ちのよさが窺える優等生だが、意外にもゲーム好き。

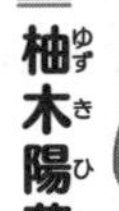

**柚木陽菜**（ゆずきひな）

高校１年生。葵と同じ陸上部所属。天真爛漫だが、少し怖がり。正義とは幼馴染み。

**光永正義**（みつながせいぎ）

高校１年生。陸上部所属。勇者役として各地を訪問するため、快人たちとは別行動。

## 魔界組

**アイン**

クロムエイナの『家族』。万能・凄腕のパーフェクトメイド。クロムエイナ絶対主義者。

**ノイン**

クロムエイナの『家族』。大正時代の日本からやってきた、もと人間。全身甲冑が基本。

**クロムエイナ（クロ）**

冥王。現在は少女の姿だが、実は外見も性別も変えられる。明るく無邪気で、大人びた包容力もある。ベビーカステラと快人のことがお気に入り。

**リリウッド・ユグドラシル**

界王。世界樹の精霊。魔界の六王のなかで最も常識があり、穏やかな性格。アイシスの親友。

**アイシス・レムナント**

死王。この世界で最も恐れられる存在だが、心優しく寂しがり屋。快人を純粋に愛する。

**マグナウェル・バスクス・ラルド・カーツバルド**

竜王。世界最大の生命体である高位古代竜。礼儀を重んじ、魔界の六王のなかでは常識人枠。

**イルネス**

リリアに仕える最古参のメイドで、幻王配下の幹部である十魔の一角、パンデモニウム。

**オズマ**

戦王メギドに仕える高位魔族『戦王五将』のひとり。『静空』の二つ名を持つ。

**メギド・アルゲテス・ボルグネス**

戦王。魔界の六王の一角。好戦的で大酒飲み。通常時、人化時、本来の姿がそれぞれ異なる。

## 人界組

### リリア・アルベルト

公爵家の当主であり、快人たちの保護者。シンフォニア王国国王の異母妹。外見にそぐわぬ怪力で、以前は騎士団にいた。真面目ゆえに苦労性。

### ルナマリア

リリアの専属メイドで親友。有能だが、人をからかうのが好きな困り者。冥王の狂信者。

### アリス

雑貨屋の店主。素顔を晒すのが苦手で、着ぐるみやマスクを愛用。大のギャンブル好き。

### ラグナ・ディア・ハイドラ

ハイドラ王国の国王でマーメイド族。かつて初代勇者とともに魔王を打ち倒した英雄のひとり。

### フィーア

伯爵級高位魔族。医者として活動している。もと魔王。

### アニマ

宝樹祭での戦いで死亡し、快人に仕えるべく甦ったブラックベアー。直情的な情熱家。

### ジークリンデ

リリアのもとで働くエルフ族の女性騎士。喉に負った傷が原因で、声を失った過去を持つ。

## 異世界組

### マキナ

快人の住んでいた世界を創造した地球神エデンを動かしている、本体にして真の神。

## 神界組

### シャローヴァナル（シロ）

神界を統べる創造神。無表情かつド天然な絶世の美女。クロムエイナと親しい。極端なほどの平等主義者だが、快人に興味を抱き祝福を授ける。

### フェイト

運命を司る最高神。驚きの面倒臭がり屋。ニートになって快人に養ってもらうのが夢。

### クロノア

時間と空間を司る最高神。生真面目なために苦労が絶えない。リリアを気にかけている。

### ライフ

生命を司る最高神。穏やかでいつも寝ているが、切れたときはバーサーカーと化す。

# プロローグ

どうするべきか、その答えは出ていない。でも、自分がどうしたいかはわかった。

だからクロと話した翌日、火の二月十三日目……俺は、フィーア先生の診療所の前に転移魔法でやってきた。

しかし、そこには……思わぬ人物が待ち構えていた。

「……やはり、来ましたか」

「ノインさん？」

俺が転移した場所、診療所を正面に見て数ｍほど先に、日本刀を手に持ち、悠然と立つノインさんの姿があった。

「申し訳ありませんが……ここを通すわけにはいきません」

「……」

「貴方に危害を加えるつもりはありませんが、通すつもりもありません……どうか、お引き取りを」

感応魔法で伝わってくるピリピリとした強い感情。ノインさんは、本気で俺を通さないつもりだと、痛いくらいに理解できた。

俺をフィーア先生には会わせない、この先へは通さないと……そう告げたノインさんは、戦闘の構えになるわけでもなく、甲冑の仮面を外し……日本刀を脇に置いてから、地面に三つ指をついた。

「なにを……？」

「お願いします。快人さん、どうかこの件にはもう関わらないでください」

土下座の姿勢のまま、悲痛にすら感じられる声で関わらないでくれと言ってくるノインさん。

もちろんそれで「はい、そうですか」と納得することはできないが、地面に頭を擦りつけるようにして嘆願する姿に、ロクな言葉なんて出てこなかった。

「……理由を聞いてもいいですか？」

「……貴方がフィーアと話せば……彼女は深く傷つきます」

「どういう、ことですか？」

「貴方は、クロム様を救ってくれた……そのことに関しては、心から感謝しています。しかし、同時に貴方は……『フィーアができなかったことを、成し遂げてしまった存在』でもあるんです」

そう告げられると、反論の言葉は浮かばない。あくまで俺は、クロを救おうとして救ったわけではない。それでも、結果から見れば長い呪縛から彼女を解き放つことができた。

それはむしろ誇らしく思うが……なるほど、フィーア先生にとって俺の存在は、自分の無力さを感じるものでもあるってことか。

「……フィーアは、もう何百年も……ずっとずっと苦しみ続けてきました。涙を流しながらいまは亡き被害者に謝り続け、ずっと自分を追い込みながら贖罪を続けてきたんです」

「……」

「フィーアはもう許されてもいいはずです。なのに、彼女は贖罪を止めない。フィーアは自分自身を永遠に許さない。ずっと苦しみ続ける……だから、もう、これ以上フィーアを追い詰めないでください。どうか、そっとしておいてあげてください……お願いします」

「……」

# 第一章　それぞれの思いを賭けて

教会のある通りから離れ、アテもなく足を進める。

頭には先程のノインさんとのやり取りが、ずっと浮かんで離れない。

……俺の見通しは、甘かったのかもしれない。

フィーア先生を上手く説得して、クロと会わせることができれば……それで解決するんじゃないかって思ってた。でも、確かにそれはフィーア先生を大きく傷つけてしまうかもしれない。いま以上に深い苦しみの中につき落としてしまう可能性もある。

できるだけ穏便に片付けたいって思ってた。だけど、ノインさんはそんな俺の前に立ちはだかった。フィーア先生に接触しようとすれば、ノインさんとの衝突は必至……穏便になんて片付くわけがない。

いや、衝突するだけというのならば……俺もクロやフィーア先生のために譲れないと、ノインさんと対峙することはできたかもしれない。

だが、いまにも泣き出しそうな表情で頭を下げ、関わらないでくれと懇願するノインさんを撥ね除けて、無理やりに押し通すだけの覚悟が俺にあるのかと問われれば、きっと俺は答えに詰まってしまう。

クロやフィーア先生のためと言いつつも、ふたりになにかを頼まれたわけではない。むしろふたりとも『いまは会わない』と結論付けているようにも見えた。俺がやろうとしていることは、ただ場をかき乱すだけなんじゃないかと、そんな考えが頭をぐるぐると回っている。

いや、それも……たぶん言い訳だ。俺はきっと怖いんだろう。ノインさんとはいままで仲良くやってこれたと思う。友人だと思っているし、ノインさんの方もそう思ってくれているだろう。

俺は結局、そんなノインさんと……友だちと対立するのを恐れているだけなのかもしれない。

「はい！　まいどあり、『超激辛クッキー』だ」

「んっ」

もやもやとした気持ちを抱え、俯きながらトボトボと歩いていると、そんな声が聞こえてきて、反射的に顔を上げる。

すると、見覚えのある方と目が合い……その相手は、心底嫌そうに顔を歪めた。

知り合いなのにここまで辛辣な反応をするのは……間違いなく、以前ハイドラ王国に行った時に知り合った災厄神……シアさんだ。

「……シアさん」

「ちっ」

この容赦ない舌打ちである。

シアさんはそのまま俺をジロリと睨むと、苛立ったような口調で口を開く。

「……なんだその、腑抜け切った顔は。見ていてイライラする。理由があるんなら、言ってみろ……どうせくだらない話だろうが、聞くだけ聞いてやる」

「……」

怒気満載の声ではあるが……あれ？　これ、もしかして「浮かない顔してるぞ、どうしたんだ？　よければ相談に乗ろうか？」ってこと？

あ、相変わらず、わかりにくい優しさ……。

「え、えっと、では、少し相談してもいいですか？」

「ちっ」

「……え？　あ、いや、無理にとは……」

「なにをしてる、さっさと来い。そこの広場にベンチがある。私は暇じゃないんだ。手短に話せ」

う、うん。やっぱりなんだかんだ文句言ってても、ちゃんと話は聞いてくれるらしい。

俺はシアさんに連れられ、近くにある広場のベンチへ移動し、シアさんと並んで座ってから、今回の件について話し始めた。

シアさんがどこまで知っているかわからなかったので、最初にそれとなく「フィーア先生という医者について」とお茶を濁しながら話しだしてみた。すると、「ああ、元魔王のことか」と返ってきたので、シアさんは事情を知っていると認識して、すべてを話すことにした。

フィーア先生のこと、クロのこと、ノインさんのこと……俺はどうすればいいかわからないということ。

そのすべてを話し終えると……シアさんは、心底つまらなそうな顔を浮かべる。

「……馬鹿か、お前は？　初代勇者も呆れ果てた大馬鹿だが、お前はもっと酷い」

「うぐっ……い、いや、俺だって馬鹿なことを考えてるってのは……」

「そうじゃない。人間風情が、どこまで思い上がる気だと、そう言っている」

「なっ⁉」

シアさんは冷たい目で俺を睨みつけながら、厳しい一喝を浴びせてくる。

「お前は、自分が救いたいと思った相手……そのすべてを救えるとでも思っているのか？　思い上がるな。お前は矮小な存在だ。お前ひとりじゃ、ロクなことなんてできやしない」

「……それは、俺だって……」

「わかっているというなら、なぜお前は『ひとり』でここにいる？」

「え？」

「……お前は矮小だ。だが、お前はその気になれば、この世界の根底を変えることすらできる力を持っているはずだ。なぜ、それを使わない？」

「……そ、それは……」

シアさんはつまり、こう言いたいみたいだ。なぜ六王や最高神の力をアテにしないのかと。なぜ、周りに助けを求めないのかと……。

正直、今回の件に関しては……六王は皆、当事者であり、フィーア先生とも家族だから、関わらせたくなかった。

それはなぜか？　ああ、そうだ……どうあっても、フィーア先生を傷つける結果になるって、ノインさんに言われるまでもなくわかっていたからだ。

そんなことを考えていると、不意に胸倉を掴まれ、シアさんが俺を睨みつけてきた。

「……甘ったれるな。お前は初めから部外者で、その上、問題はかなりデリケート……穏便な解決なんてないんだよ」

「っ⁉」

「なら、どうする？　あくまで小奇麗なままで、友だちとは戦いたくない、だから平和的な解決を～と偽善者面をするか？　それとも、泥にまみれても……己の我を押し通すために牙をむくか？　お前自身で考えろ！」

「……シアさん」

「お前は清く平和的な聖人か？　それとも、我儘で醜い獣か？」

そう告げてシアさんは俺の胸倉から手を離し、ベンチから立ち上がる。

その光景をぼんやりと眺めながら……不思議と俺の頭の中では、もやもやしたナニカが晴れていく気がした。

そしてその直後に突然、頭の中にある言葉が思い浮かんできた。

――戦いの結果、勝者が正義、敗者が悪として語り継がれることになった未来で、敗者が悪になったことを誰よりも嫌だと思ったのは誰でしょう？

どこで聞いたのか、誰から聞いたのかわからない言葉……しかし、やけに鮮明にハッキリと頭に思い浮かぶ。

――それは敗者自身かな？　それとも敗者と親しかった人たちかな？　それとも……思いをぶつけあって戦ったが故に、誰よりも敗者の想いを理解している勝者かな？

順に頭に思い浮かぶ、フィーア先生の顔、クロの顔、そして……。

――最高の結果に辿り着くために、君が救わなくちゃいけない相手はひとりじゃない。

ああ、そうだ。そうだった……俺はなにを見ていたんだろう。いたじゃないか、目を向けなければならない相手が、『いまにも泣きだしそうだった人』が……。

そして、シアさんの言う通りだ。俺は初めから部外者で、発端なんて俺の我欲……クロとフィーア先生に仲直りして欲しい、クロの悲しむ顔は見たくない。そんな身勝手な欲望だ。

ようやく自分がなにをすべきか……なにをしたいのかが、鮮明になってきた。

「……長く話し過ぎたな、あとは勝手に悩め」

「シアさん！」

「うん？　まだなにかあるのか？」

その場から去ろうとしていたシアさんを、大きな声で呼びとめる。

そしてシアさんが振り返ると、俺は即座に立ち上がって頭を下げた。

「ありがとうございました！」

「……ふむ、つまり、そういうことか？」

「……はい。どうやら俺は我儘で醜い獣の方だったみたいです。俺はフィーア先生とクロを再会させたい……いや、無理やりにでも再会させたい。そして、『三人』を救いたい！」

「ほう……三人と来たか、なるほど、面白い。なら、六王の力を借りるのか？」

「……いえ、六王の力を借りないことは最初に決めました。最高神に関しても、どこまでフィーア先生と関わりがあるのかわからない以上、助けは求めません」

「それは、まぁ、ずいぶんとワガママなことだ……なら、どうやって初代勇者を突破する？　お前がどういうつもりであれ、ワガママを押し通すのであれば戦いは避けて通れないぞ」

試すような口調ながら、どことなくその言葉には優しさがあった。

まるでこれから俺が言おうとしていることは、すでにわかっているとでも言いたげに……。

「俺ひとりじゃ、ノインさんの攻撃を掻い潜ってフィーア先生のもとには辿り着けません……だから、お願いします！　力を貸してください！」

一度顔を上げてからもう一度深く頭を下げ、シアさんに力を貸してほしいと伝える。

シアさんがフィーア先生と直接の面識はなく、あくまで知っているだけというのは先程聞いたし、実力も申し分ない。

そんな俺の頼みを聞いたシアさんは、少し沈黙したあと……どこか楽しげに口を開いた。

「……ふんっ、さっきまでよりはマシになったな」

「……じゃあ」

シアさんの声を聞いて顔を上げると、彼女は微かに口もとに笑みを浮かべたあと、俺の方に手を差し出してきた。

「いいだろう、『カイト』。私は慈悲深い女神だ……力が欲しいと頭を下げるなら、応えてやろう！」

そうして初めて俺の名前を呼び、シアさんは協力を快諾してくれた。

シアさんは俺への協力を約束してくれると、そのますぐに身を翻す。

「……急ぐぞ、おそらく時間は限られている」

「え？　ど、どういうことですか？」

「初代勇者の言葉を、額面通り受け取り過ぎだ。なぜ、初代勇者がこのタイミングで妨害してきたか……お前を阻止すると言っても、不眠不休で永遠にというわけにはいかないだろう？　なら、本当の目的はなんだ？」

「……時間、稼ぎ？」

早足で歩くシアさんのあとを追いながら、シアさんの言葉に聞き返す。

「あくまで予想だがな……魔王はこの街から姿を消す気だ」

「なるほど」

「すぐに消えなかったのは、担当患者の引き継ぎのためか……ともかく、時間との戦いだ。姿を消されれば、幻王に頼らざるを得なくなる……六王の力に頼ってしまうということは、お前にとって一種の敗北だろう？」

「はい」

「……まぁそう、気負うな。少なくとも、初代勇者が妨害しているいまなら、まだ、確実に魔王はいる」

人通りなんてまったくない裏道をすり抜けるように進みながら、シアさんは話を続ける。

「先に言っておく、先程はお前を試すために聞いたが……この件には、そもそも神界及び神族はまず関わらない。最高神様の助けは期待できないと思っておけ」

「え？　そ、そうなんですか？」

「……暗黙の了解というやつだ。お前が関わろうとしているこの問題は、この世界で一種のタブー……まぁ、そもそも知っている者自体が少ないが、最高神様も六王もこの件には不干渉を貫いている」

「……え、えっと……シアさんは、その、俺からお願いしておいてなんですが……大丈夫なんですか？」

元魔王であるフィーア先生の件は、やはりというべきか、かなりデリケートな問題らしい。

だからこそ、神族であるシアさんが俺に手を貸しても大丈夫なのかと尋ねると、シアさんはこちらを見てにやりと笑う。

「言っただろう？　『暗黙の了解』だ……別にシャローヴァナル様から命令があったわけじゃない。それに私は、もともと神界でも『変わり者』だからな、たいした問題じゃない」

「……シアさん」

「さて、無駄話は終わりだ……着くぞ」

気を引き締めるような言葉と共に、広い道……教会と診療所の向かいに出る。

やはり人通りはなく、診療所の前にはノインさんの姿だけがあった。

ノインさんは俺たちを見ると、即座に立ち上がり、日本刀を手に持ちながら話しかけてきた。

「……どうして、戻ってきたのですか?」

「すみません。ノインさん……やっぱり俺は、諦められません」

「くっ……なんでわかってくれないんですか⁉　もうこれ以上フィーアを苦しめないでください!」

「でも……」

「なにも私は、貴方が間違っていると言っているわけではありません!　可能性を感じていないわけでも……いえ、むしろ貴方ならもしかしたらと、そう思っています……でも……失敗すれば、フィーアはいま以上の傷を負う」

「……ノインさん」

　確かに俺のやろうとしていることは、百%成功するという確証があるわけではない。この世に絶対確実なんてないと言ってしまえばそれまでだが、ノインさんはそのリスクを甘受できないとそう言っている。

　だからと言って、俺もいまさら引くつもりはない。ノインさんに反論しようとすると、丁度そのタイミングで愉快そうな笑い声が聞こえた。

「ふ、ふふふ……ははは!」

「……シアさん?」

「……何者ですか?」

　うん?　ノインさんは、シアさんのことを知らないのか?　そういえば表にはほとんど出ないって言ってたし、災厄神という存在は知っていても、直接会ったことはないのかもしれない。

　そんなことを考えていると、シアさんはひとしきり笑ったあとで俺の方を向いて笑みを浮かべる。

「……喜べ、カイト。前言撤回だ……お前も馬鹿だが、アイツの方が救いようのない大馬鹿だ」

「なっ……いきなり、なにを……」

「どんな心持ちで立っているのかと思えば……ごっこ遊びなら余所でやれ」

「……どういう、意味ですか？」

　煽るようなシアさんの言葉を聞き、ノインさんは怒気を強めながら聞き返す。

　しかしシアさんはまったく気にした様子もなく、笑みを浮かべたままで言葉を続ける。

「単純な話だ。てっきり私は、間違いに気付いていない馬鹿なんだと思っていたが……実際は、気付いた上で甘っちょろい友情ごっこに酔っている大馬鹿だったと、そういうわけだ」

「……貴女に、いったいなにが……」

「『お前になにがわかる』か？　思考停止した馬鹿の常套句だな……やれやれ……囀るなよ、小娘」

　怒りに震えるノインさんに、笑みを消したシアさんが冷たく告げる。

「ああ、そうさ。この件に関しては、私もこいつも部外者……だが、当事者のお前たちはなにをしていた？　千年の間に、間違いになんてとうに気付いているんだろう？　正そうとしたのか？　対峙したのか？　なにもしていないのなら……それは逃げているのと同意だと、理解しておけ」

「ぐっ……」

「友が道を誤ったら、一緒に心中してやるのが友情だとでも思っているなら……そんな甘え果てた関係は、いますぐ止めてしまえ！」

「ッ⁉」

「友の過ちと向かい合い、それを否定する勇気もないお前に比べれば、己の我で引っかき回そうとするコイツの方が何倍もマシだ」

「……」

シアさんの気迫ある声に思わずといった感じで言葉を失うノインさん、しかし警戒心とでもいうべき感情は消えておらず、空間全体がピリピリとしているような気がした。

このまま戦いが始まるのだろうかと、そう思った直後……異変が現れた。いや、気付いた時には周囲の風景が変わっていた。

先程までいた場所と同じ地面なのは間違いないのだが、教会前の道がまるで巨大なグラウンドのように広くなっており、あまりに広すぎて俺の視力ではフィーア先生の診療所は見えなくなっていた。

「……大規模空間結界か」

「シアさん？」

「カイト、なぜこの件が世界的にタブーとされているか、その最大の理由はこれだ。この件に関わると、ワラワラと湧いて出てくるわけだ。家族だのなんだのと呼び合う連中がな……」

シアさんの言葉に呼応するように、ノインさんの後方に二十ｍを超える巨大な甲冑……フュンフさんが出現し、その前には豪華な服に身を包んで浮遊するリッチ……ゼクスさんが現れた。

さらにそれだけではなく、ラズさん、アハト、エヴァといった見覚えのある方や一度も見たことのない方も含め、クロの家族と思わしき人たちが次々とその場に現れる。

「……この件に関わるということは、すなわち冥王陣営と敵対するに等しい行為と、そういうことだろう？　死霊の大賢者？」

「いやはや、まさか災厄神様がいらっしゃるとは、いきなりずいぶんと大誤算ですなぁ」

「ゼクスさん……」

「ゼクス様⁉　な、なぜここに……」

うん？　俺だけじゃなくてノインさんも驚いている？　ということは、ノインさんはゼクスさんたちが来ることを知らなかったってことなのか？

「水臭いですな、ノイン殿……一声かけてくだされればよいのに……まぁ、ミヤマ殿だけであれば出てこないつもりでしたが、災厄神様となると……いまの貴女には少々荷が勝ち過ぎていますな」

「お前たちも、そこの大馬鹿勇者と同じ考えというわけか？」

「どちらを重要視するかですなぁ……リスクとそれで得られるものを秤にかけた時、そのどちらを重要視するかはそれぞれでしょうな……どうも年を取ると保守的になってしまいまして、残念ながら我々は、リスクを重要視してしまうのですよ。故に、ノイン殿の側につかせていただきます」

ピリピリと肌を刺すような空気の中、シアさんとゼクスさんが言葉を交わす。

そしてその直後に、巨大な甲冑が解除され、フュンフさんが姿を現す。髪の毛はピンク色に染まっており、彼女が臨戦態勢であることがわかった。

「……ごめんね、カイト。クロム様を救ってくれた君には感謝しているし、個人的にも気に入っている。だけど、この件に関わるなら……君は私の敵だよ。誰にも、フィーの邪魔はさせない」

強い覚悟の籠ったフュンフさんの言葉……そういえば、フュンフさんはいまは離れて暮らす本当の姉妹のように仲のいい家族がいると、そう語っていた。おそらくそれは、フィーア先生のことなんだろう。

「この結界は少々特殊でしてな。空間隔離結界の一種で、中から外へ出ることは困難ですが、外からは簡単に入れるようになっております……まぁ、それでも最低限の実力がなければ、見つけることも入ることもできませんので、一般人を巻き込むことはありません」

「……」

「ああ、安心してください。この結界は空間を複製して隔離するものですので、ここの建物を壊したとしても実際に影響はありませんよ」

「……城門の巨兵に死霊の大賢者、それ以外に伯爵級が十体……子爵級、男爵級……爵位級でない高位魔族も合わせると、数えるのが馬鹿らしい数だな」

シアさんの言う通り、目に見えるだけでとんでもない数の援軍……爵位級だけでも百を優に超える高位魔族が並び立っていた。

驚愕する俺の方に視線を動かしたあと、ゼクスさんは淡々と語り始める。

「我々は、ずっと後悔しておりました……千年前、フィーア殿をひとりで思い悩ませてしまったことを……故に、今回は家族としてフィーア殿を援護させていただくことにします」

「なるほどな……ふふふ、ははは」

ゼクスさんの言葉を聞いたあと、シアさんはなぜか愉快そうに笑い出し、そしてゼクスさんの方を向いて告げる。

「……ずいぶん『少ない』じゃないか、絆に厚い冥王陣営にしては珍しいな。どうもコイツは、お前たちにとって相当厄介な相手らしいな」

「……え？」

「魔界唯一の公爵級もいない、ナンバー二と謳われる魔導人形もいない、爵位級の数も冥王陣営の総数から考えれば少なすぎる」

シアさんがそう告げると、ゼクスさんは軽く溜息を吐きながら口を開いた。

「……ええ、その通りです。まったく、ミヤマ殿、貴方は本当に恐ろしいお方だ」

「へ？　え、えっと……」

「今回の件、貴方が動くのは予想ができておりました。だからアイン殿にも助力を願った。彼女が来てくだされば、それですべて片付いたはずでした……」

ゼクスさんの言葉を聞き、居並ぶ魔族を見回してみるが……確かに、アインさんの姿はない。

「アイン殿にはこう言われました。『もしその構図で戦いになれば、私は迷うことなくカイト様の味方をします。私が家族としてできる最大の譲歩は……いまの話を聞かなかったことにするだけ、二度目はありません』……とね。それ以外にも、アイン殿と同じように貴方を支持する者、すぐに答えは出せぬと保留にする者、どちらにも味方せずに経過を見守る者と……ずいぶん意見が割れました」

「……」

「貴方が相手でなければ、こうはならなかった。それだけ、クロム様を救った貴方という存在は、我々にとって大きいのですよ。実際にこうして対峙しているワシとて、貴方ならもしかしてという気持ちがないわけではないのですよ……それでも、貴方を通すというわけにには行きませんがな」

ゼクスさんは俺がやろうとしていることが上手くいく可能性もあるとしたうえで、それでも失敗の可能性を無視はできないと、そう言って対峙している。そこにはフュンフさんと同じ確たる決意が宿っており、なんとなくではあるが説得するのは不可能だと理解できた。

「それで、この数というわけか……舐められたものだな、この程度で私に勝てるとでも……」

「いいえ、『思っていませんよ』」

「……なに？」

挑発するようなシアさんの言葉に、ゼクスさんはアッサリとシアさんに勝てないことを認める。

さすがのシアさんも怪訝そうな表情に変わるが、ゼクスさんは気にした様子もなく言葉を続ける。

「貴女は名こそ広く知られておりませんが、その実力は六王様に匹敵します。我らが何体集まろうと、勝てないのは道理ですな……ですが、そんな強い貴女にも『弱点』がある。そのための、量ですよ」

「……ちぃっ」

シアさんの実力が六王級だと語った上で、ゼクスさんはそんなシアさんに弱点があると告げる。

それが的外れな言葉ではないことは、シアさんの忌々しげな舌打ちからも理解できた。

「……貴女は、ワシの知る限り、神族の中で最も優しく慈悲深い。助けを求める者には手を差し伸べ、悩める者には助言を与える……そしてなにより、貴女は敵対した相手でも決して殺さず、重傷を負わせずに無力化することに矜持を持っておりますな」

「……」

「貴女に勝つことはこの戦力では不可能です。しかし、実力もバラバラでこの数……いかに貴女とはいえ、殺さずに無力化させるには、しばし時間がかかるのではないですか？」

「くっ……大した性格の悪さだ」

「貴女の優しさを利用するような策……罵倒は甘んじて受け入れましょう。非力な身ですので、貴女を止めるためにはなりふり構ってはおれんのですよ」

シアさんが大きな力を持ち、優しい方だからこそ……手加減をしながらこの数を無力化するのは難しい。

そもそもゼクスさんたちの目的は、シアさんに勝つことじゃなくて時間稼ぎ……長期戦になればなるほど、こちらは不利になる。

「さぁ、どうします？　ミヤマ殿……それでも、たった二方で挑んできますか？」

「……」

どうする？　『切り札』を使うか？　いや、ここで使えば、フィーア先生と話すのが困難になってしまう。

必死に頭を動かしながら打開策を考えようとしたとき……静かな、それでいて力強い声が聞こえてきた。

「……ふたりだけ、というわけではないみたいですよ？」

「ぬっ……」

「いえ、たまたま王城に用事で出向いていたのですが……その帰りにカイトさんを見かけましてね。なにやら深刻そうな表情だったのであとを追って来ましたが……いや、本当に驚くような状況ですね」

掌に出現させたマジックボックスから、その細身には不釣り合いな大剣を取り出しながら、もの凄く頼りになる方が来てくれた。

「……正直、まったく事情はわかりません。が、どちらに味方するかは、考えるまでもありませんね」

「リ、リリアさん⁉」

「……手を貸しますよ、カイトさん。なんと言っても、私は貴方の……恋人ですからね」

俺のもとに駆けつけてくれたリリアさんは、俺の斜め前に立ち、大剣を構えながら苦笑する。

「う～ん。こんなことになるなら、ルナかジークあたりを連れてきておけばよかったですね」

「……これはこれは、まさかここで、人間族最強と謳われる『白薔薇の戦姫』殿の登場とは……いやはや、一筋縄ではいきませんな」

「で、できれば、その恥ずかしい二つ名は……」

リリアさんの登場に感嘆したように拍手をするゼクスさんだが、その表情にはまだ余裕がある……いや、骸骨なので表情はよくわからないが、なんとなく余裕そうな気がする。

「……使える奴が来たな。上出来だ……白薔薇の戦姫」

「え、えっと、災厄神様……で、よろしかったですか？」

「ああ」

「お初にお目にかかります。お邪魔かもしれませんが、力添えさせていただきます」

「有象無象なら邪魔なだけだが、お前なら話は別だ……初代勇者を押さえられるか？」

どうやら俺が認識している以上にリリアさんは有名らしく、シアさんもリリアさんを評価しているみたいだ。

そして、シアさんはリリアさんの隣に並びながら……ノインさんと戦えるかどうか尋ねる。

「できる限りはやってみます……まさか、伝説の勇者様と戦うことになろうとは……」

「油断するなよ……腑抜けてはいるが、アレでもかつては人間の身で伯爵級を打ち破った化け物だ」

「ええ、残念ながら……加減する余裕はなさそうです。本当に、久しぶりです……本気で戦うのは！」

瞬間、リリアさんの体から稲妻のような光が迸る。信じられないことだが、それは魔力……攻撃用の魔法ではなく、純粋な魔力だった。

そのリリアさんの様子を見て、ノインさんは油断なく日本刀を構えながら言葉を発する。

「……噂には聞いていましたが、この目で見たのは初めてですね。これが『高密度魔力体質』……ですか」

「常人の数十倍、術式を介さずとも目視できるほどの魔力密度を持つ特異体質……ノイン殿、彼女を人間族だと侮らない方がいいでしょうな。アレはもはや……『人間という種の特殊個体』と言っていいでしょう」

バチバチと雷光のような魔力を迸らせるリリアさんを見て、ゼクスさんたちも明らかに警戒を強くする。

「……さて、残りは私がまとめて相手をするとすれば……厄介なのは城門の巨兵だな。有象無象はともかく、伯爵級十体に、死霊の大賢者と城門の巨兵、二体の伯爵級最上位は中々に骨が折れそうだ」

「申し訳ありません、さすがに私ではあの方々には歯が立ちません」

「やれやれ、どこも人手不足か……」

「では ぁ、そちらはひとり～私が受け持ちますよ ぉ」

「「ッ⁉」」

突然聞こえてきた声に驚愕する。特に俺とリリアさんはその声の主に心当たりがある。そして振り返った俺たちの視線の先に、こちらに向かって歩いてくるイルネスさんの姿が見えた。

「イルネスさん⁉」

「イルネス？　ど、どうしてここに……」

「買い出しの途中でぇ、カイト様の姿を見かけたのでぇ」

穏やかな微笑みを浮かべながら、軽く一礼をするイルネスさんに、俺とリリアさんは戸惑いの気持ちが収まらない。だって、正直イルネスさんって戦う方っていうイメージがまったくない。

シアさんも、現れたイルネスさんを見て、なにやら怪訝そうな表情を浮かべている。

「……お前が援軍？　相手が誰かわかって言っているのか？」

「はいぃ。私も～伯爵級高位魔族ですのでぇ、ご迷惑は～おかけしないかとぉ」

「「は、伯爵級高位魔族⁉」」

イルネスさんが伯爵級高位魔族⁉　そんなの完全に初耳なんだけど……いや、確かに凄い方だとは常々思っていたが……というか、リリアさんも滅茶苦茶驚いてるってことは、リリアさんも知らなかったのか。

「イ、イルネスが伯爵級高位魔族って、そんなの初耳ですよ⁉」

「聞かれませんでしたのでぇ」

驚くリリアさんに対して、イルネスさんはいつも通りといった様子で言葉を返す。

「い、いや、確かに爵位級かどうかなんて聞いたことはないですが……」

シアさんはイルネスさんに対し、まだ少し怪訝そうな表情を浮かべていたが……そこである人物の雰囲気が変わった。

「……ゼクス、私がやる」

「フュンフ殿？　お知り合いですか？」

「すれ違った程度だけど……たぶんかなり身体能力が高い近接型」

「なるほど、確かにワシは相性が悪そうですな……しかし、はて？　あの名前、昔どこかで聞いたような……」

どうやらフュンフさんがイルネスさんを迎え撃つらしく、鋭い目をイルネスさんに向けていた。

「大丈夫なのか？　同じ伯爵級とはいえ、相手は最上位……六王幹部級だぞ？　お前は見た感じ、伯爵級中位レベルに見えるが……」

「はいぃ。厳しい相手ではありますがぁ、十分に勝算はあるかと～思いますよぉ」

「まぁ、本人がいいというならそれでいい。なら、残りは私がまとめて相手をしてやる」

そう告げてシアさんは大鎌を構え、それに呼応するようにリリアさんも大剣を構える。その動きに反応してノインさんも日本刀の柄を親指で少し押し上げ、フュンフさんも拳を握り締める。

ゼクスさんとイルネスさんは自然体といった感じで佇み、他の魔族たちもそれぞれ武器を手に持つ。

まさに一触即発……いまにも戦いが始まりそうなピリピリとした空気の中、突如それを裂くように聞き覚えのある声が上がった。

「待ってくださ～い‼」

「……え？」

「……ラズ殿？」

緊張した場に飛び出してきたのは、小さな体で可能な限り大きな声を張るラズさんだった。

ラズさんはこの場の中心、俺たちとノインさんたちの真ん中あたりまで移動し、視線を俺に向ける。

「……カイトクンさん」

「ラズさん？」

「……フィーアお姉ちゃんは、いっぱいいっぱい苦しんでるです。泣いてるです」

まるで俺を見定めているかのように、ラズさんは俺の目を真っ直ぐに見つめながら話す。

「ラズは頭はよくないです。でも、フィーアお姉ちゃんが昔悪いことをして、ずっとそれで泣いてるのはわかります……だから、だから……」

「……」

……説得、だろうか？　いまさら、なにを言われたところで引くつもりはない。それは、折角協力してくれてるシアさんやリリアさんやイルネスさんに失礼だし、なにより俺も納得できない。

しかし、純粋で真っ直ぐなラズさんを強く否定するのも心苦しいな……。

そんな風に考えながら、ラズさんの次の言葉を待っていると、ラズさんは一度顔を伏せてから……強い決意の籠った目で顔を上げ、俺に向かって口を開く。

「……カイトクンさんは、フィーアお姉ちゃんを助けてくれるですか？」

「……え？」

「クロム様を助けてくれたみたいに……フィーアお姉ちゃんも……笑顔にして、くれるですか？」

「……」

それは、説得ではなく、心からの問いかけだった。

大事な家族を救ってくれるのか。

多くの言葉を連ねなくても……その重みは十分に理解できた。

「……絶対にとは、言えません。自分が部外者だってことも、理解しているつもりです。でも、このままじゃいつまでたっても変わらないとは思っています」

「……カイトクンさん」

「救う、なんてうぬぼれたことは言いません……でも、笑顔になって欲しいと、心から笑って欲しいと、そう願っています……フィーア先生にも『もうひとり』にも……」

「……」

「だから、確約はできません。でも、がんばりたいと……そう、思っています」

ラズさんの言葉に心からの思いを返す。『三人共』笑顔になって欲しいと……。

俺の言葉を聞いたラズさんは、目を閉じてなにかを考えたあと……ニッコリと笑みを浮かべる。

「……わかりました。じゃあ、ラズはカイトクンさんを応援するです！」

「え？　ラ、ラズさん？」

俺を応援する……そう告げると、ラズさんはこちらに移動してきて、小さな弓を手に持ち、俺を庇うように前に浮く。

それがこちらに味方してくれるという意味だと理解したタイミングで、さらにふたりこちらに移動してくる。

「まぁ、そういうことになりやした。すいませんね、ゼクスの旦那」

「すみません、フュンフ姐さん、うちの相棒がそう言ってるんで……ラズ姐、あたしたちもそっちにつきますよ」

「アハトくん！　エヴァさん！」

青い角のオーガ族、アハト。銀色の毛の黒狼族、エヴァ。俺の知り合い……いや、友人であるふたりも、こちらに協力してくれると告げて、ラズさんの隣に並び立つ。

「アハト……エヴァ……」

「おいおい、なんて顔してんだ、カイト。別におかしなことじゃねぇ。ダチと家族、どっちかなんて選べねぇ。なら、上手くいけばどっちも笑顔になれそうな、お前の方につくってことだ」

「まぁ、あたしらは学なんてないからねぇ、リスクだなんだと、小難しいことは考えないようにしてるんだよ。つきたい方につく、それだけさ。悪いね、ゼクスの旦那」

「いえいえ、予想してなかったわけではありませんので……ほほほ、やはり、ミヤマ殿は恐ろしいですな」

「本当にね。だけど、それぞれの選択を強制もできないよ。ただ、戦うことになれば手加減はしないから、覚悟してね」

ラズさん、アハト、エヴァの三人がこちらに加わることに、ゼクスさんもフュンフさんも文句は言わず、それぞれの意思を尊重した。

ただ、なんだろう？　気のせいかもしれないけど……ゼクスさんはなんだか少し、嬉しそうに見えた。

＊＊＊＊

戦闘開始の合図なんてものはなく、初めに動き出したのはリリアとノインだった。

高密度魔力体質……常人の数十倍の密度をほこるリリアの魔力は、同じ魔力量でも通常より遥かに強大な効果を得ることができる。

全力の身体強化魔法により人知を超越した膂力（りょりょく）で、リリアは一歩目からトップスピードでノインへ迫る。

魔力が雷光となって迸り、体のバネを十分に使った大上段からの振り下ろし。ノインはそれに素早く反応して回避する。

虚空を切った大剣が地面に当たると、まるで砲弾でも着弾したかのような轟音があがり、地面に亀裂が入る。

しかしノインとて戦闘経験豊富な強者。回避するだけではなく、瞬時にリリアの周囲に複数の剣や槍を魔力によって造り出し、それを一斉にリリアに向かわせた。

「……」

しかしそれらはリリアが振るう大剣の一振りで弾き返され、その威力にいくつかの剣はへし折れた。

リリアは紛れもない天才である。それは、彼女が高密度魔力体質と呼ばれる特異体質だから……ではない。

高密度魔力体質など、リリアの強さのほんの一端……こと戦闘において、リリアはあらゆる才能を生まれ持っていると言っていい。

常人を遥かに上回る魔力量、総数二十八本からなる剣の雨を見切る動体視力、目視してから反応までのタイムラグがほとんどない反射神経、瞬時の状況判断能力……彼女の才覚は底が知れない。

人界最強と呼ばれるハイドラ王国現国王ラグナは、十代のころのリリアをこう評価した。

『時代が違えば、人界を統べていたかもしれない』と……。

ゼクスがノインに語った通り、リリアを人間という枠で考えるのは愚かとすら言える。

魔族や神族、エルフ族やマーメイド族、それらに戦闘能力という点で劣る人間族に突如生まれた……突然変異ともいえる天才。それがリリア・アルベルトという怪物だった。

そんな強大な力を持ちながら彼女が心優しく穏やかに育ったのは、家族の惜しみない愛情と支えてくれる友のお陰だろう。

ともすれば武をもって人界を支配していたかもしれない才覚が、いま容赦なくノインへと襲いかかる。

剣や槍を撃ち落とした勢いそのままに、リリアはノインに急速に接近して大剣を振るった。

リリアの強さは言葉にしてみれば実に単純と言える……そう、速くて重い。

「ぐっ、うぅ……」

それを手に持つ刀で受け止めたノインだが、あまりの重さに足下の地面がへこみ、受け切れないと判断した彼女は即座にその一撃を受け流す。

リリアの武器は大剣、己の武器は刀、小回りは自分の方がきく。そう判断したノインは、大剣の軌道を逸らしつつ、大剣の刃の上を滑らすように刀を振るう。

しかし……。

「がっ⁉　ぁっ！」

胸付近の甲冑が砕かれ、吹き飛ばされるノイン。

そう、リリアの反射神経は尋常ではない。ノインが反撃に転じた瞬間には、リリアはすでに片手を大剣から離し拳を撃ち出していた。

圧倒的なパワーで殴り飛ばされたノインは、そのまま地面を二度ほど跳ねたが、その途中で体勢を立て直し、両足で地面に着地する。

砕かれた甲冑も即座に彼女の魔法によって修復され、一瞬のあとには傷ひとつ負ってない姿で再び刀を構える。

「……これは、想像以上ですね」

「……」

リリアは、騎士ではない。いや、騎士団に所属していた経験もあり、彼女はちゃんと騎士道と呼べる精神は持ち合わせている。

しかし、彼女は『ソレを捨てた方が強い』……騎士ではなく戦士として、必要であれば剣を捨てて拳を打ち込む。その戦い方でこそ、彼女の才能はいかんなく発揮される。

今回の相手は手を抜けるような存在ではない。リリアはそう認識しており、初めから持ちうる全力で攻めていた。

息つく暇さえ許さずノインに接近しようとする。

しかしノインも先程の攻防でリリアの強さは十分に理解しており、そうそう接近を許す気もなかった。

空中に数多(あまた)の剣や槍を出現させ、リリアの速度を鈍らせながら、刀を一度鞘に納めて腰を落とし、居合いの構えをとる。

間合いに入れば即座に切り裂く神速の斬撃……普通なら、踏み込むことを躊躇うであろう死線を、リリアは一切の逡巡なく踏み越えてノインに接近しようとした。

無論、ノインがそれを見過ごすわけもなく……洗練された動きで居合いを放ち……驚愕に目を見開いた。

「なっ⁉」

リリアは横薙ぎに振るわれる刃を、『剣の石突』に当てることで防御し、スピードを落とすことなく肉薄してきた。

まさに神技と言える捌き、あまりにもリスクの高い行動だが……リリアにそれは当てはまらない。

本来、差異はあれど反復練習をして体に覚え込ませるというプロセスを経て、会得するものであるはずの技術……その過程を飛ばし、思い描いたイメージそのままに体が動いてくれること……。

ソレを才能と呼ぶならば、ソレが行える者を天才と称するならば……リリア・アルベルトはまさにそれである。

針の穴に糸を通すような精密な動きであっても、リリアの体は頭に思い描いたイメージから少しもずれることなく実行する。

そう、リリア・アルベルトは……紛れもなく、才という才に愛された天才である。

「はあぁぁぁ！」

「っ……」

放たれたリリアの一撃を再び防御したノインだが、その威力に弾き飛ばされながら体勢を立て直す。

リリアは逃がすまいとノインに接近し、幾度となく大剣を振るう。

その打ち合いが十を越えたあたりで……リリアは、違和感に気が付いた。

身体能力はリリアが上回っている。ここまでも数度押し切って攻撃を当てることができた。戦局はリリアが押していると言ってもいいはず……だが、ノインは崩れない。

リリアの猛攻に晒されながら、それでもなお、彼女は『片膝すらついてはいない』……。

振り下ろされた大剣の衝撃を、受け止めた刀から手に移し体を伝わらせて受け流す。

確かにリリアは天才である。しかし、それでもまだ彼女は二十三歳……戦闘経験はノインに比べれば圧倒的に劣る。それはリリアも十分理解しているつもりだった。

しかし、それでもまるで手応えがないというのは……予想外と言う他ない。

ノイン……いや、九条光は、かつて勇者と呼ばれ魔王を打倒した存在である。

彼女は決して誰よりも強かったから『勇者』と呼ばれたわけではない。彼女と共に旅をした者でも、武力で言えばラグナの方が上だった。

しかし、彼女は……ただの一度も『倒れなかった』。どんな強敵を前にしても、どんな苦境に立たされても、揺るぎない強さを持って立ち続け、最後には勝利を掴み取ってきた。

そう、彼女を勇者たらしめている最大の力は……不屈という言葉が生ぬるいほどの『戦闘継続能力』……。

攻撃を防御する際の力の込め方、衝撃を伝わらせ受け流す技術、そこから反撃の手を探る洞察力……彼女の戦闘能力は、非常にバランスがよく隙がない。

少なくとも『少々身体能力で上回る程度』では、彼女を崩すことはできない。

「ふっ！」

「くぅっ……」

リリアの攻撃を縫って放たれた一撃が迫り、リリアは即座にバックステップで離脱する。

しかし彼女の反射神経をもってしても完全には回避できず、刀は頬を微かにかすめており、小さな切り傷ができていた。リリアは自らの頬に手を当てて傷を確かめたあと、感嘆したように息を吐く。

「……さすが、初代勇者様です。ここしかないというほどの、絶妙なタイミングでの反撃」

「いえ、リリア公爵も本当に素晴らしい。純粋な戦闘能力で言えば、貴女は私より上でしょう……ですが、ええ、まぁ……ソレだけでは、私には勝てませんよ？」

「ご忠告痛み入ります。できれば、その言葉は『戦いが終わったあと』……もう一度聞いてみたいものです」

「そうですね……失礼。戦いの最中にどちらが上かなど、無礼でしかありませんでした。貴女に勝ってから、改めて発言することとしましょう」

「では、私は貴女様に勝利したあと……『貴女様の忠告のお陰で、より強くなれました』……と、お礼を申し上げることにしましょう」

互いに軽く笑みを浮かべ、再びぶつかり合おうとした直後……桁外れの魔力を感じ、ふたりは反射的にそちらを見た。

この空間はかなり広く、それぞれの邪魔にならないように、ある程度の距離は確保しているが、それでもリリアとノインの魔力によって強化された視力は容易に遠方の光景を捉える。

空中に浮かぶ数多の鉄の巨腕……凄まじい魔力の籠ったソレは……。

「アーガトラム・デスペラード」

距離が離れていてもハッキリと聞こえた声と共に、天より拳の雨が降り注ぐ。無論対象はフュンフと戦っている相手であるイルネスだ。

「イルネスッ⁉」

思わずリリアが叫んだのも仕方のないことだろう。伯爵級最上位、魔界でも屈指の実力者が放つその技の威力はあまりにも圧倒的で、彼女自身それを防げるイメージはまったく思い浮かばなかったから。

「……どうやら、あちらは決着のようですね。ですが、安心してください。フュンフ様は手加減も上手いので……心配は……」

轟音の響く中、フュンフの勝利を確信し、イルネスを心配するリリアに声をかけようとしていたノインだが、その言葉は途中で止まり……徐々にその表情が驚愕に変わっていく。

「……フュンフ様が……攻撃を……止めない？」

いまだに響く轟音と降り注ぐ拳の雨、すでに二十秒は経過しただろうか……それでも、フュンフは攻撃を放ち続ける。

それがなにを意味するか理解できるからこそ、ノインだけでなく、ゼクスを含めた冥王陣営の者たちの表情も驚愕へと変わっていく。

かつて快人がクロムエイナの居城を訪れた際に、ノインが願い、フュンフは彼女に向けてデスペラードを放った。その際にフュンフは五秒で攻撃を止めた。そこがノインが耐え凌げる限界だったから……。

「凌いでいるというのですか？　フュンフ様の……デスペラードを……」

巻き上がる土煙と、いまだ降り注ぎ続ける拳の雨で確認することはできないが、フュンフが攻撃を止めないのは、すなわち戦っているイルネスが健在であるということを意味していた。

そして、驚愕していたのはノインたちだけではなく、フュンフも同じだった。

（読み、違えた⁉）

彼女の視線の先では、降り注ぐ拳の雨をイルネスが捌き続けていた。その動きはまるで美しい舞を見ているかのように無駄がなく、イルネスが軽く手を添えるだけで巨大な鉄の拳が彼女を避けて着弾する。

（魔力量から見て、伯爵級中位ぐらいだと思って一気に勝負を決めようとしたけど……違う。そんなレベルの相手じゃない⁉　寒気がするほど完璧でよどみのない魔力流動、私のデスペラードを捉え切る動体視力、最小限の動きで捌く技術……間違いない。この相手は、私と同じ伯爵級最上位……六王幹部級だ！）

フュンフとしては、イルネスとの戦いは可能な限り早急に終わらせるつもりだった。その理由は、残るほとんどの者で対応せざるを得ない、現在この場において最強である災厄神シアの存在だ。

確かにゼクスの策はシアの弱点を巧みについており有効ではあるが、それでも六王に匹敵するシアの実力は圧倒的だ。伯爵級最上位であるゼクスであっても、たった一手のミスが敗北に繋がるほど彼女は強い。だからこそ、イルネスとの戦いを早急に片付け、ゼクスたちの援護に回るつもりで多少勝負を急ぎはした。

油断はしていない。だが、実際に戦いを始めてみて感じるイルネスの実力は、誤算と言っていいほど高いものだった。

（駄目だ。完全に見えてる……デスペラードじゃ押し切ることはできない。どうする、攻め手を変える？　いや、このレベルの相手にこちらが先手側っていう状況を譲りたくない。ならこのまま――）

フュンフは一瞬迷った。このまま攻撃を続けてもイルネスにダメージを与えるのは不可能であると理解したから、別の技で攻めるべきかと思案した。

その直後に、フュンフは右肩に衝撃を感じた。それはイルネスがフュンフの一瞬の思考の隙を突いて放った魔力の衝撃波によるもの。

ダメージなどない。せいぜい軽く右肩を押された程度の衝撃。

（しまっ――）

だが、ほんの僅かに『攻撃のリズムは狂った』。それは数万分の一秒レベルの狂いではあったが、このレベルの戦いにおいてそれは明確な隙である。

僅かに狂った拳の雨のリズム。その隙を縫うようにイルネスは跳躍し、降り注ぐ拳を足場にして一瞬でフュンフのいる上空まで駆け上がった。

凄まじいスピードではあるが、フュンフとてそれに対応できぬほど弱くはない。イルネスの攻撃を察知し、即座に得意の練成魔法により体の前に強固な盾を作り出す。

その盾に対して、イルネスは軽く手首を捻りつつ、魔力を込めた掌底を放つ。

「……城門抜き」

「ぐうっ⁉」

イルネスの放った掌底が盾に当たると、直後に突き抜けるような凄まじい衝撃を感じ、フュンフは空から地面に向けて弾き飛ばされる。

「内側に衝撃……けど、舐めるな！」

「ッ⁉」

しかし、フュンフも伯爵級最上位、世界でも指折りの実力者だ。吹き飛ばされながらもイルネスの直上に巨大な拳を作り出し、急加速した拳によってイルネスを地面に向けて吹き飛ばす。

　両者はほぼ同時に地面に衝突し、それによって轟音が響く……よりも遥かに早く体勢を立て直し、ふたつの着弾点の中心で拳と掌底をぶつけ合う。

　魔力によって作り出した手甲を纏って放たれるフュンフの拳を、イルネスは掌を添えるようにして逸らしながら反撃を放ち、フュンフは空中に作り出した小型の盾で攻撃を防ぐ。

　かと思えばイルネスの周囲に数多の剣や槍が出現し、それぞれが意思を持っているかのような動きでイルネスに殺到する。だがイルネスはそちらに視線を向けることはなく、片手を弧を描くように動かし、それによって発生した魔力の風により攻撃を逸らすと同時に、その内のいくつかを指先で掴みフュンフに投擲するが、フュンフは攻撃の手を止めず顔を動かすだけで回避する。

　そこでようやく、ふたりが地面にぶつかった際の轟音が響き、それを合図にしてふたりはいったん距離をとった。

（……魔力量や純粋なパワーは私が上、魔力操作や技術は向こうが上、スピードや反応速度はほぼ互角か……）

　一連の攻防でイルネスの実力をある程度察したフュンフは、警戒を緩めず構えを取ったままで少し離れた場所にいるゼクスに拡声魔法を使って声をかけた。

「ごめん、ゼクス。そっちは手伝えそうにない」

「そのようですな……少し思い出すのに時間がかかりましたが、イルネスという名……彼女はおそらく『救済者』ですな」

　ゼクスが告げた救済者という言葉を聞いて、フュンフはピクッと眉を動かす。

「……ああ、そっか、私もどこかで聞いた覚えのある名前だと思ってたんだけど、そっか……六王様や爵位級高位魔族って括りが生まれる前の荒れてた魔界で、各地を旅しては弱者を救い、見返りも求めず去っていく武術の達人。いつの間にか噂は聞かなくなってたけど、まさか人界にいたとはね」

「ずいぶんとぉ、懐かしい呼び名ですねぇ」

「……はぁ、これは本当に時間のかかりそうな相手だよ……ゼクス、そっちは頼んだよ！」

「ええ、フュンフ殿もご武運を」

イルネスの正体が、過去の魔界で名を馳せた武術の達人とわかり、フュンフは気合いを入れなおすようにゼクスに一言呼び掛けてから魔力を高め、戦闘を再開した。

凄まじい速度で放たれる拳に、次々と周囲に生み出されて飛来してくる武器。嵐のような攻撃に晒されながらも、イルネスはそれを確実に捌いていく。

現在イルネスは目の焦点を合わせており、その目にはフュンフの攻撃だけでなく周囲の武器類、それらに付いた微かな汚れすらも余すことなく鮮明に映っていた。

そう、イルネスが普段の生活において目の焦点を合わせず虚空を見つめるような目をしている理由……それは、彼女が生まれつき『目がよすぎる』からだった。

遠距離も近距離も凄まじく鮮明に見え、視野角も桁違い、その気になれば空気中の微弱な魔力すら視認することができるほどの、もはや魔眼と呼んでいいほどの目。ただあまりに見えすぎることもあり、普段はワザと焦点を外している。

その目を全力で使用しているいまのイルネスには、フュンフの攻撃は完全に見えており、的確に対処を行うことができている。

とはいえ、魔力によって様々なものを練成するフュンフの攻撃の物量は圧倒的であり、なかなか反撃に移ることはできないでいた。


フュンフとイルネスの戦いから視線を戻したゼクスのもとに大鎌の刃が迫るが、素早く反応した伯爵級五人がその一撃を防御する。

攻撃を防がれたシアは特に気にした様子もなく一度鎌を引き、少し考えるような表情を浮かべる。

「……お前を守ろうとするってことは、やはり偽装はなく、お前が大規模空間結界の術者というわけだな、死霊の大賢者」

「そうですな、ご想像の通りワシが倒れれば、この結界は解除されますよ。倒れれば……ですがね」

「はぁ、冥王のところの連中は、個々の質が高いから厄介だな……」

現在シアの前には圧倒的な戦力が集まっている。伯爵級最上位であるゼクスを始め、伯爵級高位魔族が九体、子爵級が九十体、男爵級が二百体……ラズリア、アハト、エヴァルのもとには伯爵級一体と爵位級に満たない者たちが回り、残る爵位級全員がシアひとりを食い止めるために対峙していた。

総数三百体の爵位級高位魔族、それはまさに圧倒的な戦力といえるが、それでもシアと対峙する表情には緊張が見て取れる。

ゼクスが語ったように、三百体の爵位級高位魔族が束になったとしても、シアを倒すことはできない。彼女はこの場においてそれほど圧倒的に強い。

だがしかし、ならばシアの方に余裕があるかと言われれば、そういうわけでもない。なぜなら先程の攻防、そして現在の様子から見て、ゼクスたちは防戦に徹するつもりであり、そうなるとなかなか厄介だった。

冥王陣営と呼ばれる者たちは、王であるクロが指導者として超一流であることもあって、個々の質が高く連携もかなりのレベルである。男爵級や子爵級を殺さないように手加減をした攻撃では、伯爵級に防御される。逆に伯爵級の防御を抜ける威力の攻撃には、下位の者たちは耐えられない。

少なくとも一気に勝負を決めるのは、シアが己の矜持を捨てなければ難しい。となれば、少しずつ、戦いの中で連携の乱れた者から順に無力化していくしかない。

シアは一度大きな溜息を吐いたあとで、大鎌を構える。

「まったく面倒なことだが、仕方ない……しばらく相手をしてやる」

ただ、歯痒い展開なのはシアだけではなかった。ゼクスと爵位級高位魔族たちも、迂闊に動くわけにはいかない……いや、『動けなかった』。

一瞬でも気を緩めれば、その瞬間に粉砕される。コンマ数秒視線を逸らせば、意識を刈り取られる。それほどまでにシアは強い。

目的が時間稼ぎである以上、自分たちから動く必要はないが……それでも圧倒的強者と対峙し続けるという行為は、彼らの神経を容赦なく削っていく。

ゼクスたちにとって敗北条件はふたつ。ひとつは時間内に結界の術者であるゼクスが倒されること。そしてもうひとつは『快人に掠り傷一つでも負わせてしまうこと』。

ゼクスは気付いている。六王の中には暗黙の了解だから手を出してこないのではなく『六王の力を借りないと決めた快人の意思を尊重して』手を出さない者たちがいることを……。

そう、快人が掠り傷でも負えば、その瞬間に彼ら敗北する。

目を凝らして見なければわからない『宙に浮かぶ小さな氷の結晶』と、『快人の背後で姿を消している存在』……そのふたりは、快人が手傷を負えば確実に動く。

そうなればもうパワーバランスなどない。特に幻王は一切容赦しないだろう。

対峙するのは神界の№5、状況を見守っているのは六王二体……それは恐ろしいほどのプレッシャーとなってゼクスを襲っていた。

＊＊＊＊

戦闘が始まり一進一退の攻防を繰り広げている大規模空間結界の外、シンフォニア王都の一角……大きめの建物の上に、ひとりの少女の姿があった。

燃え盛る炎のような赤い長髪、胸にさらしを巻き学ランに似た服に身を包んだ小柄な少女。その体にはいたるところに傷痕があり、まるで歴戦の戦士の如き風格を漂わせていた。

少女は腰に付けたホルダーからキセルを取り出して口に咥えると、静かに腕を組み、結界の中で繰り広げられている戦いを見つめていた。

「おや？　久しぶりだね、『ニーズベルト』ちゃん」

「オズマか……ああ、久しいな。貴公もこの戦いを見学に来たのか？」

「まぁ、そんなところだね。この一件は六王様方の注目も高いし、他の陣営も見学に来てるかもしれないね」

微かに風が吹き、赤髪の少女……竜王配下幹部四大魔竜の一角、『滅炎の天竜』フレアベル・ニーズベルトの隣に、煙草を咥えたオズマが姿を現す。

オズマの言葉通り、この戦いは事情を知る者たちにとってはかなり注目度の高いものだ。であれば、ふたりのように直接この戦いを見学しようと思う者がいるのは必然といえる。

「……そのようだな」

ニーズベルトがそう呟くのと同時に、ふたりのすぐ傍に大きな赤い花が咲き、それがあっという間に魔華姫リーリエの姿に変わった。

「楽しそうにお話しされていますね、私も加えていただいてよろしいでしょうか？」

「やぁ、リーリエちゃん。界王様のところからは君が来たってわけか……」

「ええ、今回の主役といえる彼とは多少の交流がありますので」

「竜王配下は我、戦王配下はオズマ、界王配下はリーリエ……冥王陣営は当事者、アイシス様のところには配下はいないとなると、あとは幻王配下か……」

リーリエが来たことでほとんどの陣営の者が揃ったと告げつつ、ニーズベルトは幻王配下を探すように視線を動かすが、それらしい人物は見当たらない。

「幻王配下は仮にいたとしても、こちらに合流しては来ないでしょう。というより、あそこの幹部である十魔は勇者祭ですらパンドラさんしか表には出てきませんし、私も数名しか直接会ったことがないので、いてもわからないかもしれませんね」

「ふむ、貴公は心を読むのではなかったか？」

「私が読み取れるのはあくまで表層意識ですからね。潜入を得意とする幻王配下、それも幹部がそのあたりの対策をしてないとは思えませんしね」

「まぁ、あそこは幹部の名前自体もコードネームだし、おじさんも顔を見たことない子が結構いるね」

そこでいったん話を切り、三人は結界内で繰り広げられている戦いに意識を向ける。

「……貴公らはこの戦い、どう見る？」

「う～ん、災厄神様が本気を出せばすぐに終わりそうだけど、どうやらその気はなさそうだし、そうなると時間制限がある分、ミヤマくん側の方が不利な気がするね」

「今後援軍などがあるかもしれませんが、私もオズマさんと同意見ですね……どうします？　折角ですし、どちらが勝つか賭けでもしますか？」

リーリエがどこか楽しそうな様子で告げると、ニーズベルトは紫煙を吐きながら、視線は結界内に向けたままで告げる。

「観戦の醍醐味ではある……が、残念ながら賭けは成立しないな」

「おや？　そうですか？」
「貴公らはあの青年と知り合いであろう？　そして、賭けを持ち出すからには彼の勝利の可能性があると認識している。そして……我が挑戦者の勝利に賭けぬわけがない。結果として賭けは成立しない」

ニーズベルトは、挑戦者という存在を非常に好んでいる。挑む者はすべからく偉大であるとは彼女の弁であり、彼女自身も燃え盛る炎の如き向上心を持つ存在だ。

そんな彼女が、世界のタブーに挑んでいるともいえる快人の側を応援しないわけもなく、そしてオズマとリーリエも快人とは顔見知りであり、快人のことを高く評価している。

「まぁ、そうだね。ミヤマくんならもしかしてって思っちゃうのが、あの子の凄いところだよね。実際、敵対しているフュンフちゃんやゼクスくんも、同じ気持ちなのかもしれないね」
「しかし盲目的に信じるのも難しいというわけですね。まぁ、私は盲目なので、彼の勝利を盲目的に信じることにしますが」
「貴公……意外とユニークな言い回しをするのだな」

＊＊＊＊

戦いが始まってから、ある程度が経過した。全体的な状況は現時点ではほぼ互角ではあった。しかし、見学していたオズマやリーリエが予想した通り、ややフィーアを守ろうとしている側が有利といえる。

「くっ、うぅ……」

「リリアさん⁉」

何度目かのカウンターを受け、後方に弾き飛ばされるリリアを、快人が心配した表情で呼ぶ。

リリアとノインの総合力を比べると……僅かだが、ノインが上回っており、戦いが長引けば長引くほど、ノインが優勢になるのは必然と言えた。

リリアの方に目立ったダメージはないが、それでも肩で大きく息をする仕草からは強い疲労が感じられ、対するノインは呼吸ひとつ乱れていない。

「……悔しいですが、やはり、いまの私では初代勇者様には敵わないみたいですね」

「……負けを認めるのですか？」

微かに顔を伏せながら、リリアは自分ではノインに勝てないと口にし、それを聞いたノインは少し怪訝そうに尋ねる。

するとリリアは……小さく首を横に振った。

「……いいえ……ただ、できれば『コレ』は使いたくありませんでした。『コレ』は私の力ではありませんし、気安く行使していいものでもない……」

「なにを……」

「でも、どうやら……使わなければ、貴女様と渡り合うことは難しいみたいですからね！」

「ッ⁉　い、いかん！　ノイン殿‼」

静かに語るリリアの言葉、その意味をいち早く理解したゼクスは、やや慌てた様子で呼びかける。

しかし、ゼクスが詳細を口にするよりも……リリアが『ソレ』を発動させる方が早かった。

「……『時の祝福』よ。いま、私に『刹那の奇跡』を！」

「なっ、がっ⁉」

「ノイン殿⁉」

瞬間、閃光が走り、ノインの体が大きく吹き飛ばされる。

もちろんソレを行ったのはリリアだが……ノインにはソレが見えなかった。いや、ギリギリ見えることは見えた……しかし、反応できなかった。

なぜならリリアは先程までの倍、いや、それ以上の速度で迫り剣を振るってきたから……。

最高神の本祝福……それを受けた者には、最高神の名をもって発言することが許される……が、無論それだけではない。

最高神の本祝福を受けた者には、『最高神の持つ権能の一部を習得する権限』が与えられる。

そう、リリアはクロノアの祝福を受けたことで、クロノアから『己の時を加速させる魔法』を習得することが許された。

無論、許可を得たからと言って必ずしもその魔法を行使できるわけではない。ごく一端とはいえ、最高神の権能である魔法……普通の人間族なら、許可を得ても習得は不可能だろう。

しかし、リリアは持ち前の才能でクロノアから教わった魔法を短時間ではあるが行使することができるようになっていた。

ただ、強大な魔力を持つリリアとはいえ、最高神の魔法を行使できるのは『三倍の速度で数十秒』が限界であり、それでほとんどの魔力を使い果たしてしまう。

つまりこれはリリアにとっては切り札であり、同時に諸刃の剣でもあった。

しかし、それがもたらした効果は大きい……伯爵級はともかく、子爵級と男爵級の高位魔族は、リリアの時の魔法を目にして、一瞬ではあるが意識をシアから外してしまった。

「……いま一瞬抜けたな？　減点だ」

「しまっ⁉」

そしてそれをシアが見逃すはずもなく、一瞬で十数体の高位魔族の意識を刈り取り、ゼクスのいる場所に一直線に迫る。

ただし……まだ、完全にシアたちが優勢に立ったとはいえない。子爵級、男爵級を次々と薙ぎ払いながら、シアはチラリとリリアとノインの戦いへ目を向ける。

「……だが、それでも……あの勇者を倒すには足りそうにないか……」

時の魔法を使いノインを圧倒しているように見えるリリアだが……シアの目には確かに映っていた。

その閃光のような剣撃の中、それでもリリアの攻撃を捌き続けているノインの姿が……。

「伯爵級最上位同士の戦いも当然すぐには決着しない……『あと一手』あれば……いや、ないもの強請りに意味はないな」

誰にも聞こえない声でそう呟いたあと、シアは視線をリリアたちから外し、己の敵へ向かっていった。

＊＊＊＊

戦いが始まってから、まだほんの十数分しか経っていないはずだが……いったいこの短時間にどれほどの応酬が交わされたのだろうか？

俺の動体視力ではほとんどわからなかったが、現在の状況はなんとなく理解できた。

……一手足りない。それは、こちらにとっても、ゼクスさんたちにとってもだろう。

リリアさんはノインさんと凄まじい戦闘を繰り広げ、伝説と言われた初代勇者と互角の戦いを繰り広げているが、決定打が入った感じではない。

イルネスさんとフュンフさんの戦いは、とても視認することはできないが時折動きを止めて向かい合っている姿を見る限り、両者共にそれほど大きなダメージはなさそうだ。

シアさんは多くの爵位級高位魔族を相手取り、すでにその半数近くを気絶させているが……伯爵級魔族に関しては、優勢に戦ってはいるが数を減らすまでには至っていない。

ラズさん、アハト、エヴァの三人も優勢に戦っているように見えるが、それでも相手の数が多く押しては引いての繰り返しだった。

戦い自体はこちら側が優勢に見えるが、結界の要であるゼクスさんに攻撃は届いていない。

ただ、ゼクスさんたちも気を抜けば瓦解しそうな瀬戸際で踏ん張っている感じで、当初のような余裕はない。

こちらは攻め切るには一歩足りず、向こうはしのぎ切るには一歩足りない……そんなある意味で膠着状態と言っていい状況だった。

そんな考えを巡らせていると、シアさんたちが戦っている相手から一度距離を取り、俺の近くに戻ってきた。

「……ちっ、なまじ実力のある連中が逃げに徹すると、想像以上に面倒だな」

押してはいてもゼクスさんに届かない状況に、シアさんは苛立ったように舌打ちをする。

そして俺が声をかけようとすると、別の方向から荒い息が聞こえてきた。

「……はぁ……はぁ……」

「リリアさん⁉　凄い汗ですよ……大丈夫ですか⁉」

かなり疲弊している様子のリリアさんに慌てて駆け寄ると、シアさんもリリアさんの様子を一瞥して告げる。

「……いくらお前の魔力が大きいと言っても、時空神様の力の一端を行使しているんだ。もう魔力も体力も、ロクに残っていないだろう？」

「……はぁ……えぇ……本当に……凄い方です……」

リリアさんは大剣を杖のようにして必死に体を支えているが、疲労困憊なのは俺の目からも明らかだった。

対してノインさんは、あちこちにダメージこそあるものの……それでもしっかりと両の足で立っており、改めてその強さを実感した。

　ともかくいまは疲労しているリリアさんの回復をと考え、俺はマジックボックスからストローの付いたドリンクを取り出す。

「リリアさん、これを飲んでください！」

「……あ、はい。ありがとうございます……美味しいですね。って、え？　これは……魔力と体力が回復して……もしかして、かなり高価な回復薬なんじゃ……」

「あ、えっと……『世界樹の果実ドリンク』です」

「ぶぅっ⁉」

　ちなみに果汁百％である。アリスに作ってもらったので、味も美味しいはずだ。自分用じゃないから飲んだことないけど……。

「な、なな、なんてもの飲ませてるんですか⁉　というか、なんで世界樹の果実をドリンクに、噂では下手に加工すると治癒効果が弱まって……はっ⁉　まさか、またリンにあげるために、幻王様あたりに頼んで作ったんじゃないでしょうね？」

「……さ、さぁ！　これからどうしましょうか⁉」

「……ちょっと屋敷に戻ったあと、カイトさんには改めて話があります」

　即座になんのために作ったかバレてしまった……あとが怖い。

　と、ともかく、これでリリアさんの体力は戻ったわけだが……それでもノインさんを突破できる気がしない。

そう考えているのはリリアさんたちも同じみたいで、ジッとゼクスさんたちを見つめている。

そしてそこに、いったん戦いの手を止めてイルネスさんも戻ってくる。

「さすがにぃ、そう簡単に～押し切れる相手でもありませんねぇ」

「いや、というか、イルネス……ビックリするぐらい強いんですが……完全に伯爵級でも上の方ですよね？」

「そのあたりはぁ、明確な区切りがあるわけでもありませんのでぇ、なんとも言えませんねぇ」

イルネスさんとフュンフさんの力はほぼ互角といった感じで、イルネスさんはこれといったダメージを負った様子はないが、同様にフュンフさんもほぼダメージはない状態に見えた。

ラズさんたちも一度こちらに戻ってきて、仕切りなおすようにゼクスさんたちと向かい合う。一度戦いが止まったと言ってもいい状態……ゼクスさんたちも時間稼ぎが目的である以上、この状態で攻めてきたりはせず、こちらの動きを待っている。

いったいあとどれぐらい時間があるかわからないが……あまりいい状況ではないだろう。

チリチリと首の裏を焦がすような焦燥感を感じていると、ノインさんが俺の方に視線を向けて口を開く。

「……快人さん、もう、いいでしょう？」

「……なにが、ですか？」

「お願いします。もう、引いてください」

「……」

それは、説得……いや、懇願だった。

いまにも泣き出しそうな表情で引いてくれと告げるノインさんに、俺は否定も肯定もしない。

俺もこの十数分間、遊んでいたわけではない。戦闘に参加できないからこそ考えていた。ノインさんたちの気持ちを、願いを……なぜなら、きっとこの人は……。

「貴方の主張はきっと正しい。でも、それはフィーアだってわかっているはずなんです……だから、そっとしておいてあげてください」

「……」

「そうすれば、きっと『いつか』……フィーアとクロム様も仲直りを……」

「……いつかって……いつなんですか？」

「……え？」

「……千年経ってるんですよね？」

「そ、それは……」

俺は声を荒らげるわけでもなく、ゆっくり落ち着いた声でノインさんに問いかける。

「ノインさん、これはあくまで俺の予想なんですけど……貴女は……初めは、フィーア先生とクロの仲を取り持とうと思ってたんじゃないですか？」

「なっ……」

「でも、たぶん……俺に社会情勢的なことはわかりませんけど、称賛される自分と貶されるフィーア先生って構図に、後ろめたさを感じてなかなか動けず、結局、時間だけが過ぎてしまい。半ば諦めてしまった」

「……ちがっ……違います……私は……」

ノインさんにとってフィーア先生は悪の親玉という存在ではなく、『互いに大事なものを守ろうと戦った相手』として、敬意を抱く対象なんじゃないかと思う。

だからこそ、フィーア先生に対し後ろめたさがあった。それは決してノインさんが原因なんかじゃないが、彼女の性格ならありえるだろう。

実際、いまのノインさんはかなり動揺しているみたいに見える。

「初めはこう思ったんじゃないですか？　焦る必要はない、時間をかけてフィーア先生を説得すればいいって」

「……違います」

「もっと時間が経ってから、心の傷が癒えてから、次の機会が巡ってくれば……そんなことを考えて、結局動けないいまま時間が過ぎていったんじゃないでしょうか？」

「……そ……んな……そんな、ことは……」

俺は決してノインさんを責めているわけじゃない。むしろ、ノインさんの気持ちは痛いほどよくわかる。

年月に差こそあれ、この人が抱いてるものは『かつての俺』と一緒のはずだから……。

「俺にも経験があります。いつかがんばろう、次は自分から動こう、明日から努力しよう……そうやって自分に言いわけをしているうちに、一歩踏み出すために越えなくちゃいけない壁がどんどん大きくなって……いつの間にか動けなくなってしまう」

「っぅ……」

「だから、そんな俺が言えたことじゃないのは百も承知で、自分のことを棚に上げて言わせてもらいます……来ないんですよ……」

「……」

「いま動かなくちゃ……『いつか』なんて永遠に来ないんですよ!!」

「うっ、ぁ、ぁぁ……」

「だから、俺は止まりません。部外者が余計なことをと思ってくれて構わない。軽蔑してくれたっていい……でも、ノインさん、貴女は本当に……いまのままでいいと思っているんですか⁉」

「ッ⁉」

強く告げた言葉……説教にもなっていないような我儘な主張。しかし、ノインさんは衝撃を受けたように一歩あとずさる。その目には小さくはない動揺が浮かんでいた。

そんなノインさんに近付こうとすると、ノインさんを庇うようにフュンフさんやゼクスさんたちが立ちはだかり……ゼクスさんの口からノインさんを庇う言葉が発せられる……より先に、空気を切り裂くような声が聞こえてきた。

「よくぞ、吠えた!!」

「……へ？」

「やはり、若者はそのぐらい無鉄砲でなければのぅ……よい、実にワシ好みじゃ！」

「この……声は……まさか⁉」

突如聞こえてきた声に、ノインさんもなにやら驚愕したような表情に変わっていた。

「うむ、突き進め若人よ！　その選択が正解か誤りかなぞ、進んだ先で決めればいい！　障害なんぞ、叩き壊してしまえ！　……しかし、うむ……刃が足りぬか？　ならば、貸してやろう‼」

直後に俺とゼクスさんたちの間の地面に、二mを優に超える巨大な剣の柄を長く伸ばした形状の槍が轟音と共に突き刺さる。

そして、その存在は槍に続くように姿を現した。

マリンブルーのショートボブ、魚のヒレに似た耳、水夫服を模した白と青の服……百五十㎝に満たない小柄な身長ながら、堂々とした力強さで地面から槍を引きぬき肩に担ぐ。

「なに、安心して戦力に数えてくれればよい。国王の名はさっさと捨てたいが……『人界最強』の名は、当分捨てる気はないのでな！」

「……ラグナ……ど、どうして、ここに⁉」

「なぁに、戦友が道を誤っておるのなら、正してやるのも友の務めじゃ……まぁ、もっとも、お前もよう知っておるじゃろうが……ワシは、少々荒っぽいがのぅ？」

膠着する戦局に足りなかったあと一手……過去にとらわれ動けずにいるもうひとり……『ノインさんを救うための最後のピース』は、あまりにも唐突に、しかし、絶妙のタイミングで現れた。

戦いの場に現れた人界最強と呼ばれるラグナ陛下。彼女は先程「荒っぽい」と口にしていたが、それとは裏腹に酷く優しい声でノインさんに話しかける。

「……なぁ、ヒカリよ。ワシもそうじゃが……お前も、歳をとったのぅ。見た目ではなく、心がじゃ……」

「どういう、ことですか？」

「いや、なに『お前らしくない』と、そう思っておるだけじゃ」

「私らしくない？　それは、いったい……」

まるで母が子に語りかけるような声で、ラグナ陛下はノインさんを諭し始める。

たぶん、かつて一緒に旅をして、苦楽を共にしてきたラグナ陛下だからこそ、いまのノインさんにもしっかり声が届いているんだと思う。

だからノインさんも、まだ動揺は消えていないが真剣な表情でラグナ陛下の言葉に耳を傾けている。

フュンフさんやゼクスさんもこの会話を邪魔するつもりはないのか、口を挟んだりはしなかった。

「……先程、その若者が言った言葉……ワシはな、以前それと同じ言葉を聞いたことがある。お前は、忘れてしもうたのか？」

「え？　……あっ」

「そう、かつて魔王を打倒したあと……『世界の溝は大きい、いつか時間が解決してくれるのを待とう』と止めるワシらの制止を振り切り、ただひとり世界を変えようとした者がいた」

「……」

「『時間が経てば経つほど、変え辛くなるでしょう。いま、挑まなければ……きっといつかなんて、ずっと来ない。だから、がんばってみます』……そう告げて歩んでゆく背中に、ワシは憧れすら抱いた。未来への希望を見た……そう、お前のことじゃ、ヒカリ」

ラグナ陛下はグッと手を握りしめ、少し沈黙したあとでノインさんの顔を強い目で見つめる。

「……いつまで……燻っておるんじゃ、お前は、そうではないじゃろう……戻ってこい！」

「……ラグナ」

「世にどれほどの英傑が生まれようと、どれだけ時代が変わろうと……ワシにとって『勇者』とは、未来永劫ただひとり！　だから目を覚ませ、クジョウヒカリ！」

「……」

強い願いの籠ったラグナ陛下の叫び、それを聞いたノインさんはゆっくりと目を閉じた。

そのまま数秒……一切の音が消えた静寂の中で目を閉じていたノインさんは、ゆっくりとその瞳を開き、ラグナ陛下ではなく俺の方に顔を向ける。

「……騙されないでください！　快人さん！」

「へ？　だ、騙される？　なにに？」

「ゼクス様の結界は確かに強力です。ですが……『シャローヴァナル様の祝福』を受けている貴方は例外です！」

「ノイン殿⁉」

「ゼクス様がこの場所に姿を現していること自体がミスリード……本当は、初めから一点突破……貴方が『本来教会があるはずの位置』……快人さんにとっての『目的地』に到達すれば、この結界の外に出ることが可能なんです！」

……そうか、言われてみればその通りだ。

この結界がゼクスさんを倒さないと破れないのなら、ゼクスさんは身を隠して他の面々に任せた方が有利のはず。しかし、ゼクスさんは倒される危険があるにもかかわらず、俺やシアさんの前に現れた。

それは、ノインさんの言う通り『自分を倒さなければ突破できない』と思わせるためのミスリード……ゼクスさんが本当の意味で警戒していたのは、俺が一直線に結界の外を目指すことだったんだ。

その証拠にノインさんの発言に、ゼクスさんは珍しく慌てた声を出した。

なんでそれを俺に教えてくれたのか、なんて問う必要はない。ノインさんはその発言のあとですぐ、俺たちの方に駆け寄ってきて身を翻した。

そして体に纏っていた漆黒の甲冑を消しながら、強い決意の籠った声で呟く。

「……ありがとうございました。快人さん、ラグナ……お陰で、ようやく、目が覚めました」

「……ノインさん」

黒い霧がノインさんの体を包むと、ノインさんは袴と着物……大正時代の女性みたいな格好に変わる。

そして長く美しい黒髪を首の後ろで纏めて握り、一切の迷いなく手に持った日本刀で長い髪を切り落とした。

「ふふふ、なんとも懐かしい姿じゃのぅ……ほれ」

「ありがとうございます」

髪が短くなったノインさんを見て、ラグナ陛下は笑いながら白く細長い布を差し出す。

それを受け取ったノインさんは……その布を鉢巻きにして額にくくる。

「……快人さん、いままでの非礼を詫びます。そしてどうか、私も連れて行ってください。私はもう一度、フィーアと対峙しないといけない。私も彼女を助けたい！」

「はい。むしろこちらからお願いします」

フィーア先生を救いたい。それは間違いなくノインさんの根底にあった願いで、ずっと彼女の心で燻り続けていたものなんだろう。

ラグナ陛下のお陰でノインさんの迷いは晴れ、こうして味方になってくれた。

それであとは、フィーア先生と対峙するだけ……となれば、よかったんだけど……。

「う～む。なるほど……ノイン殿はそちらにつきますか、いえ、仕方のないことですな」

「……ゼクス様、申し訳ありません。ですが、まだ続けるつもりですか？」

「ええ、まぁ……そうですなぁ、折角ですし……もうしばし、足掻かせてもらいましょう」

そう、まだゼクスさんは戦いを継続するつもりのようで、すっと浮遊したまま少し前に出てくる。

先程までは後方にいたが、どうやら俺たちの一点突破を食い止めるため……ここからはゼクスさんも直接戦いに参加するみたいだ。

フュンフさんは、なにやら真剣な表情を浮かべたままで沈黙しており、一言も発していない。

ノインさんとラグナ陛下が加わり、圧倒的にこちらが有利ではある。だが、気は抜けない。少なくともフュンフさんとゼクスさんの闘志はまったく衰えてはいない。

「……ノインさん、これを、世界樹の実の……」

「あぁ、大丈夫ですよ。ありがとうございます」

「え？　でも、ノインさんあちこちに怪我を……」

ひとまずリリアさんと戦って疲弊しているノインさんを回復させようと、リリアさんに渡したのと同じドリンクを取り出すが、ノインさんは首を横に振って必要ないと告げる。

「……ええ、確かに私は疲労しています。ダメージもあちこちに負っています……もしかしたら、満身創痍なのかもしれません。ですが……私の心は、いま、活力に満ちています！　そう、かつてのように……」

「え、えと……なぁっ⁉」

根性論のような台詞に戸惑っていると、ノインさんの体からいままでの数倍近い魔力があふれだした。

な、なんだこれ⁉　なんか、ノインさん……弱るどころか強そうになってるんだけど⁉

「……ヒカリは昔から、不屈の化け物みたいなやつじゃ、むしろ劣勢になった方が強くなる。心配するだけ無意味じゃ」

「酷い言い方ですね……私は少し、人より『諦めが悪い』だけです」

「『根性で魔力量まで跳ね上がる』怪物が、なにを言っておるのか……」

と、ともかくノインさんは大丈夫らしい。

リリアさんたちもスッと俺たちの横に立ち、ゼクスさんの軍勢と睨み合う。

目標は一点突破……小細工なしのぶつかり合い。自然と俺の体にも力が籠る中……ゼクスさんが急に周囲を見回し始める。

「……なんと……まさか、このタイミングで？　いやはや、やはり……貴方は恐ろしい」

動揺を隠すこともなく、心底驚愕した様子で俺を見るゼクスさん……その理由は、直後に俺も理解することができた。

感応魔法がその接近を知らせると共に、俺の前には三つの影が現れる。

「遅くなりました！　ご主人様！」

「アニマ！　イータ！　シータ！」

それだけではない、さらにふたつの影がリリアさんのもとに……。

「多少の遅刻は大目に見てくださいね、お嬢様。これでもかなり急いで来たのですから……」

「ルナ、ジーク……ええ、文句などありません。よく来てくれました」

アニマ、イータ、シータ、ルナマリアさん、ジークさん……屋敷から駆け付けてくれた心強い援軍も加わり、戦闘の準備は完全に整った。

これからいよいよ決戦の時と、そう思った瞬間……静かな声が響いた。

「……関係ない」

静かな声のはずなのに、強烈な感情を感じる呟きと共に、フュンフさんの体から凄まじい魔力が噴き出した。

＊＊＊

「……フュンフ殿？」

暴風のように荒れ狂う魔力を放つフュンフを見てゼクスが声をかけるが、フュンフはそれに反応することはなくパチンと指を弾く。

するとフュンフの後方に巨大な甲冑がいくつも現れる。

「あれは……居城や街の周辺に配置してる、自動操作の巨兵……」

フュンフが呼び出した巨大甲冑に覚えがあるノインが呟き、他の面々もその甲冑に視線を向ける。

二十体はいるその巨大甲冑が戦線に加わると、多くの者が予想したが……予想に反して巨大甲冑は突如バラバラに砕け、魔力の粒子となってフュンフの体に吸い込まれていく。

「……誰が、何人来ようと関係ない。誰が相手だろうと、なにが相手だろうと……私がフィーを守る」

巨大甲冑……クロムエイナの居城や周辺の街の防衛に回していた魔力を回収し、フュンフはさらに強大な魔力を身に纏う。それがなんらかの準備であるということは、わざわざ聞くまでもない。

「……噂に聞く、『イージス』か？」

「イージス？」

「フュンフ様の持つ最大最強の防御魔法です。因果律にまで干渉する絶対防御の盾……六王様の攻撃であっても、数発は耐えられると聞くほどです」

シアの呟きに快人が首を傾げ、ノインが説明する。

「……違うよ。これは、イージスじゃない。イージスは『家族を守る』ための魔法……これは、そうじゃない。この魔法は、私がたったひとり『フィーただひとりを守る』ために作り上げた魔法。大切な家族も、私自身も……他のすべてを捨ててでも、フィーを守り抜くための力！」

「こ、これは……フュンフ殿⁉　い、いったいなにを……」

強大な魔力が渦を巻き、フュンフの右手に収束していく。空気が震え、大地が揺れ、地面にひびが入っていく。

魔力は漆黒の炎のような形に変わり、フュンフの右腕を黒く燃え上がらせていく。

「……『冥王の手（プルートハンズ）』」

鋭利で禍々しく変貌した右腕、黒い魔力はフュンフの顔にまで広がり、その右目を黒く染め上げる。

その右腕が放つ魔力は桁違いだ。多くの者が驚愕の表情に変わる中で、シアは忌々し気に舌打ちをした。

「チッ……馬鹿げたことをしやがって。あの腕の魔力、明らかにアイツが扱える許容量を超えている。己ごと周囲を消し飛ばす爆弾と変わらんぞ……」

「……フュンフ様」

シアの言葉を聞き、そして己の身さえ顧みないフュンフを見て、ノインはショックを受けたような表情を浮かべる。

いや、ノインだけではない。他の冥王陣営の者も少なからず、ゼクスですら困惑の表情を浮かべている。いつも優しく明るく、頼りになる姉のような存在だったフュンフが、あまりにも悲痛な覚悟を込めた表情で己を顧みない力を行使する姿は、それほど衝撃的だった。

フュンフに気圧されるような、そんな空気の中で一歩前に出る者がいた。

「……だからぁ、貴女は～間違っているとぉ、そう言ったんですよぉ」

「……正気か？　お前が伯爵級最上位レベルなのは認めるが、アイツの次の一撃は、おそらく威力だけなら六王に匹敵する。お前ではなく、私が対応するべきじゃないか？」

一歩前に出るイルネスを見て、シアが無謀だと警告をする。しかし、イルネスはその言葉に静かに首を横に振った。

「いいえ～彼女はぁ、私が対処しますぅ。災厄神様はぁ、他の爵位級を～お願いしますぅ」

「……できるのか？」

フュンフの決死の一撃は無視できない。だが、相手はフュンフひとりだけというわけではない。残る大勢の爵位級高位魔族を抑えるにはシアの力が必要であり、そちらに回ってもらった方が効率的だというのは理解できた。

しかし、それはイルネスがフュンフの一撃を食い止められることが前提での話だ。

怪訝そうに尋ねるシアの言葉に答えることなく、イルネスは一度快人の方を向いて問いかけた。

「カイト様はぁ、私が～彼女に勝てるとぉ、思いますかぁ？」

「正直、俺にはレベルが違い過ぎて、誰がどのぐらいの強さとかもよくわかりませんし、もちろん勝算がどうだとかもサッパリです」

イルネスに問いかけられた快人は、そこで一度言葉を止め、イルネスの目を真っ直ぐに見つめて告げる。

「……けど、俺はイルネスさんを……信じてます」

強く真っ直ぐな想いを込めた言葉を受け、イルネスはフッと笑みを零したあとで視線をフュンフに戻す。

「ありがとうございますぅ。貴方の～その言葉はぁ、私になによりも～力をくれますぅ」

そう口にした直後、イルネスの背後に五つの魔法陣が浮かび上がる。

「その術式は……封印術式？」

「いいえぇ、少し～違いますぅ。これは～魔力を貯蔵する術式ですぅ」

真正面に位置していたからこそいち早く術式を推察したフュンフが呟くが、イルネスはそれを否定する。

「お気付きだと思いますがぁ、私は～魔力量が少ないですぅ。あくまでぇ、伯爵級の中では～ですがねぇ。だからぁ、それを覆す必要がある時のためにぃ、毎日少しずつ～魔力を溜めてぇ、特定の条件を満たした場合にのみぃ、その魔力を引き出せるという術式を作ったんですよぉ」

これはイルネスにとっての奥義といえるものであり、いままで一度も使ったことがない切り札だった。

いや、正しくは違う……『使わなかった』のではなく『使えなかった』。

この術式から魔力を引き出すには、五つの条件を満たさなければならず、いままでイルネスはソレを満たせたことはない。

イルネスは真っ直ぐにフュンフを見つめながら、明確に力の籠った声を発する。

「この戦いは『己より巨大な魔力を持つ相手との戦いである』」

ひとつ目の条件は、術者であるイルネスの魔力量を越える相手が敵であること。言葉に反応するようにイルネスの背後に浮かんでいた五つの魔法陣のうちのひとつに光が灯る。

「この戦いは、『己の意思で参加した戦いである』」

ふたつ目の条件は、イルネス自身がその戦いに明確な意思を持って加わっているか否か。

「この戦いは、『私怨によるものではない』」

三つ目の条件は、イルネス個人の恨みや憎しみに起因する戦いではないこと。

「この戦いは、『必ず勝たなければならない戦いである』」

四つ目の条件は、術者たるイルネスにとって勝利を望む意思があるかどうか。

四つの魔法陣に光が灯る。ここまでなら、過去にも条件を満たすことができた戦いはあった。だが、五つ目の条件を満たせたことはなかった。

彼女自身なぜそれを最後の条件としたか、己のことながらよくわかっていなかった。かつて王であるシャルティアに指摘された言葉、彼女の歪み……不要なアドバイスだと思いながらも、もしかしたら心のどこかに引っかかりを感じていたのかもしれない。

「そして、この戦いは……」

彼女は正しく空っぽだった。空っぽだった彼女には五つ目の条件を満たすことができなかった。

だが、それは……過去の話だ。

イルネスは一度快人の方へ目を向け、最後のキーとなる言葉を告げる。

「『大切な誰かのための戦いである！』」

五つの魔法陣に光が灯り、イルネスの体は眩い光に包まれる。光は天を貫く柱となり、いまのフュンフに勝るとも劣らない魔力が満ちる。

そしてその眩いほどの魔力の光の中、静かな声が聞こえた。

「……奥義、極星」

その言葉と共に眩い光がイルネスに収束するように消えると、イルネスの姿に変化が表れていた。膨大な魔力による影響か、角と髪が伸び、瞳は淡く赤い光を放ち、空中に尾を引き、白き雷のような魔力が体から迸っている。

「もう一度言っておきます。貴女は間違っている……そんな、甘えた覚悟で掲げる暴走じみた力は、私が貫きます」

「……甘えた、覚悟……」

静かに告げるイルネスの言葉を聞き、フュンフは怒りを露にし、それに呼応するように右腕の黒い炎が勢いを増す。

荒々しい魔力の放流にも涼し気な表情を浮かべたままで、イルネスは静かに右腕を握り拳を引いて構える。

両者の間にそれ以上の言葉は必要なく、フュンフも右腕を引き攻撃の構えを取る。

「この一撃は、星を穿つ槍……」

黒い炎と白い雷、共に世界有数の実力者である伯爵級最上位の必殺の一撃……魔力が嵐のように吹き荒れる中で、イルネスが告げる。

「――星槍（アストレイア）！」

そこから先を視認できたのは、集まった者たちの中でもほんの一握りだ。それ以外の者たちには、イルネスとフュンフが忽然と姿を消し、突如その場から遥か遠方までの地面がえぐれたように見えた。

勝敗がどうなったのか、そんな疑問が浮かぶ中で真っ先に動き出したのは快人だった。もちろん彼には経過などまったく見えていない。ただイルネスを信じて、走り出しただけではあったが、切っ掛けとしては十分だった。

その動きを合図に他の者たちも動き出し、最後の決戦の幕が上がる。

無限に続くのではないかというほど広い結界の中を、右腕同士がぶつかり合った姿勢のままで高速移動しているイルネスとフュンフ。いや……その表現は適切ではない。

イルネスの攻撃に押され、フュンフが戦場から引き離されているという表現が正しい。

「ぐっ、うぅ……なんでっ……こんな！」

フュンフが苦悶の表情を浮かべながら呟く。冥王の手を発動させたフュンフと極星によって強化されたイルネス……互いの現在の魔力量、強化された身体能力、そして攻撃自体の威力はほぼ互角だ。

そう、互角のはずだ。しかし現実はどうだ？　明らかにイルネスがフュンフを押している。戦場となっている場から、大きく離されてしまっているのがなによりの証拠であり、フュンフの漆黒の腕にも少しずつヒビが入り始めていた。

「なんでっ⁉　どうして！」

力が互角であるのならば、想いの差がこの状況を作り上げているとでもいうのだろうか？　だとすれば、フュンフはそれを断じて認めるわけにはいかない。

フィーアを守るためにすべてを捨てた己の覚悟が、イルネスの覚悟に劣っているなどと認められるわけがなかった。

「……言ったはずです。甘えた覚悟だと」

凄まじい魔力の奔流の中でも、その声はハッキリとフュンフの耳に届いた。

「私も心から愛する人のために戦うのであれば、命を懸けることもあります」

「ぐっ、うぁ……」

言葉を発しながらもイルネスの拳はさらに勢いを増し、フュンフの右腕のヒビがどんどん大きくなっていく。

苦悶の表情を浮かべながらも、フュンフはイルネスに言い返そうと口を開く。

「そんなの、私だって――」

「ですが私は、『捨てたりなどしない』」

「――ッ⁉」

「貴女は理解していますか？　貴女が己を捨て、すべてを捨てて戦い、傷を負うことが……貴女が守りたいと願う大切な相手を、どれだけ傷つけるのか」

「わ、私は……フィーを……」

イルネスの声に熱が籠り、それに呼応するように白い雷光が勢いを増す。ヒビはフュンフの右腕全体にまで広がり、崩壊寸前と言っていい状態だ。

「すべてを捨てて大切な人を守る？　大切な人を守った上で『自分自身も守り抜く』……その覚悟もない半端者が、私に勝てると思うな‼」

「ぐっ、うあ、あぁぁぁぁぁ⁉」

そしてついに、白い雷光は黒き炎を貫いた。それを切っ掛けに膨れ上がった魔力がはじけ、とてつもない爆発が両者を包み込んだ。

巨大な爆発によって巻き起こった土煙の中、フュンフは両膝と片手を突き、荒い息を吐いていた。

「……はぁ……はぁ……」

右腕は肩まで吹き飛び、体のあちこちにも魔力の大爆発によってダメージが刻まれている。

（反省するべきことは多いけど、それはあと回しだ。とにかくいまは回復を……かなりダメージが大きいし、魔力の消費も激しい。戦闘可能な状態に回復するまで一分はかかる）

傍目には満身創痍ではあるが、そもそもフュンフ……というより伯爵級最上位の高位魔族は基本的に不死身であり、跡形もなく消し飛んだとしても、自己蘇生程度は当たり前のように行える。

このクラスの戦いが一日や二日で決着することは基本的にあり得ない。現にフュンフもあと一分あれば戦闘を再開できる上、追加であと一分あれば消し飛んだ右腕も完全に再生できる。

（とりあえず、右腕の再生はあとでいい。急いでゼクスたちの援護に向かえるように、最低限の体力と魔力の回復を……）

ひとまずゼクスたちとの合流を最優先の目標に定め、フュンフはダメージの回復を早急に行おうとした。

だが、忘れてはいけない。この場にはもうひとりいることを。フュンフがこうして健在なのであれば、相手もまた健在であるということを……。

回復に専念しようとするフュンフの意識の隙間に滑り込むように、まるで流れるように自然で音もなく、フュンフの首の後ろに手が回される。

即座に反応して顔を上げたフュンフの目に映ったのは、極星状態は解除されているものの五体満足であり、独特の笑みを浮かべているイルネスの姿だった。

「……『病魔の抱擁』」

「しまっ、ぐっあぁぁぁぁぁ⁉」

瞬間イルネスの肌が毒々しい色に染まり、ソレがフュンフの体を侵食し始める。

幻王配下幹部十魔のひとり、コードネームはパンデモニウム。彼女は世間では『滅びを呼ぶ病魔』という二つ名で知られている。その二つ名の通り、彼女には……イルネスには病魔を操る力があり、それは上級神の祝福すら貫通するほど強力なものだ。

（かなりダメージがあるとはいえ、私の耐性を貫通してきた⁉）

だがしかし、それでも本来であれば状態異常に対しても強固な耐性を持つフュンフに病魔など通用しない。だが、大きなダメージを負っているいまなら別であり、フュンフは苦悶の表情を浮かべる。

ただし、それでも病魔はフュンフの体の一部を侵食するに留まっており、それ以上侵食が進む様子はない。

「……舐めるな！　この程度で、私がやられるか！」

そう、フュンフは即座に病魔に対する抗体を作り出して、体内の病魔を押し返そうとした。たいしてイルネスは即座に病魔を変異させ、再度侵食を試みる。

「ええ～そうですねぇ。これで～貴女を無力化することはぁ、できないでしょうねぇ」

フュンフの言葉をイルネスはアッサリと認める。事実いまはイタチごっこのような形になりつつあるが、ややフュンフの押し返す力が優勢であり、いずれはフュンフが病魔を無効化するだろう。

「ですがぁ……『足止め』にはぁ、十分ですよぉ」

「くっ……」

イルネスはそもそもこの攻防でフュンフを倒そうなどとは思っていない。決戦の場所から遠く離れている現状であれば、最優先なのはフュンフをここに食い止めて合流させないこと……快人がイルネスを信じたように、彼女もまた快人を信じている。

（……駄目だ⁉　病魔に対応するのに手いっぱいで、回復に回すだけの余力が……）

だからこそ、イルネスは全力でフュンフただひとりを食い止め続ける。

＊＊＊＊

時は少し遡り、もうひとつ……メインといえる戦いも佳境を迎えていた。

疲労をまったく感じさせない足取りでノインが駆け、その隣にラグナが並ぶ。

「懐かしいのぅ。久しぶりに血が騒ぐ」

「長く戦場から離れていたブランクは大丈夫ですか？」

「ふっ、そんなものがあるはずなかろう！」

短く言葉を交わしたあとでラグナが急加速しつつ、手に持った槍を地面に向けて突き出す。

すると槍が当たった地面から巨大な三つの水柱が上がり、それぞれがまるで槍のように魔族たちへ向かう。水柱は多くの魔族を飲み込むと三つの水柱がひとつに集まり、巨大な渦となって飲み込んだ魔族たちを閉じ込める。

「ちゃんと加減してくださいよ。大事な家族なんですから……」

ノインは一度足を止め、空中に大量の日本刀を出現させ、居合いの構えを取る。

すると宙に浮かぶ刀もノインの動きに連動して動き、そのすべてから同時に斬撃が放たれる。

「一閃百刃……百花！」

放たれた百の斬撃は、大渦を一瞬で切り裂き大量の魔族の意識を刈り取る。もっとも殺害する気などあるわけもなく、魔力斬撃はすべて加減したものだったが……。

「いや、お前の方が容赦なさそうなんじゃが……」

「私はちゃんと加減しています。ラグナは大雑把なところがあるので心配なんですよ」

「ぬかしよるわ」

ノインの言葉を聞き、ラグナはどこか楽し気に笑みを浮かべて槍を構える。いまのノインの一撃はかなりの数を戦闘不能にしたが、全員というわけではない。実力がある者はノインの攻撃の前に渦から逃れており、健在だ。

「お互い腕は鈍っておらんようでなによりじゃな」

「そうですね。これなら問題なさそうですし、早めに終わらせましょう……ラグナも仕事があるでしょうから、ね？」

「はぁ……ワシはいつになったら国王を辞められるのじゃ……」

軽口を叩き合いながら、互いの隙をカバーし合う完璧な連携。かつて数多の戦いを共に潜り抜けたからこその息の合ったコンビネーションで、ふたりは大量の魔族との戦いを進めていく。

ノインたち以外の場所でも、駆け付けた面々が戦闘を開始していた。

「ルナッ！」

「……特別手当出してくださいよ。コレ、高い上に使い捨てなんですから……ね！」

隊列を組みながら迫る魔族を見てリリアが叫ぶと、その意図を察したルナマリアが、懐から数枚のカードを取り出し魔族たちに向けて投擲する。

投げられたカードは、ルナマリアが指を鳴らすとクモの巣のような形状の魔力糸へと変わり、向かってくる魔族たちを搦め捕っていく。

「ジーク！」

「ええ、ちゃんと加減してくださいよ。リリ」

魔族たちの動きが止まったのを確認すると、リリアは足もとに巨大な魔法陣を浮かべて魔法を発動させる。

リリアが放った魔法は荒れ狂う竜巻を生み出し、足が止まっていた魔族たちを飲み込む。そして、ジークリンデが炎剣を地面に突き立てると、それは炎の竜巻へと変化する。

「……ジークの方こそ、殺しちゃ駄目ですからね？」

「大丈夫です。ちゃんと弱火です」

「ちょっと、お二方……私、軽く巻き込まれてるんですが？　エプロン少し焦げました!?　コレちゃんと経費で落ちますよね!?」

親友同士であり、共に戦ってきた戦友でもあるリリア、ジークリンデ、ルナマリアの連携は慣れたもので、三人で力を合わせながら着実に魔族の数を削っていた。

一息ついたタイミングで、ふと思い出したようにジークリンデが隣にいたリリアに尋ねる。

「ところで、リリ……前々からただものではないと思っていましたが……イルネス様って、あんなに強かったんですか？」

「私も驚きました。というか、完全に伯爵級最上位クラスじゃないですか……はっ⁉　そ、そうです！　伯爵級高位魔族というなら、やはりそれに相応しいだけの給料を支払うべきなのでは？」

「……絶対に了承してくださらないと思います」

「ルナに同意します」


雄叫びをあげながら切り込み、強大な腕力を振るうアニマは、まるで主の敵はすべて排除する重戦車のようだった。

防御されれば防御ごと打ち崩し、強靭な防御力で敵の攻撃を意に介さず攻め続ける。

まさに解き放たれた野生の獣。その重く鋭い一撃は爵位級の魔族とて容易に受けることはできず、どんどん道が切り開かれていく。

無論、敵とて馬鹿ではない。アニマのパワーを前に正面から戦うのが得策ではないと判断し、アニマの弱点である機動力を突くために回り込もうとする。

しかし、それをイータとシータが見逃さない。

迫りくる攻撃をシータが大盾で防ぎ、その隙にイータが槍で薙ぎ払う。

平時は性格の違いからかよく喧嘩をするふたりだが、こと戦闘になると、双子であるふたりのコンビネーションは美しいほどに噛み合う。

互いに実力を信頼し合っているからこそ、イータは全力で攻撃のみに専念し、シータは全霊で防御のみを遂行する。

攻撃と防御を完全に分担して戦うふたりは、個々の実力以上の力を発揮し、格上であるはずの男爵級高位魔族すらも打ち破っていく。

三者三様の戦い方ながら、三人の心はひとつ……敬愛する主人のために道を切り開く。

派手な戦闘を繰り広げながら正面から突き進んでくる光景。それを目撃すれば『戦闘を行っていないひとり』から、つい目が逸れてしまうのも仕方ないことだろう。

戦闘の隙間を縫うように少しずつ、しかし着実に快人は目的の場所に向けて足を進めていた。

それほど運動神経が優れているわけではない快人だが、陽菜に付き合って定期的に走っていることも功を奏し、かなり順調に歩を進めることができていた。

しかし当然すべての魔族の目を欺くことは不可能であり、時折快人に気付いた魔族が阻止しようと近付いてくるが……それは後方より飛来する矢によって阻止される。

「カイトクンさんの邪魔はさせないですよ！」

弓の名手であるラズリアが快人に迫る者たちを牽制し……。

「おっと、俺らも……」

「忘れてもらっちゃ困るんだよ！」

そこにアハトとエヴァルがフォローに入ることで、快人はどんどん結界の壁に向けて進んでいく。

戦力がある程度拮抗していたのは少し前までの話であり、いまや完全にパワーバランスは快人たちに傾いている。

なればこそ、この快進撃は必然と言えるものだった。

だが忘れてはいけない。まだ相手側にも伯爵級最上位……六王幹部級の実力者がいることを……。

「……致し方ありませんな」

そんな声が戦場に響くと共に、快人たちが向かおうとしている先に巨大な棺桶が現れる。

「フュンフ殿の覚悟を見せられては、ワシもこのままとはいきませんな」

棺桶が開かれると共に、瞬く間に視界を埋め尽くすほど膨大な数の亡者が現れる。大小さまざまなスケルトン、獣のような姿をしたゾンビなど多種多様……その数は数千。

圧倒的な物量による妨害。シンプルな作戦ではあるが、時間稼ぎと考えればこれほど有効な手もない。

他の伯爵級十体が決死の覚悟でシアを食い止め、ゼクスが快人の目的地への到達を阻止する。

だが、その直後にゼクスにとってまったくの予想外の事態が起こった。突如地面から植物の根のようなものが現れ、亡者たちが一斉に拘束される。

「なんですと……これはっ!?」

さらに予想外の事態は続く。少し強めの風が吹いたかと思えば、数千の亡者たちがバラバラに切り裂かれ、続けて飛来した灼熱の閃光が亡者を跡形もなく消し飛ばしてしまった。

（結界外から信じられない精度での拘束、亡者の自己再生機能ごと切り裂く高度な斬撃、一撃で大型死霊も消し飛ばす火力……間違いなく相当の実力者ではありますが、いったい何者……いえ、考えるのはあとですな）

突然の横槍には驚愕したが、ソレを行った者は結界内に入ってくる気はないようで姿は見えない。そしていまは不意を突かれてしまったが、結界外から攻撃してくる者がいるとわかっていれば対応策はいくらでもある。

ゼクスは即座に頭を切り替え、最優先である快人の阻止に動こうとした。だがそこへ、桁外れの威圧感が襲い掛かった。

「……はぁ、仕方がない」

大量の爵位級と相対していたシアが、どこか諦めたような表情で呟く。

「本当に大したもんだ。個々の能力もそうだが、連携もいい……やれやれ、本来これはそんなに気軽に使っていいものじゃないんだ。『コレ』は私たち神族が名前と共に、シャローヴァナル様から直接与えられた尊いものだからな」

冥王陣営を賞賛するような言葉を呟いたあとで、シアは軽く拍手をする。

「だから、誇るといい。この戦いが終わったあとで、せいぜい友人や家族にでも自慢しろ……私たちは、『災厄神に権能を使わせた』とな……」

シアのその宣言に彼女と対峙していた者たちに緊張が走る。シアと戦っているのは全員爵位級であり、相当の実力者である。

だからこそ、シアの宣言の脅威を理解していた。権能は神族がシャローヴァナルより直接与えられている力であり、効果は限定的ながら魔法よりも完全上位に位置する力だ。

警戒を強めるのは当然であり、伯爵級のひとりは強固な防御魔法を発動させようとした。

「い、いかんっ⁉　もうすでに……」

その行動にゼクスが焦った様子で声を上げた直後、伯爵級が発動させようとしていた術式が爆発した。

「伯爵級ともあろうものが、魔法の発動を失敗とは、一万年に一度あるかどうかの珍事だな。緊張で術式の構成でもしくじったか？『災難』だったな」

「皆、迂闊に行動してはなりません！」

「さすが死霊の大賢者と呼ばれるだけのことはある。よく状況がわかっている……だが、わかっていてもどうしようもないさ。さすがに運命神様のように世界すべてを範囲内にとはいかないが、この空間内程度を権能の範囲内にするのは容易い。つまりもう、ここは私の支配下だ……お前たちの行動はなにひとつ上手くはいかない。なにかをしようとすれば、災厄に見舞われるだろうさ」

因果に作用するという点では、シアの権能は上司であるフェイトに近い。彼女の権能の領域内においては、彼女の敵に対してはすべての行動に災厄が襲い掛かる。

端的に言ってしまえば、攻撃も防御も回避もなにもかも望んだ通りの結果にはならず、失敗することが確定しているようなもので、ゼクスたちは動くことができない。行動の先には悪い結果しか待ち構えていないのだから……。

「……ほら、さっさと行け」

「ありがとうございます！」

こうなってしまえば、もはや快人を止める術はない。快人はついに目的の場所……本来の教会がある場所のすぐ傍まで辿り着き、一度振り返って手を伸ばす。

「ノインさん！」

「はい！　ラグナ、あとを頼みます！」

「任せておけ！」

呼ばれたノインはその場をラグナに任せると、すぐに快人に駆け寄り差し出された手をしっかりと握る。

ノインと手を繋ぎ、残るもう一方の手を前に伸ばす。するとまるで閉じていた扉が開くかのように結界に切れ目が生まれ、その先にフィーアの教会が見えた。

快人たちが一歩結界の外に出ると、切れ目はもとに戻る。快人とノインは一度足を止めてから顔を見合わせ、頷き合ってから教会の扉に手をかける。

木造りの大きな扉が、擦れるような音と共に開く。

快人とノインが目指すフィーア……彼女は、祭壇の前にいた。

ステンドグラスから差し込む何色もの光を受けながら、フィーアは訪れたふたりに向かってゆっくりと振り返る。

光を背に受けて祭壇に立つその姿は威厳に満ちており、薄く微笑みを浮かべた顔は妖艶にすら感じられる。

「……いらっしゃい、ふたり共。ふふふ、なんかこうしてると、魔王時代を思い出しちゃうね」

「……」

「……」

「来てくれてありがとう。本当に嬉しいよ……でも、ごめんね。きっと、君たちの気持ちには応えられない」

悲しげに微笑むフィーアは、快人たちがなんの目的でここに来たのか、すべてわかっていた。

わかった上で……彼女はそれを拒絶しようとしていた。

「だから……帰ってくれるかな？」

＊＊＊

快人とノインが結界を抜けて教会の中へと入った時、同じく結界の外にいた三人の六王幹部がその背を遠くから見ていた。

その三人、先程ゼクスが呼び出した死霊兵を攻撃して快人を援護したリーリエ、オズマ、ニーズベルトは、どこか楽し気に言葉を交わす。

「いよいよ、だね。けど、手出ししてよかったのかい？　怒られるんじゃない？」

「いえ、手が滑っただけですよ。ほら、私は目が見えないので、ついうっかりツルッと……それに、それを言うなら貴方もではありませんか？」

「いや〜おじさんも歳でねぇ、手が滑っちゃったよ。まぁ、実際に手出ししたとしても、うちの旦那は気にしないだろうけどね。ニーズベルトちゃんも、そんな感じかい？」

「うん？　いや、我は己の意思で攻撃を行ったが？」

茶目っ気たっぷりにリーリエが告げたことで、手が滑ったという方向で纏まりかけていたが、ニーズベルトだけは手が滑ったわけではないと口にした。

「もともと暗黙の了解だ。マグナウェル様になにか厳命されたわけでもないし、仮にされていたとしても我はあの青年を援護しただろう。あれほど熱く偉大な挑戦者の助けになれるのなら、お叱り程度は甘んじて受ける」

そこまで告げたあと、ニーズベルトは咥えていたキセルを腰のホルダーに差したあとで、教会に背を向ける。

「今回はよい挑戦を見せてもらった」

「おや？　まだ終わってないみたいだけど、もう帰るのかい？」

「我はいままで多くの挑戦者を見てきた。故に勝利を掴みとる者の背というのは、わかっているつもりだ……あの青年は成し遂げるだろう」

快人の勝利を確信したような口調で告げたあと、ニーズベルトは軽く笑みを零す。

「勝利の美酒に酔えるのは、挑んだ者とそれを支えた者の特権だ。部外者である我が勝利の光景まで覗き見するのは、無粋極まる。故に我は、失礼させてもらう」

そしてニーズベルトは、快人が入っていった教会の扉をチラリと見て、心底楽し気に笑みを零して呟いた。

「本当にいいものを見させてもらった。偉大なる挑戦者、ミヤマカイト……その名、このフレアベル・ニーズベルトの魂に刻もう」

そう告げるとニーズベルトの体は光に包まれ、深紅の鱗の翼竜へと変わり、空に飛びあがって去っていった。

それを見送り、オズマも吸っていた煙草の火を消し、携帯用の灰皿に入れて口を開く。

「……相変わらずカッコいいねぇ、ニーズベルトちゃんは」

「どうします？　無粋極まるらしいですけど？」

「まぁ、確かにここから先はいろいろ込み入った話だし、旦那にいい土産話もできたし、おじさんもそろそろ帰るとするよ」

「そうですね。私もリグフォレシアに戻るとしましょう」

ニーズベルトと同じように、ふたりもこれ以上の見学はしないことにして、それぞれ転移魔法を使ってその場から去っていった。

＊＊＊＊

俺とノインさんを見つめながらも、フィーア先生の表情に焦りは欠片も見えない。

その余裕すら感じる姿からは、フィーア先生の「自分の返答は変わらない」という意思のようなものが伝わってきた。

そんなフィーア先生は、俺とノインさんを交互に見たあと、穏やかな微笑みを浮かべつつ口を開く。

「……懐かしい格好だね、ヒカリ。うん、やっぱりヒカリは、髪が短い方が似合ってるよ」

「ありがとうございます。懐かしいという意味では、私も同感です……こうして貴女と向かい合っていると、かつてあいまみえた時のことを思い出します」

「うん。そうだね……どうする？　今回も、昔みたいに戦ってみる？」

「いえ、生憎といまの私は『勇者』として貴女を倒しに来たわけではありません。『友人』として、貴女を説得しに来ました」

それは一見穏やかな会話に感じられた。しかし、ノインさんもフィーア先生も互いを真剣な表情で見つめたまま、決して視線は逸らさない。

かつて勇者と魔王が対峙した時とは違う意味、違う形式かもしれないが……ふたりの戦いはすでに始まっているのだと、そんな気がした。

俺は口を挟まずにその光景を見続ける。いま、ここで俺が割って入るわけにはいかない。

いま言葉を交わしているのは当事者同士、ここに部外者である俺が加わっても会話を乱れさせるだけ……ノインさんがフィーア先生を説得できるなら、それが一番いい結果だろう。

ただ、そうならなかった場合には……当事者同士だからこそ、相手の苦しみを知っているからこそ、ノインさんが押しきれなければ……俺も話に加わるつもりだ。

だからいまは、二人の会話を聞き逃さないように見つめ続ける。

「……嬉しいよ。私にとっても、ヒカリは凄く大事な友人だからね……でも、いったいなにを説得するのかな？」

「単刀直入に言います。クロム様と会ってください」

「なら、私も簡潔に答えるよ。それはできない」

「でも、貴女自身はクロム様に会うことを望んでいる。違いますか？」

「違わないね……そこを隠すつもりはないよ。私はクロム様に会いたい、もう一度会って話がしたい……でも、それはできないんだよ」

『会いたくない』ではなく『会えない』……フィーア先生がそう答えることは、当然ノインさんだってわかっており、特に動揺することもなく会話を続ける。

「……フィーア、貴女はいったいいつまで、そうやって苦しみ続けるつもりなんですか？　もう、いいじゃないですか……貴女がこの千年、どれだけ苦しみ、どれだけ贖罪を続けてきたか……私は痛いほどわかっています」

「……」

「多くの人の命を助け、危険な魔物が発生すれば暇を見つけて人知れず駆除し、医者として稼いだ金銭の大半を寄付する。不治の病と呼ばれた病気に対しても積極的に関わり、いくつもの新しい治療法を生み出し、それを知り合いの医者を通じて惜しむことなく広める。称賛されることを良しとせず、ずっと己を責め続け……そんなことを、いつまで続けるつもりなんですか？」

「……終わりなんてないよ。私がしてるのは、ただの自己満足……終わることなんて永遠にない」

「……もう、貴女は許されてもいいはずです。貴女がいったいなにをしたんですか？　貴女は魔王と呼ばれた時も、戦う力なき者は傷つけず、戦った者でさえ誰も殺さなかった」

「……」

それはきっと、ノインさんがずっと思っていたことなんだろう。

フィーア先生は誰も殺さなかった。だけど、フィーア先生が配下に加えていた魔族たちはそうじゃなかった。

アリスが言っていたようにフィーア先生にも御し切れなかったという責任はあるだろう。だけど、ノインさんの主張通り……確かに、彼女は血も涙もない魔王ではない。

だけど、それでも、フィーア先生は……きっと自分を最低の存在だと語るだろう。

「……それなのに、なぜ貴女は許されないのですか？　なんで、幸せに笑うことすら……」

「……決まってるよ。他の誰が許したとしても……『私が私自身を許せない』……私は許されちゃいけない。愚かな罪を犯し、大切な方を傷つけた私に……『幸せになる資格なんてない』」

苦々しげに告げるノインさんの言葉に、フィーア先生はバッサリと答えるが……なんだろう？

なんか少し腹が立ってきた。

「どうして、そんなことを言うんですか……貴女にだって、願いを叶える権利はあるはずです！

クロム様に会いたい……なら、会えばいいじゃないですか!!」

「会えないって言ってるんだよ！　もう、私はクロム様に顔向けなんてできない……そんな資格は私にはないんだ！」

「このわからず――」

「ふざけるなっ！」

「――へ？　快人さん？」

「……ミヤマくん？」

気が付いた時には、思わず叫んでいた。

話に加わるつもりはなかった。当事者同士で話すのが一番いいと思って、傍観していた……でも、クロの名前が出て、自分の心にある『怒り』という感情を押さえ切れなかった。

驚いた様子でこちらを向くフィーア先生を睨みつける。

「……なんですかそれ……なんで、過去に罪を犯した者は幸せになっちゃいけないみたいな、わけのわからないことを言ってるんですか！」

「え？　な、なにを……」

「フィーア先生が過去の罪を償うことに関して、俺はなにも言うつもりはありません。フィーア先生が、満足いくまで償えばいい、納得できるまで続ければいい。それに関して、当事者でもない俺はなにも口を挟む気はありません……だけど！　『いまの貴女』が幸せになるのに資格なんてものが必要なわけないでしょう！」

「ミ、ミヤマくん……だから、私は……」

「……ただ『クロと会うのが怖い』だけだろ」

「なっ⁉」

つい興奮して敬語が崩れた俺の言葉を聞き、フィーア先生は今日初めて明確に動揺した表情を浮かべる。

「クロと再会して、それでもし、クロが自分を許してくれなかったらって……貴女は！　それが怖くて、クロに合わせる顔がないなんて言いわけを並べて逃げてるだけだ！」

「……ち、違っ、私は……」

「……本当にクロが大切で、迷惑をかけたっ.て思ってるんだったら……なんで直接会って謝ろうとしない？」

「ッ⁉」

フィーア先生はクロに会わないままクロのもとを去ったと聞いた。

クロに許される自分が許せないと、そう言っていたらしいが……俺は本当の理由は別だと思っている。

それは、クロが俺に対して零した……会いたいけど、フィーア先生の方が会いたがってないかもしれないと、寂しそうに告げた言葉……きっと、フィーア先生も同じだったんだろう。

「もしかしたら、クロに嫌われてしまってるかもしれない。そんな考えが頭にあって、結局いままで会えないままだったんじゃないですか？」

「そ……れは……」

「貴女は……大好きだと、母親だと言ったクロを……自分自身が逃げるための言いわけに使ってるんじゃないんですか？」

「……」

どうやら俺の考えは決して的外れなものではないみたいで、フィーア先生は動揺した表情であとずさる。

たぶん、当たりだ……この人はクロに会いたい。ちゃんとクロに謝って許してもらいたいと思う反面、もし、クロに拒絶されたらどうしようと、そんな考えが浮かんで踏み出せずにいるんだ。

少なくとも多少なりとも自覚がなければ、ここまで動揺したりはしないだろう。

「……やっぱり、そうなんですね？　貴女はクロに会えないんじゃなくて……会うのが怖い。でも、同時にクロと会って、許してもらいたいって、そう思ってるんですね？」

「……ち、違う……違う……私は……」

否定するように首を横に振るフィーア先生だが、その声は非常に弱々しい。

でも、良かった……フィーア先生は幸せになんてなりたくない、救われたくないなんて思ってるわけじゃない。

かつての俺と同じで、救ってほしい、手を差し伸べて欲しいと願いながらも、それを自分で拒絶してしまっていただけなんだ。

「……フィーア先生。クロと会ってください」

「い、や……いやだ！　私は、クロム様とは……会わない！」

「……フィーア」

「いやだ！　会いたくない……だって、クロム様に拒絶されたら……私はもう……」

先程まであったフィーア先生の余裕は完全に崩れ、俺とノインさんの呼びかけに対し、まるで駄々をこねる子供のように首を振る。

もう、ここまでくると意地のようなものだろう。会いたいけど会いたくないか……。

「……残念ですけど、フィーア先生。もう、俺は決めました。手段は選びません。貴女がなんと言おうが知ったことじゃない。嫌ってくれて構いません、軽蔑してくれていい……『力ずくで』でも、貴女をクロの前に連れていく」

「い、行かない！　私は……」

会いたくないと叫ぶフィーア先生だが、もはや俺にとっては関係ない。

クロは俺に言った。「フィーアに会いたい」と……なら、俺はクロの願いを叶える。いや、もしかしたらそれもただの言いわけなのかもしれない。

「し、しかし、どうするんですか、快人さん？　ああなると、簡単に動いてはくれません。それに力ずくとは言っても……フィーアは相当強いですよ？　本気で抵抗されれば……」

「ノインさん、俺はいま言いましたよ……手段は選ばないって……『切り札』を使います」

「……その『羽根』は……切り札とはいったい……」

ノインさんの言葉に静かに答えながら、俺は懐から一枚の純白の羽根を取り出す。

「……俺は、フィーア先生とクロを再会させたい。クロの願いを……いや、俺自身が納得できない。そう、これは俺の我儘……だから、それを叶えるために……」

自分自身に言い聞かせるように呟きながら、俺は手に持った羽根を放り投げる。

ヒラヒラと重力に従って落下する羽根を見つめ、キーとなる言葉を口にする。

「力を貸してください『エデンさん』！」

瞬間、教会の内部に白銀の風が吹き荒れ、巨大な球体状になった十対二十枚の羽が現れる。

そして一枚一枚翼が開かれていき、圧倒的な魔力を放ちながら、異界の神が降臨した。

「……委細、承知」

＊＊＊＊

教会前の結界の内部。快人が教会に入ったことを確認したゼクスは、戦いを止めて何度か手を叩く。

「いやはや、我らの負けですな。皆、ワシの我儘に付き合っていただき、感謝しますぞ。治癒魔法が使える者は、怪我をしている者の治療をお願いしますぞ」

「……」

快人が通過するなりアッサリと負けを認め、集まった魔族たちに戦闘終了の指示を出すゼクスに、リリアたちはやや戸惑った表情を浮かべていたが、シアだけは驚くこともなく大鎌を引く。

「……『憎まれ役』は大変だな、死霊の大賢者？」

「ほほほ、いやはや、若者の背を押すのが年長者の務め……というのは良く言い過ぎですかな？」

「さあな、まぁ、芝居はへたくそだったな」

「おやおや、これは手厳しい」

のんびりとした口調で話すゼクスに、シアは微かに微笑みを浮かべながら告げる。

まるで先程までのゼクスの行動が、すべて演技だったとでも言いたげに……。

「良くも悪くも家族という関係は近過ぎますな……だからこそ、難しいこともあります。ミヤマ殿には、後日改めて感謝をせねばなりませんな」

「気の早いことだ、まだこれからだろう？」

「いえ、ミヤマ殿なら大丈夫でしょう……事実、ノイン殿も吹っ切れたようですからな……下手な芝居をしたかいもありますな。いやはや、災厄神様も『ご協力』ありがとうございました」

「……なんのことかわからんな」

「また、御冗談を……貴女が本気で戦っていれば、我らなど一瞬で無力化できたでしょう？　事実最後は無力化されましたしな、ははは」

「……チッ」

ゼクスがそう言って頭を下げると、シアは心底面倒そうな表情で舌打ちをするが、否定しないところを見ると手を抜いていたのは事実らしい。

そう、パワーバランスなどシアが参加していた時点で、すでに圧倒的に快人の側に傾いていた。

「貴女様のご慈悲に、感謝するばかりですな」

「……勘違いするな。私は確かに慈悲深い女神だ。助けを求められたら応える……が、助けを求めもしない大馬鹿をわざわざ救ってやるほどお人好しではない。私が協力したのは……あくまであの人間が『力を貸してくれ』と言ったから……初めから『三人』救うつもりだったあのお人好しのためだ」

「なるほど」

「……まぁ、結局……それすらも『ヤツの思惑通り』と思うと、腹が立つがな……」

「あぁ、やはりそうでしたか……」

快人が助けを求めなければ、そもそもこの件に関わるつもりなどなかったと告げたあと、シアは今回の件には黒幕がいると告げる。

そしてそれはゼクスもわかっていた様子で、特に驚くこともなく頷いた。

「……そもそも前提条件からして都合が良過ぎる。私好みの新作が今日発売されるという情報が神界に流れてきて、その場所が都合よくこの近くで……そこに初めて友人に敵意を向けられて消沈しているカイトが通りかかる」

「ですなぁ、ワシのもとに情報を流すのも、あの御方なら容易いことでしょうな。それに絶妙のタイミングでの援軍……その中には別の国の国王までいらっしゃる」

「まぁ、そうだろうな……コレはやつが書いた筋書き、大方カイトも含めて『四人を救う物語』ってところか？」

「……それは誤解っすね」

「「むっ？」」

陰で糸を引いていた存在について話すシアとゼクスだが、その直後ふたりの傍にその話題の存在が現れる。

顔が見えない特殊なフード、鎖の付いたローブ……。

「……幻王ノーフェイス……やっぱりお前か」

「これは幻王様……して、誤解とは？」

「いえね。まず大前提として……ヒカリさんもフィーアさんも、私にとっては『どうでもいい』んですよ。ああ、勘違いしないでくださいね。私にだって情はあります……けど、それはまぁ、精々頼まれたら少し有利な条件で受けてあげるかな～程度のものっすね」

ローブについた鎖の音を響かせつつ、ノーフェイスはこともなげに告げる。

「……私が無条件、損得勘定抜きで味方するのなんて、カイトさんただひとりだけ。だから、私は四人を救う舞台なんて用意してませんよ……『カイトさんにとって一番いい結果になる舞台』……それを考えてるに決まってるじゃないですか？　全部カイトさんのためですね～」

「……まぁ、そうだろうな。そうじゃなければ、とっくの昔にお前がなんとかしているか……」

「ええ、その通り。あの三人の関係をどうにかしようと思えば、できましたよ？　する気がなかっただけです。まぁ、クロさんには恩もありますし、結果的にこうなったのは良かったですけどね」

「……死霊の大賢者もそうだったが、お前も気が早いな、幻王。まだ結果がどうなるかなんて、確定していないだろ？」

しかし、ノーフェイスはアッサリと、そんなシアの言葉を否定する。

「いえ、確定ですよ……少なくとも、フィーアさんがクロさんと会うことは、もう確定です」

「……ほう、それはなぜですか？　失礼ですが、根拠をお尋ねしてもよろしいですかな？」

「ええ、理由は単純明快……カイトさんが『切り札』を切ったら、もうその時点で勝ち確です」

「切り札、だと？　アイツ、そんなものを持ってたのか？」

「はい。ゼクスさん的には助かったかもですね～。もし、ゼクスさんがカイトさんを追いこみ過ぎて、カイトさんが切り札を切ってたら……全員無事じゃ済まなかったですよ？」

「それほど――なっ⁉」

「これは……」

快人の持つ切り札がいかに強力かを語るノーフェイスに対し、シアとゼクスは半信半疑といった表情を浮かべていたが……直後にそれは一変する。

それは結界越しにさえ伝わってくる、次元の違う凄まじい魔力の奔流。

「馬鹿な⁉　なんだこの、魔力は……」

「こ、これがまさか……ミヤマ殿の切り札……ぐうっ⁉　ま、魔力の欠片だけで押しつぶされそうな……」

「し、信じられん……この魔力の格は、シャローヴァナル様に匹敵するほどの……冥王以外に……そ、そんな化け物が存在するのか⁉」

「おや？　シアさんも知らないんすね……ってことは、もしかしたら最高神にも伏せられてるかもしれませんね。まぁ、ともかく……もう、わかるでしょ？　この存在がカイトさんを味方する以上、勝ち目なんてないことはね」

そして時を同じくして、ゼクスたちのもとから離れた場所にいたふたりも、広域の魔力探知により快人が結界を抜けたことを察していた。

そしてイルネスは病魔による攻撃を止めてフュンフから手を放した。解放されたフュンフは、イルネスに攻撃を仕掛けるわけでもなく、ゼクスたちのもとへ向かうわけでもなく、右腕を再生させたあとで地面に大の字に寝転んだ。

「……あ～あ……負けちゃったか……悔しいなぁ」

そう呟きつつも表情に悲愴感はなく、どこか清々しさも感じられた。そのまま少しの間沈黙したあとで、フュンフは上半身を起こしてイルネスに話しかける。

「……パンデモニウムさんだよね？」

「おやぁ？　バレてしまいましたかぁ」

「そりゃバレるよ。というか弱っていたとはいえ、私の耐性をぶち抜くような病魔の使い手が他にもいたら怖いよ」

「他の方にはぁ、内緒にしておいてくださいねぇ」

「了解だよ」

イルネスの正体に気付きつつも、それを言って回る気もなかったフュンフは、イルネスの言葉に頷いたあとで、結界越しに空を見上げた。

「清々しい顔を～していますねぇ」

「まあ、ね……言われたことは耳が痛い思いだし、負けちゃったのは本当に悔しいけど……満足だよ」

苦笑しつつそう告げ、フュンフは再び地面に寝転がった。

「……やっと千年以上心の中に燻ってた思いに決着をつけられたよ。負けちゃったし、悔しいけど……それでも今回、私は全身全霊で、最後までフィーを守るために戦えた。あの時にできなかったことを……やっとできた」

フュンフの中にずっとあった後悔。かつてフィーアをひとりで戦わせてしまったこと、彼女の助けになれなかったこと……それにようやく心の中で折り合いをつけることができた。

「カイトにもいっぱい迷惑かけちゃったし、今度謝らないとね」

「……まだぁ、すべてが終わったわけではありませんよぉ？」

「うん、そうだね。だけど、大丈夫だと思うよ……カイトならきっと、フィーのことを助けてくれるって思う。根拠はないけどね」

「そうですねぇ、カイト様ならぁ、よい結果を掴みとってくれると～私も信じていますよぉ」

そう言ってふたりが笑い合ったタイミングで、桁違いの魔力を感じ取ってふたり同時に教会のある方向に視線を向けた。

「……あ～でも、さすがにこれは予想外っていうか……なにかなこれ？　ものすっごい魔力なんだけど……」

「これはぁ、私も～驚きましたぁ。もしかして～カイト様から聞いたぁ、異世界の神でしょうかぁ？」

「……異世界の神？　シャローヴァナル様みたいな感じかな？　そんな相手とも知り合いって、相変わらず凄い子だなぁ」

＊＊＊＊

現れたエデンさんを見てからのフィーア先生の行動は、あまりにも早かった。

即座に身を翻し、一切の迷いなき逃走……エデンさんに敵わないことを一瞬で悟り、逃げの一手を最速で打った。

しかし……。

「誰が動くことを許可しましたか？」

「がっ……ぁっ……動けな……」

エデンさんが一言呟くと、フィーア先生は走りだそうとした姿勢のまま不自然に停止する。

そう、フィーア先生はエデンさんと戦っても勝てない、敵わないと判断して逃げようとした……しかし、その前提すら間違っている。

エデンさんが現れた時点で、フィーア先生はもはや逃げることすら叶わない。

「……エデンさん。俺たちとフィーア先生を、『強制的にクロのもとへ転移させる』ことはできますか？」

「容易いことですよ」

俺がエデンさんを切り札とした最大の理由は……以前エデンさんがアリスと戦った時に、アリスを遥か遠方に強制転移させたことを覚えていたから。

だから、エデンさんならフィーア先生の意思なんて関係なく、一切傷つけずにクロのもとへ連れていくことができるんじゃないかと、そう思っていた。そのことを尋ねると、エデンさんは簡単なことだと頷く。

「……フィーア先生。こんな力ずくになって申し訳ありません。あとでいくらでも恨みごとは聞きます。エデンさん、お願いします！」

「わかりました」

俺の言葉をキーにして、エデンさんの翼から光が放たれると、景色が一瞬で切り替わった。

教会の中だったはずが、穏やかな風を感じる小高い丘へ……そして、そこに目的の人物は立っていた。

巨大な石碑の前に一本の刀が刺さっており、その前に石碑を眺めながら立っているクロの後ろ姿があった。はて？　ここはどこだろう？

「……ここは、まさか……」

「ノインさん？」

「ここは、かつて魔王城があった場所で、友好条例が締結された場所でもあります。私にとっても、フィーアにとっても……戦いの始まりと終わりの場所……『勇者の丘』と、いまはそう呼ばれている場所です。で、でも、なんでここにクロム様が……」

ここが、以前リリアさんが説明してくれたノインさんのメッセージと愛刀が置かれている場所なのか。

それは確かにいまの状況に相応しい場所かもしれないが、なんでそこにタイミング良くクロがいるんだろう？

そんな疑問が頭に浮かぶと、クロはこちらを振り返らないままで言葉を発した。

「……カイトくんや、ノイン、フュンフ、ゼクス……皆が動いてるのは知ってたよ。だから、ボクはここで待つことにした。カイトくんのこと、信じてるから……ボクは余計なことをせず、ここで待つのが一番だって思った」

穏やかな口調でそう告げたあと、クロはこちらを振り返る。

エデンさんの魔力拘束がまだ残っているのかわからないが、フィーア先生は動かない。いや、動けないのかもしれない。真っ青な顔で、微かに震えているのだけは理解できた。

「……久しぶりだね。フィーア」

「……クロ……ム……様……」

ずっと、この瞬間のために動いてきた。結果がどうなるかはまだわからない……ただそれでも、クロとフィーア先生は、いまこの瞬間……千年ぶりに、再会することになった。

クロがゆっくりとフィーア先生に向かって足を進める。

フィーア先生は青ざめた顔で、クロが一歩近付くたびにビクッと肩を動かす。

「……ク……ロム様……わた、私は……」

「……」

そしてクロがフィーア先生の前に辿り着くと、直後に空気が震えるような轟音と共にクロの手が振り抜かれる。

……ビンタ？　いま、ビンタしたの？　クロの力でビンタ？　……フィーア先生、生きてる？首、吹っ飛んでない？

凄まじい威力のビンタ……俺が喰らえば確実に頭と体が分離するような一撃を受けて、フィーア先生の頬には赤くモミジが現れていた。てか、ダメージそれだけ⁉

ミサイルでも着弾したかと思うような音だったが、フィーア先生のダメージと言えば頬が赤くなっているだけ……頑丈すぎる。

俺が別の意味で驚いていると、クロは唖然とするフィーア先生を真っ直ぐ見つめながら口を開いた。

「……ボクが、なんで怒ってるかわかる？」

「……そ、それは……私がかつて、クロム様に……多大な迷惑を……」

「違う！」

「……え？」

明確な怒りを込めながら告げるクロに怯えつつ、フィーア先生が青い顔で答えるが、それは即座に否定された。

「……あの時のことは、ボクも悪かった。ちゃんとフィーアに事情を説明しなかったから……後悔もしてる。でも、ボクがいま怒ってるのはそのことじゃない！」

「え、あ、あの……」

「なんで……なんでっ！　ボクに一言も相談せずに出ていって、千年以上も帰ってこなかったの!!」

「ッ!?」

「勝手にいなくなって……ひとりで全部背負い込んで……ボクがどれだけ心配したと思ってるの？　そんなことして……ボクが喜ぶとでも……思ったの？」

「そ、それは……」

クロの目には涙が浮かんでおり、本当にフィーア先生を心配していたという思いが伝わってくる。

だからこそフィーア先生も酷く動揺していて、上手く言葉を口にできていない。

クロは一度服の袖で涙を拭いて、もう一度フィーア先生の目を真っ直ぐに見つめながら、ゆっくりと悲しそうな声で告げる。

「……ボク、何度も何度も、手紙を送ったよね？　でも、一度も返事をくれなかった……ねぇ、フィーア？　もう、ボクのことは嫌いになっちゃった？　話したくもない？」

「ちがっ、違います！　私が、クロム様を嫌うなんて、あるはずがありません!!」

そうか、クロは直接会いにこそ行かなかったものの、フィーア先生に何通も手紙を送ったりして、関係を修復しようとしていたのか……。

でも、フィーア先生はそれに返事をしなかった。たぶん、だけど……『もし絶縁の手紙だったら』とか考えて、怖くて読めてすらいなかったんじゃないかと思う。

「……じゃあ、なんでいままでボクと会ってくれなかったの？」

「そ……れは……私には……クロム様と会う資格なんて……」

「家族と会うのに資格なんているもんか!!」

「……クロム……様……え？」

再び自分にはその資格がないと告げたフィーア先生を、クロが一喝する。

そしてそのあとでクロはフィーア先生の手を引っ張り、胸の前でフィーア先生の肩を抱えるように抱きしめた。

「……本当に、こうして……元気な姿が見られて……安心したよ」

「あ、ぁぁぁぁ……クロム様……わ、わた、私は……」

「フィーア……やっと会えたね」

「ぁぁぁ……うぁ……ぁぁぁぁぁ！」

フィーア先生の頭を撫でながら、優しく語りかけるクロ。それを受けて、フィーア先生の体は震え、目には大粒の涙が浮かび始める。

そして震える手で、クロの服を掴みながら……フィーア先生は絞り出すように言葉を発した。

「……いいんですか？　私が……こんな愚かな……私が……まだ……クロム様の家族と呼んでもらえて……本当に……」

「当たり前だよ。フィーアがどう思っていようと、ボクにとってフィーアは『大事な家族』だよ。それは、どんなことがあったって変わらない」

「ぅぁぁ……あぁぁ！　ク、クロム様っ⁉　クロム様‼」

「……うん。ずっと、辛かったよね？　ひとりでいっぱいがんばったよね？」

「うあぁぁぁぁぁぁ⁉　わ、わだし……ごめ……ごめんなさい！　怖くて……あえなくてぇ……ごめんなざぃ……」

優しくクロが受け止めて迎えてくれること、それはきっとフィーア先生が心の奥で願い続けていたことなんだろう。

まるで溜まり続けたすべての感情を吐きだすように、フィーア先生は涙を零れさせながら、母親に甘える子供のようにクロに縋りつく。

「ごめんね。フィーア……ボクにもっと勇気があれば、もっと早く会いに行ってあげられたのに……ボクも、フィーアに嫌われちゃってるんじゃないかって、怖くてなかなか会いに行けなかったんだ。時間がかかっちゃって、本当にごめんね」

「ちがうんでず！　わだしが、全部……あぁぁ……ひぐっ……わるぐて……臆病で……あぐっ……会いたかったのに！　本当はずっと、クロム様にあいだがっだのにぃ⁉　ごめんなさい、ごめんなさい……素直になれなぐて……ごめんなざい……クロム様！　クロム様ぁ‼」

「うん、もういいんだ……『おかえり』フィーア」

「あぁぁぁぁぁ!?」

千年以上、溜まりに溜まった気持ち……それは堰を切ったかのようにフィーア先生の口からあふれだし、クロは優しくそれを受け止め続ける。

互いに想い合っているからこそすれ違ってしまっていたふたりは、いま、ようやく……再会することができた。

その光景を目頭が熱くなるのを感じつつ眺めていると、軽く肩を叩かれた。

「……快人さん」

「……そうですね。エデンさん」

「?」

ノインさんに名前を呼ばれ、それが「ふたりきりにしてあげよう」というサインだとすぐに気付いて頷く。

なにせ千年以上ぶりの再会なわけだし、積もる話はいっぱいあるだろう。

そう思いつつ、この場にいるもうひとり……エデンさんにも声をかける。

しかしエデンさんはまったく意味がわかっていないのか、心底不思議そうに首を傾げていた。

どうやら世界を作った神は皆、空気を読むという機能がＯＦＦになっているみたいだ。

その天然とも言える反応に苦笑しつつ、なんとかジェスチャーでこの場から離れることを伝えると、エデンさんは頷き、俺とノインさんと一緒にクロとフィーア先生を残してこの場をあとにする。

「……クロム様、私……私……」

「うん……大丈夫、ボクはここにいるよ」

去り際に聞こえてきた言葉……涙に震えながらも、フィーア先生の声には……確かな喜びの感情が宿っていた。

クロとフィーア先生をふたりにしてあげようと、勇者の丘から離れてノインさんとエデンさんと一緒に歩く。

天気もよく、時折吹く風が走ったりなんだりで火照っていた体に気持ちがいい。

「でも、本当に良かったですね」

「ええ､同感です。これでフィーアの肩の荷も少しは軽くなるでしょう。ところで……カイトさん」

「はい？」

「その、えっと……ですね……先程から『射殺すような眼光』でこちらを見ている、とんでもない魔力の方はどちらさまでしょうか？　体が震えてまともに歩けないのですが……」

強大な魔力は、アイシスさんの死の魔力ほどではないが圧迫感となって感じられる。俺もエデンさんと初めて会った時には、格が違うような感覚や、全身を突き刺されるような圧を感じた。

いまは感応魔法によって適応したのか、ノインさんのように体が震えたりはしないが、それでも確かに空気が重いような感覚はある。

もっとも体が纏う魔力だけでプレッシャーを与えられるのは、それこそ六王クラスでなければ無理だろうけど……エデンさんは、それを上回る力を持ってるわけだから、ノインさんの感じているプレッシャーは相当のはずだ。

クロみたいに威圧しないように魔力を抑えているのもいれば、シロさんみたいに抑える気がない方もいるわけだが、エデンさんは後者のタイプ……ノインさんの体はさっきから小刻みに震えている。

「えっと、こちらはエデンさんといって……えと、俺たちのいた世界の神様らしいです」

「……そ、そうですか……そ、それで、なぜ、私は睨まれているのでしょうか？　エ、エデン様？」

恐る恐るといった感じでノインさんが尋ねると、エデンさんはジッと真顔でノインさんを見つめたまま……ポツリと零した。

「……微妙ですね」

「へ？　え、えと、快人さん？」

「すみません。俺もこの方がなに考えているかは全然わからないんです」

エデンさんが呟いた言葉に俺とノインさんは首を傾げたが、そのあとに続いた言葉……もといエデンさんの呟きを聞いて、俺は総毛立つような感覚を覚えた。

「魂は我が子ですが、肉体は我が子ではない……我が子とみなすか、喋る肉塊とみなすか……悩みどころですね」

「我が子でいいんじゃないですかね！　やっぱり重要なのは魂だと思いますよ!!」

思わず叫んでしまった。エデンさんがノインさんを見てなにを悩んでいたかが理解できたからだ。

ノインさんは俺と同じ地球、すなわちエデンさんが創造した世界で生まれた存在ではあるが、クロの力で魔族に転生したと言っていた。おそらくエデンさんが悩んでいたのはそこだろう。

そして、まだ付き合いは浅いが、俺もエデンさんの強烈過ぎる性格はある程度把握しており、我が子であるか否かによってノインさんの扱いが大きく変わる可能性があるとも思っている。

……いや、というか、完全に我が子or『喋る肉塊』って言ってるし、さらに以前シロさんがエデンさんのことを話した時に、自分の作った世界で生まれたものを溺愛していると言っていた。

我が子じゃない認定をされた場合、最悪ノインさんの命に係わるのではないかと、そんな風に感じながら俺は必死の表情でノインさんにも声をかける。

「ですよね？　ノインさん！　ノインさんはいまでも自分のことを、日本人って思ってますよね！」

「え、ええ……そうですね。た、確かにこちらの世界で一度生まれ変わった身ですが、それでも日本は私の心の故郷であるのは間違いないです」

俺の必死な様子を見てノインさんもある程度察してくれたみたいで、俺の言葉を肯定する。すると、少し沈黙したあとでエデンさんの威圧感が和らいだ。

「……なるほど、確かに愛しい我が子の言う通り、重要なのは肉体ではなく魂と言えるかもしれませんね」

「え、ええ、そうですよ！　間違いないです！」

エデンさんはノインさんを我が子であると認定したみたいで、フッと優し気に微笑み、ノインさんの頭に手を置いて優しく撫でた。

「たとえ別の世界で生きているとしても、貴女は大切な我が子です。困ったことがあれば、母を頼るのですよ」

「え？　あ、はい。あ、ありがとうございます」

どうやら危機は乗り切ったらしい。ノインさんに対するエデンさんは、俺の時のようなドロドロとした狂気じみた愛は感じさせず、本当に我が子を心配する母親のような雰囲気だった。

ま、まぁ、それは置いておいて……ちゃんと助けてもらったお礼は言っておかないと……。

「……エデンさん、今回は力を貸してくださってありがとうございました」

「母が子を助けるのは当然のこと、礼など言う必要はありませんよ……『愛しい我が子』」

その言葉を聞いた瞬間、俺は即座に身を翻して走り出そうとした。

明確な理由はないが、エデンさんの瞳の中に見えたどす黒いハートに本能が反応したのだろう。

「ふふ、とても元気なのですね。でも、駄目ですよ。急に走って転んでしまっては大変です」

「……あ、はい」

走り出そうとしたらなぜか抱きしめられてたんだけど⁉　駄目だこれ、逃げられない⁉

捕まってしまったことで、俺の頭の中でレッドアラートがけたたましく鳴り響いたが……意外なことにエデンさんはすぐに俺の体を離して、微笑みを浮かべた。

「……えっと……」

エデンさんはなにも言わず、俺を見つめながらひたすらニコニコ笑っている。おかしいな、大変美しい笑顔のはずなのに、ノインさんに向けてた笑顔とまったく違うんだけど？　なにかな、このとてつもない寒気は……自分の四肢がいまだ自由であることが、不思議でしょうがないんだけど……。

と、ともかく、この沈黙は精神衛生上しんどいので……なにか言わないと……。

「……その、エデンさんは構わないといいましたが、折角助けていただいたわけですし、なにかお礼を……あっ、そ、そうだ！　エデンさん、良かったら六王祭に参加しませんか？　その、俺の招待状で参加できると思うので……」

言ってから後悔した。なんで俺は自分の首を絞めているんだろうと……しかし、時すでに遅く、エデンさんの笑みがより一層深くなる。

「まぁ、我が子よ。母を誘ってくれるのですね。ああ、とても嬉しいです。もちろん、喜んで受けさせていただきますよ……ああ、安心してください。我が子にも予定があるでしょうから、私は私で観光します。この世界が我が子にとっていい環境なのか確かめないといけませんからね。ええ、もちろん我が子の目を疑うわけではありません。しかし、母は心配症なのです。我が子に害をなすゴミがいないか、心配で心配で仕方ないのです。ええ、そうです。我が子を傷つける存在などあってはいけない、そんな存在は私が許しません。我が子の身も心も神聖なものなのです。そう、汚されることなどあっていいはずがない。それはまさに真理と言えるでしょうが、この世界にはそんな当たり前のことさえ理解できていない肉塊どもが多すぎます。愛しい我が子だけでなく、他の我が子たちがこの世界で生きるのにも不要な障害もあるでしょう。となれば、母たる私が正しておくべきでは？　神の半身との約束もありますし、シャローヴァナルへも配慮しなければいけませんので、邪魔なものを抹消というのも難しいですね。我が子に害をなすようなら、シャローヴァナルに許可を得て消し飛ばしますが……害をなす可能性があるという程度では、処断は難しいでしょう。私としては可能性がある時点で消し去りたいですが、ここは私の世界というわけではありませんしそういうわけにもいきませんね。それに、優しい心を持つ愛しい我が子が悲しんでしまう可能性もありますし、方針を変えることにしましょう。そう、そうです……『教育』すればいいのですね。肉塊どもが我が子に不敬を働かないように、しかと躾けておきましょう。そう、それがいいです！　やはり我が子にとって生きやすい環境であるべきです！　ああ……そういえば、今回『我が子に手間をかけさせた愚か者共』がいましたね。どうやら、最初に教育すべき相手は決まりましたね。ええ、それではさっそく……」

「エデンさん！　ストップ！　ストォォォップ！」

やっぱこの方、超怖いんだけど⁉　ノインさんもとんでもない顔でドン引きしてるし……いや、もちろん気持ちはわかる。ノインさんだってここまでの話の流れで、エデンさんが何者かっていうのは察してるだろうし、ショックは大きいだろう。

「エ、エデンさん、お、お気持ちは凄く嬉しいですが……だ、大丈夫ですので！　そんなことしないでください。お願いします！」

「……そうですか。我が子がそう言うのであれば、止めにしておきましょう」

「あ、ありがとうございます」

「それでは愛しい我が子、私はこれで失礼します。また用があれば、いつでも呼んでくれていいですよ。母はいつでも貴方の味方です」

「……は、はい」

なんとかわかってくれたエデンさんを見て、俺はホッと胸を撫で下ろす。

しかし、やっぱりちょっと意外だ……こうもアッサリ帰ると口にするとは思わなかった。というかそこの説得が一番大変だと思ってたんだけど、自分から言い出すとは……って、ああ、そうか『クロが近くにいる』からか……。

エデンさんは俺とノインさんにそれぞれ一度微笑んでから、光に包まれて姿を消した。

なんというか、本当に……疲れた。この切り札……『エデンさんをいつでも呼び出せる羽根』は大変強力ではあるが、俺の精神をガリガリと削る諸刃の剣でもあるな……使用は控えよう。

しかし、うん……流れでエデンさんも六王祭に誘うことになったけど……だ、大丈夫だろうか？　大丈夫だと……願いたい。あとで、クロやアリスに相談しておこう。

エデンさんが去ったあと、もう少しクロたちのいる場所から離れるように歩いてから俺とノインさんは立ち止まる。

「あっ、そういえば……エデンさんの力で俺たちはここに来ましたけど、リリアさんたちに戦いが終わったことを伝えないと……」

「ああ、それなら大丈夫ですよ」

ふと思いついた俺の呟きに答えたのは、ノインさんではなくアリスだった。

「あちらには分体アリスちゃん44号・幻王バージョンがいますので、そちらから伝えておきます」

「そ、そうか、ありがとう」

「はいはい、ではまた御用があればなんなりと～」

リリアさんたちへの情報伝達は大丈夫と告げ、アリスは再び姿を消す。

なんだかんだで状況を理解して動いてくれているので、本当にアリスは頼りになる。

そしてアリスが消えると、ノインさんがキョロキョロと周囲を見回し始める。

それからノインさんは、流れるような動きで地面に膝と三つ指をつき……土下座をした。

「……快人さん、このたびはご迷惑をおかけして、申し訳ありませんでした！」

「へ？　あ、えと……」

「己の弱さを棚に上げて、快人さんには多大なご迷惑をおかけしました。このお詫びは必ず！」

「い、いえ⁉　お詫びなんて結構ですから、頭を上げてください！」

「し、しかし……」

どうやらノインさんは俺と敵対したことを非常に気にしているらしく、それはもう地面に擦りつけるように頭を下げ続けている。

俺としてはそのことはまったく気にしていないので、なんとかノインさんに頭を上げてもらおうとするが、ノインさんはなかなか頭を上げてくれない。

このまま土下座され続けるのは、なんというか気まずいし……お詫びなんてしてもらうつもりもないのだが……。

「と、とにかく俺は気にしてませんので！」

「……はい」

何度か言葉を重ねると、ノインさんはしぶしぶ頭を上げるが、まだ気にしているのか浮かない表情のまま。

う、う〜ん。空気が重い……な、なにかいい話題はないのか？　この空気を変えられるような……。

「……そ、そういえば！」

「はい？」

「ここが勇者の丘ってことは、近くに『友好都市』があるんですよね！　ふたりの話も、まだ時間がかかるでしょう。折角近くに来てるんですし……時間つぶしで、一緒に遊びに行ったりとか……」

「なぁっ⁉」

苦し紛れの提案だったが……ノインさんの反応は、俺の予想とは大きく違っていた。

ノインさんは俺の言葉を聞いた瞬間、世界が終わったとでもいうほどの絶望的な表情を浮かべ、大量の汗を流しながら震える声で呟いた。

「……か、快人さん……そ、そこまで怒って……」

「……へ？」

「ほ、本当に申し訳ありません！　な、なんでもします！　だから、それだけは……」

「え？　えぇ⁉」

なぜか再び、先程より凄まじい勢いで頭を下げるノインさん。え？　なんで？　俺、なにか変なこと言った？

　そんな戸惑う俺に、どこからともなくアリスの声が聞こえてくる。

「……さすがカイトさん、ヒカリさんが『この世で一番訪れたくない場所』に連れて行こうとするとは、羞恥心に絶大なダメージを与える罰ですね」

「う、うん？　ど、どういうこと？」

「え？　いや、だって、友好都市ヒカリには、ヒカリさんの像とか山ほどありますし……」

「……」

　あぁぁぁ⁉　しまった⁉　そ、そうか……友好都市って、要するに街全体で初代勇者を称えているような場所ってことか……。

　言ってみれば、初代勇者を崇める教団の総本山みたいなところなわけで、ノインさんとしては絶対に近付きたくない場所というわけだ。

　そして、俺はそんなことをまったく知らず、責任を感じているノインさんを誘ってしまった。

　それはつまり、ノインさんにとって先程の俺の言葉は……『罰として最大級の羞恥を味わわせてやる。拒否権なんてないぞ』……とか、そんな風に聞こえてたんだろう。

「ち、違います！　ノインさん、俺は決してそんなつもりで言ったんじゃ……か、顔を上げてください！　大丈夫ですから！」

「で、でも、快人さんは私に怒って……」

「怒ってないです！　ホントですから⁉」

「でしたら、やはり、なにかお詫びを……」

「話、繋がってなくないですか⁉」

「や、やはり怒って……」

「いやいや、ですから怒ってないです！」

「では、お詫びを……」

「なにこの無限ループ⁉」

……駄目だ。一度マイナス方向に思考が傾くと、この人とことん頑固だ。俺がうっかり迂闊なことを言ってしまったのも原因のひとつだけど、どうやらノインさんの中では……俺がお詫びを断る＝怒っているという図式が完成してしまったらしい。

こうなるともう、なにかお詫びしてもらうまで延々と続きそうな気がするし……適当になにかしてもらった方がいいんだろうか？

「……え、えっと、じゃあ……」

とりあえずなにか無難なお詫びをと思い、俺は少し考えてから頭を下げているノインさんに近付き小声でそれを伝える。

この内容なら、ノインさんにもさほど負担をかけることもないだろうし、俺もありがたいから……わりと即興にしてはいいお願いなんではないだろうか？

しかし、ノインさんの反応は……またも、俺の予想とは違っていた。

「……ふぇ？　そ、そそ、それは、もしや……あ、あぁ……き、聞いたことがあります……い、隠語ですね……」

「えっと……ノインさん？」

ノインさんはなぜか真っ赤になった顔を上げ、俺をジッと見つめたあとで悩むような表情を浮かべる。え？　なにこの反応？

そしてノインさんは顎に手を当て、顔を俯かせながら小声でブツブツと呟き始める。

「……こ、婚前交際は……し、しかし、私がなんでもすると言ったわけですし……あぁ、でも嫁入り前なのに、そんな……いいえ、しかし前言を撤回するわけには……で、でも、恥ずかし……けれども……」

「……ノインさん？　ノインさん！」

「ひゃいっ⁉」

「だ、大丈夫ですか？」

「だ、だだ、だいじょうびますです⁉」

……え？　なんだって？

「……え、えと、無理にとは言いませんよ？　嫌なようなら、別のお願いを考えますので……」

「い、いいえ！　か、構いません！　浅学浅慮の身ではありますが、全身全霊、粉骨砕身、『この身をもって償い』をしますので！　そのお詫びで構いません！」

……おかしい。やっぱり、なんかおかしい。

なんでそんな死地に赴くみたいな覚悟を決めてるの？

俺いま……『今度遊びに行くので、なにか美味しいものでも食べさせてください』って言っただけなんだけど……。

う、う～ん。ノインさんのことだから、気合い入れて豪華な料理を作ってくれるって意味なのかな？　別にそこまでしてもらう必要は……。

「あ、いや、別にそこまで気負わなくても大丈夫ですよ？」

「い、いいえ！　とても重要なことですし、しっかりと準備しておきます！」

「そ、そうですか……」

「あ、ふ、風呂も用意しておいた方がいいですかね？」

「え？　そこまでしていただかなくてもいいんですが……ノインさんが、構わないのなら」

なんと食事だけでなくお風呂も用意してくれるとか、そこまで気を遣ってくれなくてもいいんだけど……ノインさんの家のお風呂って、もしかして檜風呂的なやつかな？　だとしたら入ってみたい気もする。

「……そ、その……快人さんは……着物と浴衣、ど、どちらがお好きでしょうか？」

「……え、えっと、浴衣ですかね？」

正直着物と浴衣の違いって、俺にはよくわからないんだけど……というかなぜそんなことを聞くのやら？

「……アリスちゃん的にも驚きです。私も結構そっち方面はポンコツな自覚ありましたけど、ソレを遥かに上回るのがいるとは……まぁ、面白そうなんで、放置しておきましょう」

クロとフィーア先生の話はまだ続いているらしく、俺とノインさんは雑談をしながら時間を潰していた。

しばらく経つと、どうもお腹が空いてきた。

「なんだか、お腹が空きましたね」

「そうですね。私も大分激しく動いたので……お恥ずかしながら、空腹です」

フィーア先生の件が一段落したこともあって、張り詰めていた気も抜け、お腹は空腹を訴えている。

なにかお腹に入れたいところだが、ノインさんの手前、友好都市に行くわけにはいかないし、かといって帰ってしまうのも気が引ける。

「う～ん。なにかありましたかね？」

マジックボックスの中に白米とたくあんぐらいならあっただろう。俺がマジックボックスを掌に出現させると、丁度そのタイミングでアリスが姿を現した。

「……アリス？」

「……」

アリスは無言でどこからともなく木材を取り出した。そして一瞬アリスの手もとが光ったかと思うと、そこにはなかなか立派な屋台が出来上がっていた。

屋台の看板には『アリスちゃんの美味しい出店』と書かれている。

「ちなみに価格は『出張費込み』の特別価格です！」

「……」

……コノヤロウ。少しの間に、随分と商売が上手くなったじゃないか……ご丁寧にカウンターには、ふたつ椅子まで置いてある。

どう考えてもぼったくる気満々に見えるが、悲しいほどにいまの俺たちには効果絶大だ。

俺とノインさんは顔を見合わせ、どちらからともなく諦めるように溜息を吐いてから、カウンターの席に座る。

「いらっしゃ～い。はい、こちらメニューです」

「……うん？」

「えっと……幻王様？　これはいったい？」

「書いてある通りですよ？」

アリスが満面の笑みで手渡してきたメニューには『なんでも・時価』とだけ書かれていた。コレはつまりアレか？　食べたいものはなんでも作るけど、お代は品によって変動するってことか？

しかし、アリスが凄いのは知ってるけど……本当にどんな料理でも作れるんだろうか？

そんな心の中の疑問を察したのか、アリスは不敵な笑みを浮かべて口を開く。

「おや？　疑ってますね？　では、こうしましょう……私が言われた品を作れなかったり、美味しくなかったりしたら『お代は結構』です。でも、美味しかったら……お代は『金貨一枚』ってことで、いかがですか？」

「金貨一枚って……またふっかけてきたな」

「幻王様を疑うわけではありませんが……私は、和食にはうるさいですよ？」

俺とノインさんが要求した料理を作れなければ無料、作ることができて美味しかったら金貨一枚……つまり百万円。アリスはよっぽど自信があるらしい。

しかし、勝算がないわけでもない。この世界にない料理であれば、いくらアリスといえども作れないだろう。

「……わかった。受けよう」

「さすがカイトさん、話がわかりますね～。それでは、どうぞご注文を……」

俺が受けることを伝えると、アリスは深い笑みを浮かべて注文を促す。

「で、では、私は『寿司』をお願いします」

その言葉に従ってノインさんが寿司を注文するが……コレはなかなかいい注文じゃないだろうか？　この世界でご飯食は一般的ではない。

刺身ならハイドラ王国でも見たが、寿司は見た覚えがないし、美味しく作るには技術がいる。

これはノインさん、やったんじゃ……。

「ニギリズシなら、並と上と特上がありますけど、どれがいいっすか？」

「むぅっ……で、では、特上を……」

「はいはい」

しかしそんな期待を裏切り、アリスはあっさりと握りの種類はどれがいいか尋ねてきた。コ、コイツ……寿司を知っている。さ、さすがは幻王というべきか……。

いや、まだだ。まだ味がどうかはわからない。ノインさんは和食にはうるさいらしいし、そう簡単には……。

そんなことを考えた直後、ノインさんの前には綺麗な入れ物に入った握り寿司が並ぶ。

そしてそれを見たノインさんは……無言で懐から金貨を取り出して、カウンターに置いた。

「……まいりました」

「まいどあり～」

かと思ったら一瞬で敗北した⁉

「え？　ノ、ノインさん⁉　まだ食べてないですよ⁉」

「……食べなくてもわかります。コレ絶対美味しいやつです……」

和食党のノインさんが、見ただけで絶対美味しいと称する寿司……アリス、なんて恐ろしいやつなんだ。

「さて、カイトさんはなんにしますか～？」

「うぐっ……くっ、お、俺は……」

寿司は駄目か……あとはなんだ？　この世界にない料理……思い出せ、俺だって半年間この世界を見て来たんだ。それにクロにもらったガイドにも目を通したし、『アレ』がないのは知っている。

「……『ラーメン』……」

そう、この世界で麺と言えばパスタ……正直それ以外の麺料理は見たことがないし、ラーメン屋がないのも確認済みだ。

　というのも、俺がラーメンを食べたくてクロのガイドブックを見て探したんだけど、見つからずに落ち込んだ覚えがあるから……これなら十分勝機は……。

「味はなににしますか？　塩？　ミソ？　醤油？　とんこつ？　パイタン？　タンタンメンでもいいですよ？」

「……なんっ……くっ……とんこつ醤油で……」

「麺の硬さはどうします？」

「……硬め」

「はいはい」

　……駄目だ。コイツ知ってやがる……い、いや、まだ味がどうかわからない！　もしかしたら美味しくないなんてことも……小数点以下の確率で、あるかもしれない。

　そして少しすると、俺の前に美味しそうな香りと共にラーメンが置かれた。

「はい、どうぞ～。サービスでチャーシュー多めにしときました」

「あ、ありがとう……いただきます」

　食べざかりの男にとって嬉しい心遣い……駄目だ。コイツに勝てる未来が見えない。というか、レンゲと割り箸までついてるし……。

　俺はレンゲを手に取り、恐る恐るスープを飲み……麺を一口食べてから……無言で金貨を取り出して、カウンターに置いた。

「……まいりました」

「まいどあり～」

悔しいけど超美味い⁉　ドヤ顔腹立つけど、文句も言えないぐらい美味い‼

久々のラーメンってこともあるんだろうけど、濃いめのスープが麺にからみ、厚めにカットされたチャーシューもジューシーで文句のつけようがない。

これは、完全な負けである……敗北して良かったとすら思うほど、完敗だった。

「……その、アリス」

「なんすか？」

「……もしかして、牛丼とかハンバーガーも作れたりする？」

「いまならひとつ『銅貨一枚』で、マジックボックスに入れてお持ち帰りＯＫですよ？」

「高い。買う」

「まいどあり～」

一品一万円……非常に割高ではあるが、食べたい。

特に牛丼とかハンバーガーとか、時々無性に食べたくなるから是非欲しい。

「あっ、ちなみに和菓子も取りそろえてたりします！　どら焼きとかもありますよ」

「買います！」

そしてノインさんも喰いついた⁉

うん、もうこれ、駄目だ……完全にアリスの独壇場だ。けど、買っちゃう……勝てない。

＊＊＊＊

快人とノインがアリスの料理に舌鼓を打っているころ、シンフォニア王国の教会前では、集まっていた者たちが解散し始めていた。

アリスの分体からフィーアの一件が解決したことを伝えられ、そこにいた者たちはホッとした表情を浮かべる。

「うむ、見事成し遂げおったか……う～む、やはりあの男……ワシ好みじゃな。のぅ、リリア嬢……あの者、ハイドラ王国に連れ帰ってよいか？」

「駄目です」

「そ、即答か……う～む、残念じゃ。まぁ、よい。無理強いはワシの流儀ではないしのぅ……ところで、リリア嬢？　お主、以前より大分強くなっておったな？」

「そうでしょうか？　ラグナ陛下に言われると、本当にそんな気がしますね」

状況が一段落した頃合いを見計らい、ラグナは顔馴染みであるリリアに話しかけ、リリアも苦笑を浮かべながら答える。

彼女たちはかつて刃を交えたことがある間柄であり、天才であるリリアがいままで慢心せずに鍛錬を続けられたのも、ラグナという自分以上の強者の存在があったからこそだった。

「謙遜せずともよい。いやはや、若者の成長というのは早いもんじゃ……こりゃ、そのうちリリア嬢に人界最強の名を持って行かれそうじゃ」

「ラグナ陛下こそ、ご謙遜を……いまの私では、貴女様には敵いませんよ。運も味方して、引き分けに持ち込めれば上出来ですね」

「ほほほ……なんなら、いまから一戦交えてみるか？」

「私は構いませんが……ラグナ陛下、お仕事はよろしいので？」

「うぐっ……そ、それは……」

以前戦った時よりも成長しているリリアを見て、武人としての血が騒いだラグナは手合わせを提案したが、リリアは穏やかな口調で聞き返す。

「……また、こっそり抜け出してきたのでは？　いまごろ、部下の方々が必死に捜しているのでは？」

「む、むむ……ワシは、もうさっさと王位を降りたいんじゃが……ぐぅ……はぁ、帰るか。あまり遅くなっては、またネチネチと小言を言われてしまう」

リリアの想像通り、ラグナはなにも言わないまま王城を抜け出してきており、いつものこととはいえ……いや、いつものことだからこそ、部下に小言を言われるのはわかっていた。

ラグナはガックリと肩を落として溜息を吐いたあと、大槍を担ぎ直し、手を振りながら去っていった。

その後ろ姿を見送ったあと、リリアは近くに待機していたルナマリアとジークリンデに話しかける。

「イルネスが戻ってきたら私たちも、帰りましょうか」

「はい……しかし、えっと、お嬢様？　今回はいったいなんだったんですか？　フィーア先生が関わってるのは、わかりましたが……詳しい事情がよく」

「実は私も詳しくは知らないんですよ……まぁ、カイトさんが戻ってきたら聞いてみましょう」

「う〜ん、なんでしょう。この状況、布陣、集まった方々……そしてカイトさんも関わっているということは……またリリが気絶するような事態なのでは？」

「……不吉なことを言わないでください、ジーク。まぁ、大丈夫です。もうカイトさんは六王様とも最高神様とも会って、災厄神様とも簡単に今回挨拶しましたし、ラグナ陛下とも今回の件で知り合った……もう、他にとんでもないことなんてあるわけないですよ」

不安そうに告げたジークリンデの言葉を受け、リリアはまるで自分に言い聞かせるように返し、少し引きつった笑みを浮かべる。

「……実は生き残っていた魔王が、フィーア先生を狙っていた、とかかもしれませんよ？」

「ふふふ、魔王が生きていたりなんかしたら大事ですね……でも、それだとゼクス様たちと戦う理由がありませんから、たぶん冥王様絡みなのでは？」

「あ〜それが一番可能性が高そうですね」

実はニアピンだったルナマリアの発言を、リリアが笑い飛ばしたタイミングでイルネスとフュンフが戻ってきた。

イルネスが伯爵級最上位の実力者であることは、すでにリリアたちもわかっていたので、フュンフと激戦を繰り広げても特に目立った外傷がないことに驚くこともなく口を開いた。

「……ちなみに、今回のイルネスは事情を知っていますか？」

「さぁ？　私が来たのはぁ、お嬢様より～あとでしたのでぇ、よくわかりませんねぇ」

「そうですか、まぁ他にも聞きたいことはいろいろありますが、それはカイトさんが戻ってから尋ねるとして……屋敷に帰りましょうか」

　リリアがそう告げて、アニマたちにも声をかけて屋敷へと戻っていった。


　リリアたちや魔族が帰ったあと、最後まで残ったゼクスとシアが軽く言葉を交わす。

　この場にはもうひとりフュンフも残っているが、フュンフはなにか思うところがあるのか会話には参加せず、考えるような表情で空を見上げていた。

「……しかし、やはりミヤマ殿は凄いですな。貴女様を始め、これだけ多くの味方を得るとは……」

「別に私はアイツの味方じゃない。というか私は、アイツのことは『嫌い』だ」

「おや？　そうなのですかな？　しかし、その割にはずいぶん熱心に手助けされていたようですが？」

「……馬鹿馬鹿しい。あの人間が力を貸してくれと頭を下げるから、協力してやっただけだ」

「それはミヤマ殿を好ましく思っているということではありませんか？」

　快人を嫌いだと告げるシアに、ゼクスは好ましく思っているからこそ力を貸してくれと頼まれて応じたのではないかと聞き返す。

するとシアは大きく溜息を吐いたあと、ゼクスに背を向けて歩きだしながら口を開いた。

「……死霊の大賢者。ひとつ教えておいてやる」

「はて？」

「感情なんてものはな、単純なプラスマイナスじゃないんだよ。好きの反対が嫌いじゃない……世の中にはな『嫌いだけど好き、好きだけど嫌い』っていう、ややこしい感情もあるんだよ」

「……ふむ……では、貴女にとってのミヤマ殿は？」

ゼクスの問いかけに、シアは一度足を止め……振り返らないままで、口もとに微かに笑みを作って呟く。

「……まぁ、いまのところギリギリ及第点ってところだな。次があるなら……また手を貸してやってもいい」

「ほう、それはそれは……要するに、口では色々言いつつも好ましく思っているのでは？」

「……いまの話をどう聞いたら、そういう発想になる？」

「いえ、どう聞いても、貴女様がミヤマ殿を評価しているとしか聞こえませんでしたが……ああ、なるほど！」

「……うん？」

明らかに苛立った口調に変わるシアに対し、ゼクスはあくまで飄々とした口調で話しながら、ふとなにかを思い付いたように手を叩く。

「……アレですな。これは、噂の『ツンデレ』というやつですな」

「……は？　違う。なに言ってるんだお前……」

「嫌い嫌いといいながら、実は……というやつですな」

「そんなわけあるか⁉　私はアイツが嫌いだと……」

「でも、好きでもあるのでしょう？」

「なぁっ⁉」

先程までの落ち着いた様子から一変……いや、上級神筆頭という仮面がはがれたシアは、慌てた様子でゼクスの言葉を否定する。

しかしゼクスは、愉快そうに笑いながら、なおも言葉を続ける。

「いや～ミヤマ殿は幸せ者ですな。災厄神様にも好かれているとは……」

「う、うう、うるさい！　違うって言ってるでしょ⁉　死ねっ！　くされ骸骨‼」

「お、おや⁉　ちょ、ちょっと⁉」

みるみる顔が赤くなっていったシアは、いつの間にか取り出した大鎌を手に、踵を返してゼクスに向かう。

デリカシーのないリッチに、制裁を加えるために……。

「フ、フュンフ殿、どうか、お助けを……」

「……う～ん、やっぱりあとでちゃんと謝るべきだよね。手土産とか持っていった方がいいんだろうけど……なにがいいんだろ？　いや、その前に公爵家に訪問することになるわけだし、事前に手紙で伺いを立てる必要が……」

「フュンフ殿⁉」

「そもそも六王祭も近いし、準備とか忙しいかな……それなら後日にした方が……いや、いっそ六王祭の時なら」

＊＊＊＊

アリスの屋台で美味しいがぼったくりと言っていい価格の料理を食べたあと、ノインさんとしばらく雑談をしていると、ふとアリスが口を開いた。

「……おや？　あっちの話が終わったみたいですね。じゃ、そろそろ片付けますね～」

そう言ってトンカチを取り出し、俺たちが席を立ったのを確認してから数度屋台を叩き、複数の木材に分解する。

なぜトンカチで屋台が分解されるのかはまったくわからないが、そこはアリスなので深く気にしないことにしよう。

アリスが木材を抱えて姿を消したのを確認してから、感応魔法の範囲を広げてみると……こちらに向かってくる魔力を感じることができた。

この魔力は、フィーア先生ひとりかな？　クロは来てないみたいだ……。

そう思ったタイミングで、俺の目の前にクロからのハミングバードが現れ、それに触れると……

「またあとで、お礼を言いに行くね。ありがとう」という文字が浮かび上がった。

そして俺が読み終わって、文字が消えるのとほぼ同時に……こちらに向かって走ってくるフィーア先生の姿が見えた。

「ヒカリ！　ミヤマくん！」

「フィーア先生、そっちの話は……え？　ちょ、ちょっと、フィーアせんせ……」

「ミヤマくんっ!!」

「うわっ!?」

フィーア先生は、俺たちの姿を見つけると凄まじい速度に変わり、一瞬で俺たちの前に移動し

……俺の頭を抱え込むように抱きしめた……え？

「ミヤマくん、ミヤマくん！」

「フィ、フィーア先生!?　い、いきなりなに……くるし……」

俺の顔を胸に押しつけるように抱きかかえている……ということは、俺の顔は必然的にフィーア先生の豊かなふくらみに押し付けられるわけで……。

肌触りのいい司祭服と柔らかな胸の感触が顔を包み込み、ハーブだろうか？　優しく心地いいナチュラル系の香りが鼻孔をくすぐる。

突然の状況に慌てて抵抗しようとするが、当然の如く俺の力では抜け出すことはおろか、まともに動くことすらできない。

ノインさんも状況についていけてないのか、あんぐりと口を開けて固まっているのが横目に見えた。

　そしてフィーア先生は、そんな俺の反応には気付いてないみたいで、抱きしめるだけでなく俺の頭に頬を擦りつけるようにくっつけてきた。

「ありがとう、ミヤマくん。ミヤマくんのお陰で……あぁ、もうっ！　なんて言えばいいんだろう……わかんないよ。どうすれば、この感謝の気持ちを言葉にできるのか、わかんないよ」

　感極まった様子でお礼の言葉を告げながら、俺を強く抱きしめ続けるフィーア先生。

「と、とりあえず、いったんはなし……」

　顔が圧迫されることによる息苦しさと、鮮明に感じる女性の柔らかな感触で、頭の中が熱にうかされたようにぼうっとしてくる。

「どうすればいいの？　こんな一生かかっても返し切れないことをしてもらって……一生償わなくちゃいけない罪の他に、返し切れないほどの恩ができちゃった……嬉しい、嬉しいよぉ……」

「そ、それは、良かっ……でも、そろそろ……はなし……くるし……」

「へ？　ああっ⁉　ご、ごめん⁉　大丈夫？　ミヤマくん」

「……は、はい。なんとか……」

　そこでようやく俺の声が届いたらしく、フィーア先生は慌てて俺の頭を解放してくれた。

　息を整えつつ顔を上げると、フィーア先生は真っ赤に泣き腫らした目に、さらに涙を浮かべながら、それでも心から幸せそうな表情で俺を見ていた。

「……はっ⁉　フィ、フィーア⁉　いきなりなにをしてるんですか！」

「ヒカリも、本当にありがとう！」

「へ？　あ、ああ、はい。どういたしまして？」

そこでようやく混乱から立ち直ったノインさんが抗議するように話しかけるが、テンションが最高潮のフィーア先生にすぐに圧倒される。

ともかくいまのフィーア先生は幸せの絶頂にいるらしく、クロとの話が上手くいったことがわかった。

フィーア先生はそのまま何度もノインさんにお礼を言ったあと、再び俺の方に向き直って深く頭を下げる。

「ミヤマくん、改めて本当にありがとう。いっぱい迷惑かけて、ごめんね」

「いえ……その、クロとの話は、上手くいったみたいですね？」

「……医者はこれからも続けていくつもりだから、クロム様たちの家に住むことはできないけど……クロム様が、いつでも遊びに来ていいって……私の家にも、遊びに来てくれるって……」

「……それは、本当になによりです」

「……うん。全部ミヤマくんのお陰だよ……」

フィーア先生はそう言って目もとを手で擦って涙をふいてから、俺の目を真っ直ぐ見つめて微笑む。

長い苦しみから解放されたかのようなその笑顔は、とても美しく、輝いているようにさえ見える……。

「ミヤマくん、私、『ミヤマくんのこと、異性として好きになったよ』……」

「……へ？」

……う、うん？　あれ？　聞き間違えかな？　なんかいま変な言葉が聞こえた気がする。

俺がフィーア先生が告げた言葉の意味をよく理解するより先に、ノインさんが慌てた様子でフィーア先生に話しかける。

「フィーア⁉　い、いきなりなにを言ってるんですか！」

「え？　私なにか変なこと言ったかな？」

「い、いや、だから……快人さんのこと、す、すす、好きになったとか……」

「うん。だって、ここまでのことしてもらったんだよ？　ずっと私に勇気がなくてできなかった……クロム様と仲直りするって夢を叶えてくれた。あんな強引でカッコいいとこ見せられたら……そりゃ、惚れちゃうよ」

「ほ、惚れちゃうって……そんな……」

も、もの凄くストレートな告白である。急展開でついていけてないのに、顔だけはもの凄く熱くなってきた。

ノインさんも唖然としているが、フィーア先生はまったく気にした様子もなく、さらに言葉を続ける。

「あっ、大丈夫だよ、ミヤマくん。すぐに返事して欲しいとか、そういうことじゃないから」

「え、え～と……」

「ミヤマくんに言われてさ……もちろんこれからも償いは続けていこうって思うけど、同時に私もちゃんと幸せになりたいって思ったんだ」

「は、はぁ……」

「その気持ちに気付かせてくれた君のことが、本当に好きになった……でも、まだまだ、私は君に返事をもらえるほど立派な女性じゃないと思うんだ……だから、これからがんばるよ！」

「が、がんばるとは、なにをでしょうか？」

「もちろん、ミヤマくんに私のことを好きになってもらえるようにがんばるってことだよ！　ふふふ、覚悟しておいてね。自分で言うのもなんだけど、私ってもの凄く一途でしつこいからね」

恥じることなく自分の思いを伝えてくるフィーア先生に、俺もノインさんもただただ圧倒されてしまう。

さ、さすがは愛する相手のためだけに戦争を引き起こした方というべきか……なんていうか、もの凄く情熱的だ。

「あっ、でも先に聞いておきたいんだけど……ミヤマくん、私の見た目とか性格、好みから外れたりしない？　もし、嫌な部分があったら直すから、教えてほしいかな？」

「え？　い、いえ、フィーア先生は、その……凄く綺麗で、素敵な女性だと思います」

「そう、かな？　ふふふ、ありがとう。すっごく嬉しいよ」

そう言いながら柔らかく笑ったあと、フィーア先生は一歩俺に近付いてから、再び口を開く。

「……じゃあ、君に好きになってもらえるようにがんばるから……改めてよろしくね、ミヤマくん」

「は、はい……」

「ちゅっ」

「なぁっ⁉」

それは一瞬の出来事だった。俺に近付いたフィーア先生は、スッと流れるような動きで俺の頬に顔を寄せ、そこに軽くキスをした。

一瞬で顔中に血が集まるのを感じ、俺は驚愕と共に言葉を失った。

「な、なにをしてるんですか、フィーア⁉」

「へ？　なにって……愛情表現？」

「こ、ここ、婚姻前に、せ、せせ、接吻など……」

「唇にはしてないよ？　それはちゃんと、ミヤマくんに好きになってもらってからにするからね」

「そういう問題じゃありません⁉　は、はは、破廉恥です！」

「うん？」

真っ赤な顔で叫ぶノインさんとは対照的に、フィーア先生は心底不思議そうに首を傾げていた。

拝啓、母さん、父さん――色々あったけど、フィーア先生とクロの件も無事一件落着といった感じだ。まぁ、それはそれとして、フィーア先生って……その、なんて言うか、想像以上に愛情表現がストレートというか――情熱的な方だった。

# 第三章　事後説明

フィーア先生の件が一段落したあと、俺はフィーア先生と一緒にリリアさんの屋敷へ戻ってきていた。

フィーア先生が同行しているのは、もちろんリリアさんたちへの事情説明のため。巻き込んでしまったから、ちゃんと自分の口で説明したいというフィーア先生と、俺の転移魔法具で一緒に戻ってきたのだ。

ちなみにノインさんも同行すると言っていたのだが……どうもノインさんはリリアさんとの戦いでかなり疲労しているみたいで、フィーア先生からドクターストップがかかった。

特にリリアさんに殴られた個所は、骨が折れているらしい。骨折自体はフィーア先生が治癒魔法で治したのだが、疲労も大きいということで今日一日は安静にしておくようにと告げた。

ノインさんは「別に骨の一本や二本、気合いでどうとでもなりますし」とわけのわからない超理論を展開して同行しようとしていたが、フィーア先生がほぼ無理やり帰らせた。

というかノインさんは、胸の骨……肋骨が折れた状態で、平然とご飯を食べたりしていたわけで……改めてあの方も十分超人だと思った。

まぁ、ノインさん曰く、骨が数本折れた程度なら一晩休めば完治するらしい。それは魔族の体だからなのか、ノインさんが化け物だからなのかはわからないが、ともかく大事はなさそうで安心した。

そして現在、リリアさん、ルナマリアさん、ジークさんの待つ執務室に辿り着き、俺とフィーア先生はノックをしてから中に入る。

まぁ、フィーア先生の小さなドジが発動し……引き戸なのに押していたので、ノックしてから入るまで少し時間がかかったが……。

「おかえりなさい、カイトさん。そして、いらっしゃい。フィーア先生」

「ただいま戻りました」

「久しぶりだね。リリアちゃん、それにジークちゃん。ルーちゃんは、この前会ったね」

「あれ？　フィーア先生、リリアさんたちと知り合いなんですか？」

「ああ、うん。ルーちゃん繋がりで、何度か会ったことがあるよ」

確かに、フィーア先生はノアさんの主治医なわけだし、ルナマリアさん経由でリリアさんたちと知り合っていてもおかしくはない。

「……三人共、今回は私のせいで迷惑をかけちゃって、本当にごめん」

「い、いえ……気にしないでください。ただ、その、お恥ずかしながら、私たちはイマイチ事情を理解していませんので……できれば説明していただけると助かります」

「うん。もちろんちゃんと説明するよ……えっと、どこから話そうかな……」

もともと知り合いだったということもあり、わりとスムーズに事情の説明が始まり、フィーア先生はひとつひとつ思い出すように今回の件を説明し始めた。

……フィーア先生の説明がすべて終わると、執務室の中は静寂に包まれた。

魔王が実は生きていて、ソレがフィーア先生だったという衝撃の事実。それが語られた空間の中で、まず初めに動いたのはルナマリアさんだった。

ルナマリアさんは大きく目を見開いて唖然としたあと、崩れ落ちるように膝をついて呟く。

「……そ、そんな……フィーア『お姉ちゃん』が……魔王？」

「うん。ずっと隠しててごめんね。ルーちゃん」

「あっ、い、いえ⁉　あっ……そ、その、ち、違うんです！」

ルナマリアさんは驚いているというのもあるだろうけど、なぜか顔を真っ青にしながら「違う」と叫ぶ。

「わ、私は、あくまで一般的な魔王のイメージで語っていただけで……フィ、フィーアお姉ちゃんを馬鹿にしてたわけじゃないんです‼」

……ああ、なるほど。そういえばルナマリアさん、魔王のことを滅茶苦茶ディスっていた覚えがある。

それが実は知り合いで、お姉ちゃんと呼ぶほど慕っている相手だったので、大慌てで弁明しているわけだ。

「ううん。気にしなくていいよ。実際、私はルーちゃんの言う通り、酷い愚か者だったからね」

「ち、違うんです！　フィーアお姉ちゃんはそんな人じゃないんです！　し、知ってたら絶対言いませんでした⁉」

「へ？　あ、う、うん。ありがとう？　えと、隠してたこと、怒ったりしないの？」

「しませんよ！　フィーアお姉ちゃんに、そんな……むしろ、ずっと気付かずに酷いことを言って……ご、ごめんなさい」

どうもルナマリアさんは、本当にフィーア先生のことを慕っているみたいで、魔王という正体を知ったことより、知らないうちにフィーア先生を貶していたことにショックを受けているらしい。

普段からは想像もできないほどしおらしく謝るルナマリアさんを、フィーア先生が少し焦りながら宥めていた。

その光景を見ながら、ジークさんもゆっくりと驚きを整理するように口を開く。

「……フィーア先生が、魔王だったとは……驚きました。けれど、私もルナと同じように怒りの感情はないです。むしろ、私たちのために言いにくい事情を説明していただいて、感謝の言葉もありません」

「……ジークちゃん」

「そうです！　過去がどうあれ、フィーアお姉ちゃんはフィーアお姉ちゃんですから！」

「……ルーちゃん」

ルナマリアさんとジークさん、どちらもいまのフィーア先生を知っているからこそ、過去を知ったとしても軽蔑したりはしないと口にする。

それを聞いたフィーア先生は、本当に嬉しそうに微笑みを浮かべ、近くにいたルナマリアさんの頭を撫でる。

「……」

しかし、そんな空気の中で、リリアさんだけは一言も話さず、ジッとフィーア先生を見つめていた。

「……リリアちゃん。ごめんね。驚かせちゃって……それと、迷惑をかけちゃって」

「……」

「お、お嬢様！　フィーアお姉ちゃんを責めないであげてください。フィーアお姉ちゃんもいっぱい苦しんでたんです！」

「……」

「……お嬢様？」

リリアさんはなにも言わない。ただ、真っ直ぐフィーア先生を見つめたまま『微動だにしない』

……あれ？　なんか様子がおかしくない？

そんな疑問が頭に浮かぶと、ルナマリアさんも同じく不思議そうに首を傾げ、リリアさんに近付く。

そして、リリアさんの顔の前で何度か手を動かすが……リリアさんは動かない。

「……『気絶』……してますね」

「……リリ……目を開けたまま気絶するとは、また器用な……」

目を開けたまま気絶してた⁉　あ、新しいパターンか……いや、気絶の仕方にそんなバリエーションを求めているわけじゃないけど……。

どうもフィーア先生の話は、リリアさんの許容範囲を余裕でオーバーしたらしく、話の途中で気絶していたみたいだ。

「た、大変！　すぐに気付けの魔法を……」

「え？　あっ、フィーアお姉ちゃん⁉」

そしてそんなリリアさんの状況に慣れていないフィーア先生が、心配そうな表情で気絶したリリアさんに近付き、小さな魔法陣を浮かべて手をかざす。

するとフィーア先生の手から光があふれ、硬直していたリリアさんの目が動く。

「あ、あれ？　私……」

「リリアちゃん⁉　大丈夫？　急に気絶したんだよ……もしかして、疲労が溜まってるんじゃないかな？　どこか痛んだりする？」

「い、いえ、大丈夫です……ははは、すみません。変な夢を見ていたみたいで……フィーア先生が魔王なんていう、変な夢をですね……」

「う、うん。私が魔王だよ？」

「……え？」

「い、いや、だから、私が昔、魔王って呼ばれてた魔族で……」

「あ、あはは、そ、そうですか、ゆ、夢じゃなかったんですね……え、ええ、魔王ですね。魔王、知ってます……フィーア先生が……魔王で、魔王がフィーア先生で……魔王が魔王で……きゅ～」

「リリアちゃん⁉　しっかり⁉」

起き上がったあとに即座に二度目の気絶……リリアさん、なんか、その……ごめんなさい。

目を回して気絶したリリアさんを、フィーア先生が慌てた様子で支える。うん、これ、あれだな……もう何回か、起きて気絶を繰り返しそうな気がする。

「……お茶でも淹れてきますか」

「……私はベルちゃんとリンちゃんにご飯を持って行きます」


リリアさんの執務室にて、フィーア先生から事情の説明が行われた。

その結果……現在は、修羅場と言って差し支えない状況になっている。

「離してください、フィーア先生！　私は、私はもう、限界なんです!!」

「駄目だよ、リリアちゃん！　『胃薬』をそんなに大量に飲むのは、医者として見過ごせないよ！　薬は用法用量を守って……」

「飲まなきゃやってらんないんですよ!!」

「お酒みたいに言わないで！　あと、大量に飲んだからって効果が増すわけじゃないからね!?」

フィーア先生が魔王という事実を知り、数度の気絶を繰り返したあと、リリアさんは引き出しから『何種類もの胃薬』を取り出し、それを飲もうとしたところでドクターストップがかかった。

そして現在、胃薬を飲もうとするリリアさんと、それを阻止しようとするフィーア先生の構図が出来上がっている。

俺はというと、この状況に切り込むことはできず、ルナマリアさんが淹れてくれた紅茶を飲みながら、ことの成り行きを見守っていた。

うん、決してリリアさんが怖くて話しかけられないとか、そういうことではない……。

「……あっ、この紅茶、いつもと少し違いますね。美味しいです」

「なにまったり休憩モードに入ってるんですか⁉　カイトさん‼」

「ひぃっ⁉」

……しまった。つい現実逃避の言葉が口から零れ、それに反応したリリアさんの標的がこちらに移った。

リリアさんは目に涙を浮かべながらこちらに近付いて来て、流れるような動きで俺の胸倉を掴む。

「ぐえっ……」

「どぉいうことですか、これは‼　わかってますよ！　今回の件は、カイトさんの責任じゃないのは、私だってわかってますよ！　でも、限度ってものがあると思いませんか‼」

「リ、リリアさん……くるしっ……絞まって……」

「本当に貴方はいったいどうなってるんですか⁉　なんで、この世界に来て半年足らずで、こんな次々ととんでもないことばかり引き寄せるんですか！　私もう限界だって言ったじゃないですかぁぁぁぁ‼」

「……」

「どこを目指してるんですか⁉　どれだけこの世界の深奥を私のもとに集めたら気が済むんですか！　まだあるんでしょっ！　絶対まだなにか隠してますよね⁉」

胸倉を掴まれて前後に激しく揺すられながら……申し訳ない気持ちでいっぱいになるが……リリアさん、ちょ、ちょっと落ち着いて……マジで苦しい……落ちる。

完全にいっぱいいっぱいで、涙を流しながら叫ぶリリアさんの猛攻を受けつつ、俺は助けを求めるようにルナマリアさんの方に視線を動かす。

「……クッキー、美味しいです。おかわりを所望します！」

「かしこまりました。幻王様」

おい、こら馬鹿……お前なに当然のようにクッキー食べながらくつろいでんの？　助けてほしいんだけど……このままだと俺が気絶しちゃうんだけど⁉

「リ、リリアちゃん……落ち着いて、ミヤマくんだって悪気があったわけじゃ……」

「もうやだぁぁぁぁ⁉　カイトさん怖いぃぃぃ‼　カイトさんがいじめるぅぅぅ⁉」

フィーア先生がリリアさんを止めようと声をかけてくれたが、テンパっているリリアさんには届いてない。

リリアさんは子供のように泣きじゃくりながら、さらに勢いよく俺を前後に揺らす。

「リリアちゃん、聞いて！　ミヤマくんの顔が青くなってるから……いったん手を離して……えっと……『グラビティフォール』！」

「ふぎゃっ⁉」

フィーア先生の言葉と共にリリアさんは地面に叩きつけられ、俺の体が半ば強引に解放された。

ようやく解放され荒い呼吸で酸素を取り込む俺の前で、顔から地面に叩きつけられたリリアさんは再び目を回して気絶していた。

「……本当にごめんなさい」

「い、いえ、俺の方こそ、いつも迷惑かけてすみません」

フィーア先生の治癒魔法で回復したリリアさんは、どうやら冷静になってくれたみたいで、深く頭を下げて謝罪してきた。

いや、まぁ、なんというか……これまでの積み重ねが積み重ねだっただけに、文句など言えるはずもなく、むしろ俺の方こそ必死に謝罪する。

そのまましばらくリリアさんと「こちらこそごめんなさい」を繰り返し、ある程度互いに落ち着いてからフィーア先生の話に戻る。

「……取り乱してしまってすみません、フィーア先生。お話は理解しました」

「う、うん……というか、リリアちゃん、大丈夫？　今回の件じゃなくて、普段の状況……」

「……よい胃薬はありませんか？」

「う、う〜ん……ストレスかな？　若くして公爵になったんだし、色々大変だとは思うけど、あんまり薬に頼っちゃ駄目だよ」

「……いえ、ストレスはストレスですが、原因はそこじゃないんです……」

「うん？」

遠い目……なにやら諦めの境地に達していそうな目で呟くリリアさんを見て、フィーア先生はよくわからなかったのか首を傾げる。

はい、ごめんなさい……だいたい俺のせいです。

「しかし、初代勇者様だけでなく魔王も生きていたとは……私の中の常識は、この半年で粉々になりました」

「あ、あはは……驚かせちゃってごめんね」

「いえ、フィーア先生はまったく悪くありません。貴女の人柄は私もよく知るところですし、いまさら千年も昔のことをアレコレ言うつもりもありませんよ」

「……ありがとう」

落ち着いたリリアさんは、穏やかな微笑みでフィーア先生の過去を受け入れると告げ、フィーア先生は嬉しそうにお礼の言葉を口にする。

「……まぁ、それはそれとして……カイトさんには、別件で話があります」

「……え？」

「私の直感が言っています。絶対カイトさんはまだ、なにか隠してると……具体的には、先の件で桁違いの魔力を感じました。アレなんですか？」

「……え～と」

「あっ、それは私も気になってた。ミヤマくん、あの方は何者なの？　あんなとんでもない力を持ってる存在なのに、いままで見たこともなかったんだけど……」

ふたりの視線が俺に向けられる。

ああ、そうか……フィーア先生の件を説明し終えても、まだ俺には説明しないといけないことがあった。

そう、エデンさんのことだ……リリアさんには、さわりだけ伝えてあるが、フィーア先生にしてみれば正に未知の化け物だっただろう。

しかし、あの滅茶苦茶濃いエデンさんのことを、どんな風に説明するべきか……。

まだまだ話は終わらないことを実感しつつ、俺はふたりに説明するために口を開いた。

フィーア先生の件はリリアさんも、かなりテンパりはしたものの納得してくれた。あとは、エデンさんのことだけど……本当にどう説明しよう。こう、仮にも俺たちがいた世界の神なわけで——病んでて恐ろしい方ですとは言い辛い。

リリアさんとフィーア先生に、エデンさんのことをある程度説明し終えると、かなり重い沈黙が訪れた。

そして少しして、リリアさんが重々しい口調で口を開く。

「……つまり……そのエデン様という御方は、以前カイトさんから聞いた、カイトさんたちの世界の神様で……その神様が、カイトさんのことを気に入って……今回力を貸してくれたと……」

「え、ええ、まぁ、そんな感じです」

エデンさんの愛情は、気に入ったとかそんなレベルじゃないと思うんだけど……まぁ、その辺は適当にお茶を濁しておいた。

いや、ほら、さすがに「俺たちの世界の神様は、ヤンデレでした」とか言えないし……。

「……この世界の重鎮とほとんど知り合って……それで終わりだと思ってたら……今度は別世界の神様に助力してもらう……もぅやだ……この人、全然自重してくれない」

「……申し訳ありません」

疲れ切った声で呟くリリアさんに、もう一度深く頭を下げる。

するとそこまで黙って話を聞いていたフィーア先生が、どこか納得したような表情で話しかけてきた。

「ミヤマくん、つまりあの御方は……この世界で言うところの、創造神様みたいな存在ってことでいいのかな？」

「え、ええ、おそらく」

「なるほど……道理で手も足も出なかったわけだよ。私もそこそこ強い方だと思ってたけど……やっぱりひとつの世界の頂点は、格が違うねぇ～」

フィーア先生は、エデンさんの正体に驚いてこそいたが、自分が圧倒されたことに納得がいったみたいで、うんうんと頷いている。

「……フィーア先生」

「うん？」

「……良い胃薬……ないですか？」

「うん。まずは薬に頼るのを止めるところからがんばろうね。精神的なものだろうから、気分転換とか大事だよ。一日のうちに少しでも外を散歩したりするのもいいね」

「……私は、どうしたらいいんでしょうか？」

「う～ん。リリアちゃんは真面目だから、色々抱え込んじゃうんだろうね。今回の件は、私にも原因があるからあんまり強いことはいえないけど……気にしすぎないのが一番だよ」

なんかカウンセリング始まっちゃった⁉　いや、もう、本当にごめんなさいリリアさん……。

「愚痴とか話すだけでも楽になるよ。ルーちゃんとかに相談してみるのもいいんじゃないかな？」

うん。フィーア先生の言葉は至極正論なんだろうけど……その人選は完全にミステイクだと思う。しかし、ここで「俺が愚痴を聞きますよ」なんて言うことはできない。だって俺が原因なわけだし……。

「あっ、そうだ！　気分転換に『ミヤマくんとデート』したらいいんじゃないかな？」

「へっ⁉　デ、デート……ですか？」

「うん。ふたりは恋人同士なんでしょ？」

「そ、それはその、そそ、そうですが……」

突然のフィーア先生の提案を聞き、リリアさんは先程までの落ち込みはどこかへ消え、真っ赤な顔で視線を泳がせる。

「し、しかし、ですね……デートは……デートなわけで……カイトさんの都合も含めて……デートなので……デートがデートになって……デートだとすると……む、難しいのではないでしょうか？」

「ごめん、全然意味がわからない！　ちょっと落ち着いて……」

「は、はい……」

「リリアちゃんは、ミヤマくんとデートするのは嫌？」

「い、いえ！　そんなことありません！　した……な、なんでもないです⁉」

なんか話が変な方向に流れていってる気がするが、俺としてもリリアさんとのデートは大歓迎だ。

以前一緒に六王祭用の服を買いに行ってから、なんだかんだでふたりきりで出かける機会はなかったし、ぶらぶらと街を回ってみるのもいいかもしれない。

「……リリアさんさえ良ければ、近いうちに一緒に買い物にでも行きませんか？」

「カイトさん⁉　そ、そそ、それはその、デ、デートということでしょうか？」

「はい」

「あぅ……はぅ……」

「リリアさん？　気が進みませんか？」

「い、いえ！　だ、大丈夫でしゅ⁉」

……噛んだ。いま思いっきり噛んだ。反応がいちいち可愛すぎる。

真っ赤な顔でデートを受けてくれたリリアさんを、微笑ましく思いながら見ていると、フィーア先生がポンと手を叩く。

「あっ、そうだ！　いいものがあるよ」

「いいもの、ですか？」

「うん。もらいものなんだけど……演劇のチケットだよ。えっと、確かここに……あった！　はい、どうぞ」

「え？　えと、いただいていいんですか？」

「もちろん。もらったのはいいんだけど、なかなか都合がつかなくてね……あと十日ぐらいは期限があったはずだから、ふたりで見に行くといいよ」

「……ありがとうございます」

「どういたしまして……まぁ、一枚しかないから、ひとり分は買ってもらうことになっちゃうけど……結構評判のいい劇らしいよ」

演劇か……そういうものがあるのは知ってたけど、もとの世界でもこっちの世界でも行ったことはない。

フィーア先生の厚意をありがたく受け取り、リリアさんにも確認してみると、リリアさんは真っ赤な顔のままで何度か頷いた。

そして、フィーア先生は診療所に戻ると告げ、俺たちにもう一度お礼と謝罪をしてから帰っていった。

俺はリリアさんと明日のデートの予定を少し話し合ってから、執務室をあとにした。

＊＊＊＊

夕食をすませ、入浴してから部屋に戻り、今日のことを思い返しながら日記を書いていると、いつものようにクロが姿を現した。

「カイトくん！　来たよ～」

「いらっしゃい」

「ねぇ、カイトくん。突然なんだけど……いまから、ちょっとボクと『デート』しない？」

「へ？　デート？　いまから？」

俺の部屋に現れたクロは、いつも通りの明るい笑顔で突拍子もないことを告げてきた。

現在の時刻は夜の九時……寝るには早いが、出かけるには遅い時間って感じがする。

「うん……ちょっと、カイトくんと一緒に行きたい場所があるんだ。駄目かな？」

「いや、大丈夫……ちょっと持って、上着出すから」

「うん！」

俺がデートの誘いを了承すると、クロは心から嬉しそうな笑みを浮かべて頷いた。

クロの転移魔法によって辿り着いたのは、今日一度訪れた勇者の丘だった。

かつてノインさんが残したと言われている巨大な石碑の前に立ち、クロは俺の方を向いて穏やかに微笑みながら口を開く。

「カイトくん……本当に、ありがとう」

「ああ……いや、クロとフィーア先生が仲直りできて、本当に良かったよ」

そのお礼の言葉が、フィーア先生の件を指しているのはすぐに理解できた。

「うん。カイトくんが動いてくれなかったら……ボクも、フィーアも、切っ掛けがなくて……もしかしたら、ずっと仲直りできないままだったかもしれない」

「……」

「本当によかった……それに心から、嬉しかった。やっぱりカイトくんは凄いね。カイトくんと出会えて、恋人になれて、ボクは本当に幸せだよ……改めて、ありがとう」

……不思議なものだ。今回の件だって、なんだかんだで大変だったし、疲れてもいる。

しかし、そんな疲れも、クロの笑顔を見たら全部報われたと、そう思った。

そして結局のところ、俺がなんだかんだ動いたりしたのは……なにも難しい理屈があるわけではなく、クロのこの笑顔が見たかっただけなんだと理解した。

クロはそのまま少しの間、俺に微笑んだあと、夜空に向けて手を伸ばす。

「……クロ？」

「ちょっと、待ってね」

その直後クロの体から、空気を震わせるような強大な魔力が放たれる。

「……星の黄昏(たそがれ)、世界の記憶、遠き日の残照……プラネットメモリー」

「え？　なぁっ⁉」

穏やかな声でクロが告げると、その瞬間俺の目に映る景色が一変した。

少し曇り気味だったはずの夜空が、突然満天の星へと変わる……も、もしかしなくても、コレってクロがやったんだよな？　天候を変えた……のか？

「……『千年前の星空』だよ」

「せ、千年前？」

「うん。ちょっと世界に干渉して、少しの間だけね」

こともなげに言うけど、それって滅茶苦茶凄いことなんじゃ……つまり空だけ、千年前に時間を巻き戻したってことなわけだし、さ、さすがというべきかなんというべきか……。

驚愕している俺の前で、クロは巨大な石碑を見つめながら言葉を続ける。

「千年前、この星空の下で……ボクは、ノイン……ううん。ヒカリちゃんに選択肢を提示したんだ」

「選択肢？　ノインさんに？」

「うん。『このままもとの世界に帰る』か『この世界に残る』か、ここで選んでもらったんだ」

確かリリアさんの話では、ここにある石碑と日本刀にはもの凄く強力な状態保存の魔法がかかっているらしい。

そしていまの言葉……たぶんだけど、その魔法を施したのはクロなんだろう……でも、千年前と同じ星空にした上で、なぜその話を俺にするんだろう？

そんな疑問が俺の頭に浮かぶと同時に、クロは石碑から視線を外して俺を見つめる。

「……本当はね。ボクがその気になれば、一年後なんて待たなくても、カイトくんを『もとの世界に帰してあげる』ことはできたんだ」

「……う、うん」

それに関して驚きはない。クロはシロさん……創造神の半身であり、その力はほぼ全能であるシロさんに匹敵する。俺をもとの世界に帰すことができたとしても、不思議ではない。

だけど、ますますわからない……なんでいま、そんな話をするんだろう？

「……カイトくん。ボクはカイトくんが勇者祭のあとでどうするか、聞かないって言ったよね？　カイトくんの選択を尊重するって……」

「う、うん」

「……でも、少しだけ……ワガママ、いってもいい？」

「へ？」

俺が勇者祭が終わったあとでどうするか、それはまだクロには伝えていない。

いいや、伝えようとはした。しかしクロは、勇者祭が終わったあとで教えてくれればいいと言って、それを聞こうとはしなかった。

俺がどんな選択をしても構わない。それを尊重すると言って……それ以後、その手の話題を話に出すことはなかった。

クロは、小さく足を動かして俺の近くに移動してくると、小さな体で俺に抱きつきながら告げた。

「……カイトくん。もとの世界に帰らないで……ボクは、ボクの大好きなこの世界で……これからもずっと、大好きなカイトくんと一緒にいたい。だから、この世界で……ボクの傍にいて欲しい」

「……クロ」

優しい彼女のことだ、俺の選択肢を狭めないようにと、いままであえてそれを口にすることはしなかった。

しかしいま、クロは明確に俺にもとの世界に帰らないでほしいと言ってくれた……正直、どうしようもなく、嬉しかった。

俺はそっとクロの体を抱きしめ返しながら、できるだけ優しく、安心させるように言葉を紡ぐ。

「……クロ、俺さ、実はシロさんにあるお願いをしたんだ」

「……シロに？」

「うん……一度だけ、俺のいた世界でお世話になった人たちに、『別れを告げる』ことができるようにして欲しいって」

俺がシロさんにしたお願い……それは、手紙でもなんでもいいから、お世話になったおじさんやおばさんへ別れを告げさせて欲しいというものだった。

それに対してシロさんは『一度もとの世界に戻って、再びこの世界に来る』ことを承諾してくれた……まぁ、なんか最後の試練があるらしく、それをクリアできたらという条件付きではあるが……。

「カ、カイトくん……それって……」

「うん。どこへも行かない……俺は、この世界で……クロの傍で、生きていくつもりだよ」

「カイトくん……」

「クロ……えっと、その……『愛してる』」

「ッ⁉　カイトくんっ⁉」

かなり恥ずかしさはあったが、なんとかその想いを口にすると……クロは強く俺に抱きついてきた。

「ボクも！　カイトくんを、愛してる……嬉しい、嬉しいよ」

「あ、ははは……なんか、恥ずかしいな」

ピッタリと俺にくっついてくるクロ……その愛おしい温もりを逃すまいと、俺も抱きしめる力を強くする。

クロは俺に抱きついたままで顔を上げ、本当に心から幸せそうな笑みを浮かべる。

「……ねぇ、カイトくん」

「うん？」

「……キス、したい」

「うん、俺も……」

降り注ぐ星の光の下で、俺とクロの顔が近付き……その距離が、ゼロになった。

満天の星の下、図らずもかつてのノインさんと同じように俺は自分の選択をクロに告げた。もといた世界に心残りがまったくないわけではない。だけど、もう、心は決まっている。俺は、勇者祭が終わったあとも——この世界で生きていくつもりだ。

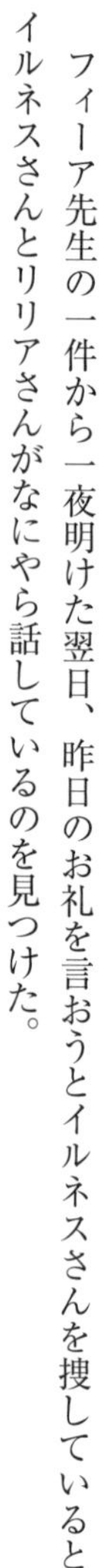

# 第四章　フレアベル・ニーズベルト

フィーア先生の一件から一夜明けた翌日、昨日のお礼を言おうとイルネスさんを捜していると、イルネスさんとリリアさんがなにやら話しているのを見つけた。

「えっと、再度確認させてください。イルネスは伯爵級高位魔族、なんですよね？」

「はいぃ。その通りですよぉ」

「……正直、完全に予想外でした。というか、そもそも、なぜ伯爵級の貴女が王城でメイドを？」

リリアさんと同じ疑問は俺も抱いていた。俺もある程度この世界に馴染んできたので、伯爵級高位魔族という存在が、世界でもほんの一握りしか存在しない強者だというのは理解している。

それこそ六王配下の幹部だとか、独自の勢力を持つ一城の主とかでもおかしくないほどの存在だ。しかし、イルネスさんはリリアさんが子供のころから王城でメイドをしていたと聞いた覚えがある。どういう経緯があればそんなことになるのだろうか？

「伯爵級が～必ずしも～高い地位にいるというわけではありませんよぉ。お嬢様もご存じの通り～私は目立つのが苦手ですのでぇ、慎ましく働いている方が～性に合っていますぅ」

「……そ、そうですか……ま、まぁ、貴女がいいのであれば、私もメイドを辞めろなどとは言いませんが……えっと、イルネス？」

「なんですか～？」

「やっぱりその、メイド長に……」

「お断りしますぅ」

イルネスさんと長い付き合いであるリリアさんは、イルネスさんの言葉に納得したように頷いてから、おずおずと提案した。

しかし、イルネスさんはその提案をバッサリと一蹴する。

「うぐっ、で、では、せめて昇給を……貴女の普段の仕事ぶりもそうですが、伯爵級高位魔族である貴女が他の平メイドと同じ給金というわけには……」

「必要ありません～いまの給金でぇ、十分に～満足していますぅ」

「うぐぐ……そ、そうはいっても、私にも面子（メンツ）というものがあるんです。他の者の十倍以上の仕事をこなしている貴女を……伯爵級高位魔族である貴女を、安い給金でこき使うというのは……」

う～ん。これ、たぶんアレだ。伯爵級高位魔族とかいうのは建前で、リリアさんは前々からイルネスさんの給料をアップさせたいと考えていたんだろう。

だけど、イルネスさんが断っていた。そこに、今回発覚した伯爵級高位魔族という地位……これをチャンスと見て、なんとか給料アップを了承させようとしている気がする。

「私が好きでやってることですから～必要ありませんよぉ」

「うぅぅ……じゅ、十倍とは言いません。せめて、いまの倍……」

「結構ですぅ」

「……一・五倍なら」

「私の給金を上げる余裕があるのならぁ、他の子の給金を上げてあげてください～皆ぁ、喜びますよぉ」

完全なる拒否である。リリアさん、涙目になってるし……たぶん、いままでもこんな感じで固辞されてきたんだろうな。

「……い、一・二倍……」

「お嬢様ぁ、めっ、ですよぉ」

「うっ……」

「お嬢様はぁ、人の上に立つ立場なのですからぁ、引くべきところは引いて～下の者の意見も尊重できるようにならなければいけません～」

「……はい」

イルネスさんが諭すような口調で告げると、リリアさんは途端に肩を落とし……『正座』に移行した。流れるような無駄のない動き……たぶんこれが初めてじゃないな。

「私は～給金を上げる必要はないといいましたぁ。お嬢様は～それでもぉ、私に無理やりに～お金を渡しますかぁ？」

「……渡しません」

リリアさんは、本当にイルネスさんに頭が上がらないみたいで、親に叱られた子供みたいな表情になっている。

イルネスさんはリリアさんが子供のころからの専属という話だし、もしかしたら教育係的な立場でもあるのかもしれない。

「お嬢様は～優しい子ですからぁ、私に利をと～考えているのでしょうがぁ、それは～本当に必要ないんですよぉ。金銭ばかりが～見返りとなるわけではありません～。お嬢様が～当主として立派になってぇ、健やかでいてくれれば～私は十分に報われていますよぉ。これ以上は～もらい過ぎというものですぅ」

「……イルネス」

本当にイルネスさんは、聖人かなんかなんじゃなかろうか？　本当に母性の塊みたいな人とでも言うのだろうか、惜しみない温かな愛情が眩しいぐらいだ。

「だから～私に利をと思っているのならぁ、当主としてしっかりと～アルベルト公爵家を支えるぅ、お嬢様の姿を～見せてくださいぃ」

「は、はい！　がんばります！」

「でもぉ、無理は～駄目ですからねぇ。頼れる時はぁ、周りをしっかり頼ってぇ、相談するんですよぉ」

「はい！」

……あれ？　どっちが当主だったっけ？　あと、そもそもなんの話をしてたんだっけ？

ま、まぁ、リリアさんがやる気に満ちあふれてるみたいだから……いいのかな？

それよりもいつまでもふたりの会話を眺めていても仕方がない。俺もイルネスさんにお礼を言おうと思って捜してたんだし……。

そう考えた俺はとりあえずリリアさんが立ち上がるのを待ってから、ふたりに声をかけた。

「リリアさん、イルネスさん、おはようございます」

「カイトさん？　おはようございます」

「おはようございますぅ」

声をかけるとふたりとも笑顔で応えてくれ、そのまま軽く雑談をしたあとで、俺は改めてふたりにお礼の言葉を告げる。

「リリアさん、イルネスさん、今回はいろいろ力を貸してくれてありがとうございました」

「お気になさらず、あのぐらいお安い御用ですよ」

「はいぃ、お役に立てたようなら～なによりですぅ」

できればふたりになにかお礼をしたいところではあるが、すぐにパッと思いつかないので、一度保留にしておこう。

近く六王祭もあるし、いますぐになにかを考えなくても、いろいろとお礼をする機会はありそうな気がする。

＊＊＊＊

火の二月十五日目、六王祭が二十四日目からで、前日には現地入りする予定なのでもう本当に間近といった感じだ。

七日間かけて行われる六王主催の祭りは、相当の規模になるんだろう。お祭りは宝樹祭以来なので本当に楽しみだ。

まぁ、待遇的なアレコレとか若干不安要素がないわけではないが……ともあれ、もうそれほど時間はない。同行者の再確認は終わっているのでそちらは問題ないが、現地に持っていくものに関しても再度確認しておくべきだろう。

なにせ前日を含め七泊するわけだし、しっかり準備しておく必要があるだろう。俺が留守の間のベルやリンの食事なども、しっかりと準備しておかなければ……まぁ、とはいっても転移魔法具があるので、その気になればいったん戻ってくることは容易だ。ある程度気楽ではある。

と、そこまで考えたところで、あることを思い出した。そういえば、ブラッシング用のブラシを新調……というか、もう少し細かめのブラシを追加で買いたいと思っていたんだ。

いまは一種類のブラシでやっているが、何種類か用意して部分ごとに使い分けをしたい。

そこまで考えたところで、俺はマジックボックスの中から以前クリスさんから送られてきた手紙を取り出した。

クリスさんは乗馬が趣味であり、グレイフルホースという魔物を飼っている。ニルヴァという名前らしく、愛馬としてかなり可愛がって育てているみたいだ。

俺とクリスさんにとっては共通の話題であり、互いのペットについては手紙でよくやり取りをしている。

そのやり取りの中で、アルクレシア帝国首都のアレキサンドリアに、クリスさんおすすめの魔物ペット用品店があるとのことだ。

モンスターレースがあり、マグナウェルさんとも交流の深いアルクレシア帝国には、他に比べて魔物を飼っている人が多く、そういう店もシンフォニアやハイドラに比べて多い。

クリスさんが手紙で教えてくれた店は、貴族御用達の高級店で値段は高めの設定だが、その分質のいい品が揃っているらしく、一度行ってみたいと思っていた。

六王祭の準備という趣旨からはちょっと外れてしまうが、今日はこれといった予定もないので行ってみよう。ついでに近くの店を見て回るのもいいだろう。

シンフォニアに比べてあまり足を運んでいない場所だからこそ、いろいろ面白い店もありそうだ。

よし、そうと決まれば、思い立ったが吉日と言うし、さっそく転移でアルクレシア帝国に向かうことにしよう。

＊＊＊＊

前のフラワーガーデンといい、クリスさんのお勧めは期待以上に素晴らしい。今回の店も大満足であり、もともと買う予定だったブラシを二種類購入しただけでなく、ベルとリン用のおやつやシャンプーなどもいろいろ買ってしまった。

他にも興味深い品がいっぱいあったし、また来よう。

大満足の買い物ができてウキウキとした気分で歩いていると、不意になにやらチラシのようなものを配っている人が目についた。

これは中々珍しいというか、こと印刷技術に関しては機械製品がある地球の方が上である。こちらの世界ではチラシなどを大量に刷るのは、俺のいた世界に比べてかなりコストがかかるらしい。

そのため、あまりこうして街中でチラシを配っているという光景には遭遇しない。だが、逆に言えば、チラシを配っているということは、それだけコストをかけてでも宣伝したい大きな催しか、大型店舗の宣伝である可能性が高い。

興味が湧いたのでチラシを受け取ってみると、どうやらイベントの案内みたいだった。

なんでも今日はマグナウェルさんと皇帝が契約を結び、魔物を下賜されるようになった記念日らしく、それに関連したイベントを行っているみたいだった。

まぁ、とはいってもお祭りのような大規模なものではなく、プチイベントみたいな感じで、チラシの案内を見る限りクロスワードパズルに近い。

この付近のいくつかの店の前にクイズの書かれた札があるらしく、その答えをチラシに書き込んでいくと、最終的な目的地がわかり、そこへ行くと竜王……マグナウェルさんに関連した記念品がもらえると書かれていた。

なんとなく商店街のイベント的なものを思い浮かべるが、この付近は高級店が立ち並ぶエリアなので記念品は結構期待できるかもしれない。

時間もあるし、折角の機会なので参加してみようと思い、チラシの裏面に描いてある地図を見て、一番近いポイントへ向かうことにした。

地図に描かれたポイントに辿り着くと、説明通りのクイズの書かれた立て札があり……その前に誰かが立っているのが見えた。

俺と同じようにイベントに参加している人だろうか？　もっと大勢いるかと思ったが意外と少ない？　あぁ、チラシをよく見れば記念日当日は今日だが、イベント自体は五日前から開始しているみたいだ。

まぁ空いていて困ることはないかと、そんなことを考えつつ立て札に近付くと、その前にいた人物がこちらを振り返った。

百四十㎝ほどの小柄な女性だった。燃え盛る炎のような赤い長髪、整った顔立ち……だがそれ以上に目を引いたのは、その顔に刻まれた無数の『傷痕』だった。

右目には爪で引っかかれたような傷痕、鼻には横一文字の傷痕、頬には穴が塞がったような傷痕……一目見ただけでもあちこち傷だらけだった。

服装は炎の模様……ファイアパターンだったっけ？　が入った黒いコートというか、長い学ランのような服を羽織り、上半身は胸にさらしを巻いているだけで、その体は顔に劣らず傷痕だらけだった。

下半身はなんだったっけ、ボンタンとかいったっけ？　不良漫画とかでよく見るやたらサイズの大きい黒ズボンだ。

口には時代劇で見るような長いキセルを咥えており、連想されるイメージは女番長とかそんな感じだった。

瞳孔が縦に長い玉虫色の目は、まるで猛禽類かと思うほど鋭く、言いようのない威圧感がある。というか、目力が凄い……少し、いや正直かなり怖い。小柄な体からは考えられないほどの圧があるというか、歴戦の戦士的な雰囲気が凄まじい。

というか、なんか滅茶苦茶こっち見てくるんだけど⁉　え？　俺なにかしたかな？　不良漫画的な因縁をつけたとか、そんな感じの……。

「貴公は……確か、ミヤマカイト……だったか？」

「え？　なんで俺のこと……」

女性は当たり前のように俺の名前を呼んだが、俺は女性に見覚えはない。さすがにこんなに特徴的な外見の方を忘れるなんてありえない。

そう疑問に思っていると、女性はフッと笑みを浮かべて告げる。

「貴公のことは、我が王より聞いて知っている」

「王？」

「ああ、自己紹介がまだだったな。生まれ得た名はフレアベル、王より頂いた名はニーズベルト……フレアベル・ニーズベルトだ。竜王たるマグナウェル様の配下にして、幹部の一席を預かっている」

「マグナウェルさんの……」

なんと女性はマグナウェルさんのところの幹部……つまり四大魔竜のひとりということらしい。なるほど、だからこれほどの貫禄があるのか……。

「我のことは、そうだな……フレアとそう呼んでくれて構わない」

「あ、はい。ご存じみたいですが、宮間快人です。よろしくお願いします」

女性……フレアさんはパッと見は怖そうな感じだが、声は落ち着いていて、なんとなく安心感がある。小柄な外見とは裏腹に、年上感が強い気がする。

「しかし、偶然とはいえこうして出会えたのは喜ばしい。貴公とは是非一度話をしてみたいと思っていたのだ」

「え？」

「魔王……フィーアを巡る一件は、我も見学させてもらった。覗き見のようなことをして申し訳ないとは思うが、よき挑戦を見せてもらった」

どうやらフレアさんはフィーア先生との一件を見ていたらしく、優し気な笑みを浮かべて賞賛の言葉を告げてくれた。

俺がそれに照れくささを感じて頭を掻いていると、フレアさんはふと俺の手にあるチラシに目を向ける。

「そのチラシは……貴公もこの催しに参加するのか？」

「え？　ええ、偶然チラシをもらいまして、時間もあるので、と……」

「そうか、それは奇遇だな。実は我も、マグナウェル様に関する催しということで、参加してみようかと思っていたところなのだ。どうだろう？　ここで会ったのもなにかの縁だ、一緒に回らないか？」

「そうですね。もし、ご迷惑でなければ……」

突然の申し出ではあったが、特に断る理由もないし、どうせならひとりよりふたりの方が楽しく回れるだろう。俺は申し出を了承して、フレアさんの前にある立て札に目を向ける。

問いの上に①と印があるので、チラシの同じ番号のところに答えを書き込む感じか……。

「それじゃあさっそく、ここの問題は……」

「マグナウェル様の幹部の通称についてだな」

「えっと……四大魔竜、ですよね？」

「ああ、その通りだ。我を含めて四体の竜種によって構成される」

「なるほど……そういえば、いまさらではありますが、フレアさんも竜、なんですよね？」

「ああ、実際に見せれば手っ取り早いのだろうが、街中では騒ぎになってしまうので、それはまたの機会ということにしてくれ」

フレアさんは咥えていたキセルを、腰のホルダーにしまいながら苦笑を浮かべる。

ここまで話してみて思ったが、フレアさんは結構常識人というか、落ち着いた大人の女性といったイメージだ。

もっと言うなら、姐御肌とでもいうべきか……。

「えっとではここに四大魔竜と……一マスだけ色が違いますね」

「そのようだな。推察ではあるが、各解答の色が違う部分を繋げることで、答えとなるのではないだろうか？」

「あ〜、それっぽいですね。ということは、この①ってなってる問題では『マ』ですね。う〜ん、全部で⑥まであって、竜王関連のイベント……これ、『マグナウェル』が最終的な答えじゃないでしょうか？」

「いい読みだ。マグナウェル様の名前が答えという可能性は高そうではあるが……此度(こたび)の催しは、最終的に指定された場所に辿り着くという目的だったはずだ」

「あ〜、そうですね。となると、違う答えなんですかね」

「まだ一問、これではすべてを判断することはできんな。次に行ってみることにしよう」

確かにフレアさんの言う通り、最終的に出来上がる文字が『マグナウェル』では目的地に繋がらない。フレアさんの言葉に頷き、俺たちは次のクイズがある場所へと移動した。

もともと小規模なイベントということもあって、それほど場所ごとの距離は離れておらず、回るのは簡単だった。立て札のクイズは少し難しいものもあったが、フレアさんがそれとなくヒントを出してくれたお陰で、なんとかすべて自分で解くことができた。

そうして計六問を終えて完成した文字は……。

「……やっぱり、『マグナウェル』ですね」

「そのようだ。だが、これでは次にどこに行けばよいのかわからんな……」

そう、結局最初に予想した通り、完成した文字はマグナウェルさんの名前であり、場所を示すようなものではなかったフレアさんと一緒にチラシを見ながら考える。

「なにかしらの暗号とか、謎解き的なものがあるんですかね？」

「可能性がないとは言わんが、ここまでのクイズの難易度を考えれば、ある程度幼い者でも参加できるように配慮されているように思えた。となれば、あまり複雑な要素を仕込むだろうかという疑問はあるな」

「ということは、むしろもっと簡単なことを見落としてる可能性があるってことですか……」

「そうだな、もっとシンプルな……む？」

相談しているとフレアさんはなにかに気付いたらしく、チラシの裏面に描かれた地図を俺の方に向ける。

「これを……この催しのクイズの立て札の位置を示した地図だが、右上を見て欲しい」

「今回のイベントのロゴですかね？　デフォルメされたマグナウェルさんって感じの――あぁ!?」

「そう、このロゴは間違いなくマグナウェル様を模したものだろう」

「しかもこれ、あからさまに地図の上にマークが描いてありますね。そして問題の答えを繋げて出てくるのは、マグナウェルさんの名前……ってことは、このロゴが書いてある場所が、目的地ってことですね」

これは本当に簡単な見落としだった。解答を繋げて完成する文字に気をとられ過ぎてて、そこから場所を読み取ろうと深読みしてしまっていた。

わかってしまえば、なんでいままで気付かなかったんだというほどシンプルな答えで、思わずフレアさんと顔を見合わせて苦笑してしまった。

そしてフレアさんと共に目的の場所に辿り着くと、そこは看板の出ていない店で、ドアの前に店員らしき人物が立っていた。

近付くと店員らしき人は俺たちの方を向き、一礼したあとで口を開く。

「チラシを確認してもよろしいでしょうか？」

「あ、はい」

なるほど、ここでチラシを見せることでイベントの参加者だと伝えるわけか。

「はい、確かに……それでは記念品をご用意いたします」

「ああ、我は記念品に関しては辞退させてもらうので、その青年のものだけで構わない」

「かしこまりまし……え？　て、てて、『天竜』様⁉」

店員はフレアさんの声を聞くと、心底驚愕した様子で頭を下げた。フレアさんが話しかけた直後にそういう反応をするってことは、以前クロが使っていたのと同じ認識阻害の魔法かな？　たぶん話しかけるまでは、一般人に見えていたのだろう。

そのまま店員は恐縮した様子でフレアさんと少し会話をしてから、改めて記念品らしき箱を持ってきて俺に手渡してくれた。

お礼を言ってその場を離れた。そして、フレアさんと共に近くにあった公園に移動して、中身を確認してみることにした。

「中身は……あっ、ハンカチですね」

箱から記念品を取り出してみると、イベントのロゴが入ったハンカチだった。デザインは綺麗だし、生地の手触りも凄くいいので、結構いいハンカチなのかもしれない。

ロゴもマグナウェルさんがモチーフということでカッコいいし、リリアさんあたりが好きそうなデザインといえた。

「ほう、趣味のいいデザインだな」

「ですね、イベントの景品としては予想以上にいいものですね」

ハンカチのデザインに関して少し話をしたあとで、フレアさんはどこか楽し気に笑いながら口を開いた。

「……こういった催しもよいものだな」

「ですね。ありがとうございました、フレアさん」

「こちらこそ、楽しい時間だった。礼を言わせてくれ、『戦友(とも)』よ」

「とも？」

「ああ、短い間とはいえ、我らは協力し合い挑戦を行った。故に戦友(とも)だ」

「なるほど」

フレアさんと顔を見合わせて、笑い合った。

そのまましばらく雑談をしたあと、折角だから一緒にお茶でも飲もうという話になりふたりして喫茶店を目指して賑わう大通りを移動する。

さすがに俺が住んでいた日本ほどあちこちにあるわけではないが、この世界にも喫茶店のような店は多い。というか娯楽も含め大通りには多種多様な店がある。

治安もよく人の暮らしも豊かで、どこの国もいろいろと補助をしているのでスラムのような場所もない。とはいえ、さすがに全員が全員豊かな暮らしを送れているわけではなく、俺が出会ったことがないだけで日々の食事にも困っている人もいるのだろう。

ただ、それでも俺が思い浮かべるイメージよりはずっと少ない……本当にいい世界だと思う。

賑わう通りを見てそんなことを考えていると、直後に強い感情を感じて反射的に振り返った。俺は普段こういった人通りの多い場所を歩く時は、感応魔法をOFFにしている。しかし、時折そのOFFにしているはずの感応魔法が、俺の意思と関係なく強制的にONになることがある。

それは、俺の近くで『大きな感情の動き』があった時だ。そして、今回感じたのは、苦しみ、焦り、葛藤……そんな焦燥感を煽るような強い感情。

振り返った視線の先では、果物を売っている店……その店頭に並んだ籠に手を伸ばす男の姿が見えた。店の店主は他の客を対応しており、気付いていない。

俺はすぐに声を上げようとしたが、それよりも先にフレアさんの声が聞こえてきた。

「感心できんな、窃盗などという行いは」

「ッ⁉」

それは決して大きな声ではなかったが、鋭さを感じる声で、やけにハッキリと耳に聞こえた気がした。籠に手を伸ばしていた男にも聞こえたようで、ビクッとして手を引くのが見えた。

周囲の人たちも気付きザワザワと戸惑うような声が聞こえてくる中で、フレアさんは悠然と歩を進め男に近付く。すると再び男からは強い葛藤の感情が伝わってきた。

「く、くそっ！」

どこか焦った様子で男は懐からナイフを取り出し、近付いてくるフレアさんに向ける。刃渡りは決して長くない。精々果物ナイフ程度のサイズではあったが、それでも刃物は刃物……周囲の人たちも男から距離を取り、通りに少しだけ開けた空間が出来上がった。

フレアさんは男がナイフを抜き放ったのを見て足を止め、少しだけなにかを考えるような表情を浮かべた。

「……ことの善悪についてはいったん置いておくとして、どのような形であれ挑まれたのであれば、応じるのが我が流儀」

「……」

そう告げるとフレアさんはゆっくりと腕を組み、足を肩幅に開く。

「少し回りくどい言い方になったな。わかりやすく言おう……かかってこい、相手になってやる」

「ひっ……うっぁ……」

瞬間、ズッシリと周囲の空気が圧し掛かってくるような圧を感じ、周囲が静寂に包まれた。フレアさんは決して魔力を発したり、大きな声を出したりしたわけではない。なんなら、腕は組んだまままだし戦闘態勢ですらない。

しかし強者のオーラとでもいうのだろうか、その身から放たれる歴戦の雰囲気が周囲の空気を一瞬で鋭く張り詰めさせた気がした。

その雰囲気に気圧され、ナイフを持った男は怯えた様子で一歩後退する。しかし依然として焦りの感情は強く……どうやらもうあとがないと自棄（やけ）になったのか、下がったのは一歩だけで再び震える手でナイフを構えて、今度はフレアさんに向かって駆けだした。

そして男は腕を組んだ姿勢のままのフレアさんに向かって振り下ろすようにナイフを振るい、そのナイフは……フレアさんに当たる前に停止した。

「ぐっ……うぅぅ」

フレアさんが魔法的な力で防いだとかではなく、男の方がナイフを振る手を止めたように見えた。ギリギリのところで踏みとどまったとでもいうべきか、男から伝わってくる感情が強い焦りから、どこか諦めを含んだものに変わり、男はナイフを手放す。

そして力が抜けるように地面に両膝をつき、ガックリと項垂（うなだ）れた。

「……なるほどな。心まで卑に染まり切っているわけではなかったか」

俯く男を見て、フレアさんは言う。そのタイミングで足音が聞こえ、人混みをかきわけて数名の騎士らしき人たちが現れた。

騎士たちは周囲を確認するように視線を動かし、途中でフレアさんに気付いて驚くような表情を浮かべたあとで深く礼をした。

「ふむ、我のことを知っているのか、であれば話が早いな……戦友（とも）よ」

「え？　あ、はい」

「すまぬが、少し寄り道をしても構わぬか？」

「え、ええ、大丈夫です」

「感謝する」

　俺と短いやり取りをしたあとで、フレアさんは騎士たちの先頭にいる、おそらくまとめ役らしき騎士に声をかける。

「未遂とはいえ罪は罪、本来であれば貴公らがこの男を連行するのが筋であろう。だが、すまぬ。この男の処遇に関しては、我に預けてはくれぬだろうか？」

　フレアさんの言葉を聞いた騎士たちは少し戸惑うような表情で顔を見合わせ、そのあとでまとめ役らしき騎士が口を開いた。

「……わかりました。他ならぬ天竜殿の頼みとあらば、私の権限で今回の件は預けさせていただきます」

「すまぬな。また後ほど、我の方でアルクレシア皇帝へことの経緯と謝罪は伝えておく。……あぁ、ソレと貴公らにもひとつ借りができた」

　そう告げながらフレアさんは懐から、フレアさんの服の背中に描かれているのと同じ赤い爪が描かれたカードを騎士の人数分取り出して渡した。

「困りごとがあれば訪ねてくるといい、その時は貴公らの力になることを約束しよう」

「もったいないお言葉です」

　騎士たちがカードを受け取るのを確認したあとで、フレアさんは一度頷いてから、今度は被害にあいかけた果物屋の店主の方に顔を向ける。

「店の前を騒がせてしまってすまなかった」

「ああ、いえ……こちらは特に実害があったわけではないので……」

軽く謝罪を告げたあとで、フレアさんは先程男が手を伸ばしていた果物の入った籠を手に持つ。

「これをいただこう……釣りは迷惑料として取っておいてくれ」

そう言って金貨を一枚店主に渡し、籠を片手に持ちながらいまだ項垂れたままの男に声をかけた。

「ついてこい」

そう言ったあと俺に軽くアイコンタクトを送ってくるフレアさん。歩き出したフレアさんに俺が続くと、男もゆっくりと立ち上がって俺たちについてきた。

堂々と歩くフレアさんの雰囲気に圧されて人混みが割れ、俺たちは騒ぎのあった通りから離れていった。


しばらく歩き、先程まで俺たちがいた、人気（ひとけ）の少ない公園に辿り着くと、フレアさんはクイッと顔を動かし、男にベンチに座るよう促した。そして、男がそれに従ってベンチに座ると、手に持っていた果物の入った籠……そしてマジックボックスから取り出したのか、いくつかの食材を男に差し出した。

「……まずは腹を満たせ、事情はそのあとで聞かせてもらおう」

フレアさんの言葉に男は戸惑った様子で籠とフレアさんを何度も見たあと、おずおずと手を伸ばして食事を始める。よほどお腹が空いていたのか、一度食べ始めるとあとは一心不乱という言葉がしっくりくる様子だった。

「すまんな、戦友（とも）」

「いえ、気にしないでください」

なぜフレアさんが男を庇うような形でここまで連れてきたのか、それは俺にも理解できた。なんとなくではあるが、この男は根っからの悪人という感じはしない。

最初に感じたのは苦悩と葛藤、そのあとは焦燥感、項垂れている時は諦めと後悔……そしていまは戸惑いと深い反省が感応魔法で伝わってくる。なにかしらの事情があったのだろうと察することはできた。

しばらくして食事を終えると、男はポツポツと、ことの発端……なぜ窃盗を行おうとしたかを話し始めた。

要約すると、男は起業家だったらしい。数年前に事業を立ち上げ、最初はかなりうまくいっていた。しかし、ある時大きな失敗をしてしまい、それがきっかけとなって最終的に事業は失敗……男はほぼ無一文になってしまったとのことだ。

それからは日雇いの仕事をしながら、ギリギリの生活を続けていた。だがここの所巡り合わせが悪く、なかなか仕事にありつけず、空腹に耐えかねて窃盗を行おうとしたということだった。

話を聞き終えると、フレアさんはキセルを咥えながら静かな声で告げる。

「……それで？　これからどうするつもりだ？」

「また仕事を探すつもりです」

「ふむ、だがそれでは同じことの繰り返しになるのではないか？」

「……私はどこかプライドを捨てきれてなかったのだと思います。惨めな自分を知られたくなくて、両親とも連絡を取っていませんでした。けれどそのプライドのせいで取り返しのつかない過ちを犯すところでした。貴女に止めてもらえて、本当に助かりました」

「なるほどな、仕事を探し、見つからなければ身内に頭を下げて助けてもらうか……それで？　そのあとはどうする？」

「……いつになるかはわかりませんが、いつかまたお金を貯めて……もう一度挑戦してみようと思います」

フレアさんと話すうちに男の目から迷いは消えていった。なんとなくではあるが、この人はもうどんなに苦しくても犯罪に手を染めたりしないと、そんな風に感じることができた。

そんな男の顔を見て、フレアさんはフッと微かに微笑みを浮かべたあとで、どこからともなく巨大な麻袋を取り出して男の前に置いた。

「ならば、すぐにやれ」

「……え？」

「この金は貴公にくれてやろう、ソレを使って再挑戦するといい」

「……なん……で……」

麻袋の中には大量のお金が入っていた。男は思考が追い付いていないのか、呆然とした様子で呟く。

「貴公は一度挑戦し、失敗した。だが同時に貴公は得たはずだ……失敗という経験をな。いま貴公の心の内には『あの時こうしていれば』という思いが燻っているはずだ。であるなら、それを不完全燃焼のままで終わらせるな。得た経験をもとに再挑戦してみよ。その挑戦のために金が必要で、貴公がそれを持ちえていないというなら、我がくれてやる」

「……ッ!? あっ……うっ……ありがとう……ございます」

フレアさんの言葉を聞き、男はいろんな感情がごちゃ混ぜになったような表情を浮かべながら、それでも震える手で麻袋を受け取った。

戸惑いながらも、その瞳には再起を目指す微かな光が見て取れるような気がした。

「二度目の挑戦だ。貴公には一度目で得たノウハウがあり、失敗の経験もある。その上で再び失敗するのであれば、それは単純に貴公の実力が不足しているということだ」

「……はい」

「その時は我のもとを訪ねてこい。『三度目』は失敗せぬように、我が鍛えなおしてやろう」

「……へ？　え？」

「挑戦者にとって失敗とは敗北ではない。敗北とは『挑む心を失くすこと』だ。何度失敗しようと、幾度となく破れようと、その心に炎が宿り続ける限り貴公は敗者ではなく挑戦者だ。そして我は、挑戦者の味方だ。貴公がその瞳の光を消さぬ限り、見捨てたりはしない。何度でも背中を押して戦場へと送り出してやる。だから、失敗を恐れず全力で挑んでこい！」

「～～～～!?」

　何度失敗しても見捨てないと、そう告げるフレアさんの言葉を聞き、男は感極まったような表情で涙を流す。

「挑むことは勇気がいる。ましてや一度失敗し、再び挑むには一度目以上の勇気が必要だろう。だが、貴公は我に……竜王マグナウェル様が配下にして四大魔竜の一角たる我に、フレアベル・ニーズベルトに刃を向けて見せたのだ。それに比べれば、その程度の勇気を振り絞るなど容易い話であろう？」

「……はい！」

　どこか楽し気に告げるフレアさんの言葉に、男は涙を拭きながらそれでも力強く返事をした。そして、そのあとで受け取った麻袋を掲げながら迷いのない言葉で告げる。

「ありがとうございます。このお金は、ありがたく『お借りします』」

「……くれてやると言ったはずだが？」

「いえ、それでは私の気が収まりません。この預かったお金は、必ず全額……いえ、倍にして返してみせます！」

「ほぅ……挑戦者らしい、よい顔つきになった」

　感心したように零したあとで、フレアさんは楽し気に笑いながら言葉を続ける。

「倍返しをする必要はない。だが、そうさな、どうしても受け取った金額以上を返したいと望むのであれば……金を持って訪ねてくる際に、一本……酒でもいいジュースでもいい、貴公の気に入った飲み物を持ってこい。その時は、貴公の勝利を祝って祝杯のひとつでも上げようではないか」

「……はい！」

「……どうやら、『三度目』は必要なさそうだな」

力強く頷く男の瞳には強い光が宿っており、なるほど確かにフレアさんの言う通り、挑戦者と呼ぶにふさわしい顔だと、そう思えた。

そして、ソレを見たフレアさんは心底楽しそうな表情で頷いていた。

何度もお礼を言って男が去るのを見届けたあと、俺とフレアさんは当初の予定通り喫茶店へと移動した。

「戦友（とも）よ、先程は我の都合で時間を取らせてしまったのだ。せめてここは我に持たせてくれ」

「あ、はい。それでは、お言葉に甘えてご馳走になります」

フレアさんの言葉に一瞬遠慮しようかとも考えたが、フレアさんは性格的に貸し借りというか、義理人情というか、そういうものを大切にするイメージなので、断るのも逆に失礼だと思って頷いた。

ただ、仮にこれがフィーア先生とかが相手だと、どっちが払うかで少し揉めそうな気がする。フレアさんの姐御感というか、年上って感じが凄い雰囲気も、素直に頷けた理由かもしれない。まぁ、フィーア先生が遥か年上とは思えないぐらい妙に親しみやすい雰囲気なのもあるけど……。

店に入って人数を告げ、席に案内されると、店員がチラリとフレアさんの腰のホルダーにあるキセルを見て笑顔を向けた。

「お客様、喫煙用魔法具の貸し出しはいかがなさいますか？」

「いや、自前のものがあるので必要ない」

「かしこまりました」

なんというか、少し変わったやり取り……というか、喫煙用魔法具というものがなんなのか気になったので、注文を終えたあとでフレアさんに尋ねてみた。

「あのフレアさん、さっき店員が言ってた喫煙用魔法具というのは？」

「うん？　ああ、そうか、戦友（とも）は異世界出身だったな。であれば、知らないのも無理はない」

そう言いながらフレアさんは懐から緑色の魔法具を取り出した。形は球体状でサイズはピンポン玉ぐらい……魔水晶の純度はそこまで高そうな感じではない。

フレアさんがその魔法具を親指で上に弾くと、魔法具は微かに光を放ったあとでフレアさんの周囲をくるくると回り始めた。

「これが、喫煙用魔法具だ。簡単に言えば、煙を吸収して通常の空気に浄化する魔法具といったところだ」

「ああ、なるほど、それがあれば周囲の人は煙たくならないってことですね」

「その通りだ。我も喫煙者のマナーとして携帯している。まぁ、風系統の変換魔法が得意な者は魔法具を使わなくても同じことができるが、風系統はイマイチ苦手でな」

フレアさんの言葉を聞いて頭に思い浮かんだのはオズマさんだった。そういえば、オズマさんも俺の前で煙草を吸う時は魔法で煙が俺に届かないようにしてくれていたが、言うならばそれの魔法具バージョンということだろう。

「なるほど、それは凄く便利ですね」

「ああ、ただ欠点もある。やはり魔法具だけあって高価だ。個人で所有しているのはそれなりに裕福な者だけだろう。だから、こういった喫煙を可能としている店は大抵貸し出し用で用意しているわけだ」

「なるほど」

「それとそれなりに高度な術式なので、この魔法具は基本的にひとり用だ」

魔法具は非常に便利なもので、その性能は、俺の知る機械製品を大きく上回るものも多い。転移の魔法具などは最たるものだろう。

しかし、すべてにおいて魔法具が同じ効果の機械製品より優れているかと言われれば、必ずしもそういうわけではない。高性能の魔法具はやはりかなり値が張るので、効果に対して割高に感じることもあるだろうし、効果範囲が狭いものもそれなりに存在する。どちらかが絶対的に優れてるとはいえないのが、なかなか面白いものだ。

そんなことを考えていると、フレアさんは次になにやら小さな缶……パッと見た感じ、ハンドクリームでも入っていそうな容器を取り出す。開くと中には木屑っぽいものが入っており、それをキセルですくう。

そしてフレアさんがキセルを咥えると、一瞬火が灯り、少しして煙が出始める。その煙は先程までの説明通り、フレアさんから少し離れるとスッと消えるように見えなくなった。

「とまぁ、こんな感じだな」

「なるほど……それにしても、キセル煙草って初めて見ましたが、そうやって吸うんですね」

「使い方という意味であればそうだな。だが、すまぬ……実はこれは『煙草ではない』のだ」

「え？　そうなんですか？」

「ああ、これは魔界に生えている香木を加工したものでな、厳密には煙草ではない」

香木……詳しくは知らないのでアレだけど、個人的なイメージとしては神社とかお寺とか、そういう場所で使用している認識だ。

なるほど、確かに厳密には煙草ではないが傍目に見るだけではわからない。なのでフレアさんは、普通の煙草と同じように喫煙用魔法具を……ってあれ？　なんかおかしくないか？

「……えっと、フレアさん。俺の知識が足りないだけならすみません……香木って、煙を吸うものなんですか？」

「……あ、いや、その……それはだな」

そう、それが香木であるのならわざわざキセルで吸う理由はないはずだ。いや、けど葉巻とかは肺に入れずに香りを楽しむものだって聞いた覚えもあるし、ソレと同じように口内の香りを楽しんでいるのかもしれない。

とそんな風に考えて尋ねると、いままで堂々とした雰囲気だったフレアさんが、なぜか珍しく言い淀み気まずそうに視線を外した。

そしてフレアさんは俺から視線を外したまま、ほんの少し頬を染めながら告げた。

「その、この香木の煙を吸うと……その……か、『体が大きくなる』という……言い伝えがあってだな……」

「……へ？」

フレアさんが口にした煙を吸うと身長が伸びるというのは、よくある迷信の類だろう。確か昔初詣に行った神社で、煙に当たると頭がよくなるとか、そんなのがあった気がする。

まぁ、よくある話ではあるが、この場において重要なのは迷信についてではなく、それをフレアさんが実行しているという点だ。そこから導き出されるのは、フレアさんは身長を伸ばしたい……つまり、現在の身長にコンプレックスを抱いているということ……。

そんな俺の予想を肯定するように、フレアさんはどこか思いつめるような表情で口を開いた。

「どうか、笑ってくれるな戦友(とも)よ。我とて、そのような話が根拠なき迷信であるとは理解している。しかし、しかしだ。力だけではどうにもならぬ、迷信とわかっていても縋る以外に術がないこともあるのだ」

「えっと……もちろん笑ったりはしませんよ。フレアさんは、身長を伸ばしたいんですか？」

コンプレックスというのは誰しも抱えているものだ。傍目に見れば完璧なように思える人でも、当人にしかわからないようなコンプレックスを抱いていることもある。

今回に関して言えば、性格なのかフレアさんは誤魔化したりせず話を進めているので、聞かなかった振りというのもNGだろう。ならここはできるだけ自然に話の続きを促すのが一番だと思う。

「戦友(とも)よ、竜種というのは魔界において最も多種多様な種族でな。生態や体躯も様々で、かつ、数も多い。故に竜種は体のサイズで、さらに四種に大別される」

「ふむ……」

「まず全長五mに満たないのは小型種、五m以上十m未満を中型種、十m以上を大型種、百mを越えるものを超大型種と分類するのだ。そして、我は……我は……その中でも、小型種に分類されるのだ」

グッと拳を握りながら悔しげな表情を浮かべるフレアさん。そこには並々ならぬ感情が籠っているかのように感じられた。

「マグナウェル様はもちろん、我以外の四大魔竜も全員超大型種とあっては、どうしてもそれを気にしてしまう。我もさすがに超大型種になりたいなどと大それたことを考えているわけではない。しかしだな……せめて中型種にはなりたいと、そう思ってしまうのだ」

「……」

「己でも未練がましいとはわかっている。だが、どうにも捨てきれん。仮にこれが明らかに遠い目標ならば諦めもつく。だが、我の全長は四m八十cm……そう、中型種の基準までたった二十cm、我に角の一本でも生えていれば届いたであろうサイズとあっては、諦めきれんのだ」

人間である俺の感覚としては二十cmは大きいが、竜種であるフレアさんにとっては二十cmというのは、それこそ背伸びすれば届くサイズというわけなのだろう。

そんなフレアさんの思いを聞き、俺はフレアさんの目を真っ直ぐに見つめながら口を開く。

「……フレアさん、貴女の気持ちは……痛いほどにわかります」

「戦友（とも）……」

「なぜなら、俺も同じ悩みを持つ者だからです！」

「な、なんと⁉　戦友（とも）も我と同じ悩みを？」

そう、ハッキリ言おう。フレアさんの気持ちは滅茶苦茶わかる！　というか、似たような悩みを俺もずっと抱えているのだ。

「はい。俺の身長は百六十九㎝……百七十㎝にほんの一㎝足りないんです。いや、わかってます。そんな一㎝の差なんて傍目に見てもわかる人なんてほとんどいないでしょう。俺が百七十㎝だと嘘をついても、それが間違いだとワザワザ指摘する人なんていないでしょう……でも違うんです！　百六十九㎝と百七十㎝じゃ、こう、自分自身の持てる自信というかそういうのが大きく違うんです」

「あ、あぁ、わかる。わかるぞ戦友（とも）よ！　無理解な者は言うだろう『誤差の範囲』だと……だが当人にとってそれは、誤差ではないのだ！」

「そうなんです。頭では理解してます。もう成長期は過ぎて身長が伸びる可能性は低いと、理解はしているんです。だけど、健康診断とかで身長を測る機会があるたびに、ひょっとして一㎝ぐらい伸びてるんじゃないかって、そんな期待を抱いてしまうんです」

「なんということだ。わかる、戦友（とも）の苦しみが、嘆きが……我には己のことのように伝わってくる！」

俺の言葉にフレアさんは目を潤ませながら何度も頷く。きっといま俺の目も潤んでいるだろう。期待して何度もそれが破られてきた経験を持つ者同士だからこそ、通じ合うものがある。

俺は感情が高ぶるのを実感しつつ、フレアさんに向けて手を伸ばす。

「フレアさん！　お互い、希望を捨てずにがんばりましょう！　諦めない限り、可能性がゼロになることは決してないはずです！」

「戦友よっ⁉　ああ、なんと心強い言葉か！　我はいま、暗闇の中で初めて希望を見つけた気分だ！」

俺とフレアさんはガシッと固い握手を交わす。なんだろう、この感覚は……魂が結びつくとでもいうのだろうか、フレアさんが暗闇の中で希望と巡り合ったと言った気持ちがよくわかる。

いま、俺とフレアさんの間には固く強い絆が結ばれた。同じ苦しみを持ち、それでも立ち向かおうと、抗おうとする者同士……まさに戦友の絆とでもいうべきものだ。

＊＊＊＊

快人がアルクレシア帝国で新たな出会いを経験していたころ、別の場所ではとある人物が千年ぶりに家族たちのもとへ帰還していた。

魔界にある冥王クロムエイナの居城の前では、城門の巨兵と呼ばれるフュンフがいつも通り巨大甲冑に身を包み門番をしていると、不意に何者かが転移してくるような魔力の動きを感知した。

そして直後に懐かしい魔力を感じ、フュンフは即座に巨大甲冑を消して魔力を感じた方へと視線を動かす。

それはフュンフが門番をするようになってから、ずっと夢見ていた光景。フュンフが門番をするようになったのは彼女がこの城を去ってから……いつか帰ってきた時に、彼女を一番に迎えられるようにと……。

「千年ぶりか……不思議だね。いままで生きた年月から考えたら、そんなに長くないはずなのに……凄く、この家が懐かしいよ」

「……フィー」

何度この光景を願っただろうか……少しバツが悪そうに苦笑を浮かべて頬をかきながら歩いてくるフィーアを、フュンフは目を潤ませながら見つめる。

「えっと、その、なんて言えばいいかな……た、ただいま、かな？」

「フィー!!」

フュンフは湧き上がる感情に突き動かされるように駆けだし、フィーアの体をきつく抱きしめた。もうどこへも行ってしまわないようにと、そんな思いを込めながら……。

「……おかえり……フィー」

「っ……ただいま、フュン。いっぱい、いっぱい迷惑かけちゃったね」

「いいよ、そんなの……一番辛かったのはフィーだって、ちゃんとわかってるから」

「フュン……」

フュンフのおかえりという言葉で感極まったのか、フィーアも涙を浮かべながらフュンフの体を抱きしめる。

心の底から自分の帰還を喜んでくれている気持ちがフュンフから伝わってきて、胸の中が温かくなるような感覚に浸っていたフィーアだったが、次のフュンフの一言を聞いて硬直した。

「……だから……『一発で許す』ね」

「…………………え？」

なにやら不穏な言い回しと共に体を離したフュンフを見て、嫌な予感を感じながら上空を見て……フィーアは青ざめた顔に変わった。

フィーアの視線の先、上空には……優に数十mはあろうかという、超巨大な拳が作り出されていたからだ。

そしてフュンフの先程の言葉から、己に待ち受ける未来を読み取ったフィーアは焦ったような表情で口を開く。

「……ま、持って、フュン……駄目だよこれ……死んじゃう、死んじゃうから……」

「フィーの……フィーの……」

「あっ、駄目だこれ……終わった」

「ばかぁぁぁぁぁぁ!?」

なにかを悟ったように諦めた表情を浮かべたフィーアに、巨大な拳が隕石の如く振り落とされた。

それから少しの時間が経過し、フュンフは目の前にいるフィーアに優しげな表情を浮かべながら声をかけた。

「けど、本当にフィーが元気そうで安心したよ」

「元気って……私いままさに比喩じゃなく文字通りぺっちゃんこにされたんだけど……これ、元気って表現でいいの？」

「むしろこの先も家族全員から一発ずつ殴られるぐらいの覚悟をしておかないとダメだよ。皆、本当に心配してたんだからね」

「うぅ、家族の愛が重いなぁ。まぁ、私が悪いんだしなにも言えないけど」

困ったような表情を浮かべながらも、それでもフィーアはどこか嬉しそうだった。なんだかんだで、家族が自分のことを心配してくれたというのは、彼女にとっても嬉しいことだった。

そのままどこか穏やかな空気の中で、フュンフとの会話を再開させようとしたフィーアの耳に、聞き覚えのある声が聞こえてきた。

「おかえりなさい、フィーア……千年ぶりですね」

「ッ⁉」

その声を聞いた瞬間、フィーアの顔は一瞬で蒼白となり、吹き出すように大量の汗が流れ始めた。全身が震え、歯はガチガチと音を立てる。

そしてまるで壊れたブリキ人形のような動きで後方を振り返り、フィーアは絶望しきったような表情を浮かべた。

「本当に、久しぶりですね」

「ツ、ツツ、ツヴァ、ツヴァイお姉ちゃん……」

「誰に話すでもなく勝手に家を出て、千年間一切の音沙汰なし……貴女には本当に、一からいろいろなことを教えなおさなければならないみたいですね」

「あわ、あわわ……」

フィーアにしてみればいま現れたその姉……ツヴァイとは、できればもう少し心の準備をしてから会いたいと思っていた。彼女にとってこの世で最も恐れる相手であり、再会すればしこたま叱られることは確定していたから。

「覚悟は、できていますね？」

「あばばば、フュ、フュン……助け……」

「自業自得だよ。ツヴァイ姉さんも本当にフィーのこと心配してたんだからね。とりあえず、思いっきり叱られちゃえばいいいと思うよ」

「そ、そんなぁ……」

近くにいたフュンフに助けを求めるも一蹴され、涙目になったフィーアの服の襟首をツヴァイがガッシリと掴む。

「さぁ、来なさいフィーア」

「ひやぁぁぁぁぁ⁉」

そのままフィーアは引きずられるように連行されていき、居城には千年ぶりに帰還したフィーアの悲痛な叫び声がしばらく木霊していた。

# 閑話　ニーズベルト～赤き竜の軌跡～

ワイバーンという魔物がいる。人界においては、最上位クラスの魔物として知られるが、魔物の多い魔界においては中堅にすら届かない……どちらかと言えば弱い魔物として認識される存在。

見た目は翼竜に近いが、体躯は竜に比べ小さく、知性も低いワイバーンは、強い魔物の代表たる竜種に分類されることはなく、翼を持つ獣……翼獣種に分類されていた。

そんななんとも中途半端な魔物ではあったが、肉が良質であり、群れを作るため数も多く、獲物としては中々の人気だった。

そう、ワイバーンという魔物は魔界においては『狩られる側』に位置する弱者と言っていい存在だった。特に弱肉強食の古代の魔界においては……。

ワイバーンとして生を受けた『彼女』の軌跡もまた、波乱に満ちあふれていた。

なんの偶然か、はたまた運命なのか……彼女が物心ついた時、彼女のいた群れは壊滅の危機を迎えていた。それは当時の魔界においてはなにも珍しいことではない。ワイバーンと比べ圧倒的に強いレッドドラゴンにたまたま見つかり、抗う間もなくワイバーンたちは狩られ……彼女の目の前には数多の同族の死体と、顎を広げた捕食者の姿があった。

強者が弱者を喰らうという自然の摂理……だが、彼女はそれを受け入れることをよしとはしなかった。

生まれて初めての咆哮と共に、彼女は己の何倍もある竜に牙を向いた。こんな終わりを認めてなるものかと、こんなところで終わってなるものかと、圧倒的強者に死力を尽くして挑みかかった。

数えきれないほどの傷を負い、いつ死んでもおかしくないほどボロボロになりながら……それでも、彼女は『たったいま己が殺した竜の死体』を踏みつけ、天に向かってあらん限りの力で咆哮した。

己が弱者のままでいることが許せない。心の内に宿った小さな炎が燻ったままであることが許せない。己という存在を世界が弱者であると、天に届かぬ存在であると定めるなら……いつかこの燃え盛るように熱い心で、天を焼いて見せると……。

それが、『フレアベル・ニーズベルト』という挑戦者の最古にして始まりの記憶だった。

＊＊＊＊

燃え盛る炎の如き向上心を胸に、彼女は格上の存在に挑み続けた。敗北はすなわち死という、厳しい弱肉強食の世界に身を置きながら、常に己より強い者へ牙を向けた。

全身に傷痕が残るほどに膨大な傷を負い、数えるのも馬鹿らしいほどの死線を潜り抜け、幾度となく生死の境を彷徨いながら、それでも彼女は挑戦を続けた。

恐ろしいのは死ではなく、己の身の内で熱く燃え滾る炎が消えてしまうことだと、そう思いながら……。

数多の戦いを潜り抜けた彼女の体は……返り血に染まったのか、それとも内なる炎が表に出てきたのか……いつしか、燃え盛るような赤へと変色していた。

そして、そのころには彼女は……強者へと立ち位置を変えていた。

それでも彼女は立ち止まることはなく、そのあとも挑戦を続けていった。そしてその果てに辿り着いたのが、竜種の頂点……竜王マグナウェルのもとだった。

当時六王としてクロムエイナのもとから独立したばかりだったマグナウェルは、己の配下となりうる存在を探しており、彼女に目を付け勧誘を行った。

その勧誘に対して彼女が求めたのは、『マグナウェルとの戦い』……結果、初めの勧誘から実に百回の戦闘を行い、百戦すべてでマグナウェルに敗れたことで、彼女はマグナウェルを己の王と認め、配下となることを了承した。

そしてその際に、マグナウェルより『ニーズベルト』という名を与えられた。

彼女は……ニーズベルトは、歴史上で初めて『特殊個体に進化したワイバーン』であり、そのことを知ったマグナウェルは驚愕と共に、ニーズベルトが歩んできた道に深く感心した。

そしてそれ以後、翼獣種であるワイバーンに関しても、彼女と同じく赤鱗を得た歴戦のワイバーンに関しては、特例として竜種と認めると定め、その特殊個体のワイバーンに関しては、彼女の名からとって『ニーズヘッグ』という特殊な種族名を与えた。

なお、まったくの余談ではあるが……ニーズベルトより少し前にマグナウェルの配下となり、張り切っていた一匹の竜……後に竜王配下筆頭と呼ばれる黒竜が「マグナウェル様に挑みたくば、まずは私を倒してみよ」と告げた結果、軽くトラウマになるレベルでボコボコにされ、それ以後ニーズベルトとの模擬戦を極端に嫌がるようになったとか……。

ニーズベルトは真っ直ぐな性格をしており、一度王と認めたからにはしっかりとマグナウェルに忠誠を捧げ真面目に働いた。

当初まだまだ配下の数は足りておらず、彼女に与えられたのは各地に存在するマグナウェルが目星をつけた竜種……幹部候補といえる存在たちに、勧誘の言葉を伝達する仕事だった。

そして現在彼女は、切り立った崖の上に翼と一体化した手を組んで直立し、崖の下に広がる海に視線を向けていた。

そして少しすると、その海が淡く光を放ち、響くような声が聞こえてきた。

『……思い上がったものですね。私に配下になれと？　竜の王だかなんだか知りませんが、魔界の海の支配者は私です。誰の下につく気もありません。そもそも、配下だけよこして、直接私の前に顔も出せぬ臆病者ふぜいが、私を配下にしたいなどとは片腹痛い。私となにか交渉をしたいのであれば、そのマグナウェルとかいう竜が直接足を運んできなさい』

（……）

それは魔界の海の覇者であるという自負からくる余裕でもあったのだろう。海においては何者にも負けないという自信があるからこその挑発……。

『そも――え？　なんで？　こんなところに火が……』

そのまま海の底からさらなる言葉を続けようとした海竜だったが、直後に頬を掠めた火球によって言葉は止まった。

それはあり得ないことだった。なにせ海竜は、陸からはそれなりに離れた海の底……数千ｍという深さにいるのだ。そんな海竜のもとに、火球が届くはずがない。

そう、まるで穴が開くように火球の射線上の水がすべて消し飛んでいるなんて、なにかの見間違いに決まっていると、努めて冷静になろうとした海竜の視線の先で、伝言を持ってきた赤いワイバーンが海に飛び込むのが見えた。

そして……。

『申し訳ありませんでした！　調子に乗りました⁉　聞きます！　ちゃんと話を聞きますので、どうかご容赦を⁉』

ボロボロになった巨大な海竜が海から力ずくで引き上げられ、悲痛な叫びをあげながら文字通り引きずられてどこかへ連行されていった。

のちに海に戻った彼女――マグナウェルの配下となったエインガナは、海の底で涙声で呟いた。

『……あの赤いワイバーン……強すぎて、マジ怖い』

似たような出来事は別の場所でも起こっていた。

それはマグナウェルにこそ届かないものの、並の竜……いや生物とは一線を画す巨大な体躯を持つヘルグラウンドドラゴン――地竜の勧誘に赴いた際のことだった。

『な～る～ほ～ど～ね～。は～な～し～は～わ～か～っ～た～よ～。ぼ～く～も～ぼ～く～よ～り～お～お～き～い～っ～て～う～わ～さ～の～りゅ～う～に～は～きょ～う～み～が～あ～る～し～は～な～し～を～き～き～に～い～く～よ～』

（……）

凄まじくゆっくり間延びした口調で話す地竜の言葉を、腕を組んで静かに聞いていたニーズベルトだったが、次の一言でその表情が変わることになった。

『け～ど～き～み～が～か～ん～ぶ～な～の～？　ど～う～し～て～こ～ん～な～チ～ビ～りゅ～を～か～ん～ぶ～な～ん～か～に～し～て～る～ん～だ～ろ～う～ね～？』

（……）

地竜は魔物の中に一定数存在する体格主義者……すなわち、体の大きな者こそ強いという考えの持ち主だった。竜種はその全長によって、小型、中型、大型、超大型に分けられるが……もとがワイバーンであるニーズベルトの全長は四m八十㎝であり……『小型種』に分類される。

ちなみに彼女以外の幹部、ファフニルもエインガナも、そして当然マグナウェルも超大型種であり、さらに配下内で上位の力を持つのは軒並み大型種か超大型種ということもあって……正直、彼女はそのことをもの凄く気にしていた。

その話題に迂闊にも触れ、さらには見下すような発言をした地竜、後にグランディレアスと呼ばれる存在は、ニーズベルトによってそれはもう凄まじいトラウマを植え付けられ、以後二度と他者の体躯について言及することはなくなった。

なお、しばらくはワイバーンそのものにさえ怯えていた彼だったが、のちに『おかしい強さなのはアイツだけ』という結論に達し、ワイバーンに対する苦手意識に関しては克服することができたとか……。

# 第五章　会場到着

火の二月二十三日目。六王祭も明日に迫り、俺たちは今日現地に移動することになっている。

開催地には直通のゲートがあり、各界のゲートから転移することができる。そして各界のゲートまでの移動に関しては、マグナウェルさんの手配した飛竜便にて無料で送迎してもらえる。

もっともリリアさんの屋敷からゲートまではさほど遠いわけでもなく、馬車でもすぐに着く距離なのだが……リリアさんの強い希望で飛竜便での移動となった。

俺たちの知り合いの参加者のうち、エデンさんは当日に現地入り、ジークさんの両親……レイさんとフィアさんは、リグフォレシアから来るので現地で合流することになっている。

リリアさんの屋敷に住むメンバー以外では、ルナマリアさんの母親であるノアさんが一緒に向かう。

俺たちの迎えには、なんとファフニルさんが来てくれた。凄まじい体躯を誇る巨大なドラゴンだが、ファフニルさんクラスになるとある程度体の大きさも変化させられるらしく、屋敷の庭に合わせたサイズで来てくれた。

「お久しぶりです。ミヤマ殿」

「こんにちは、ファフニルさん。今日はよろしくお願いします」

「お任せを……」

久しぶりに会ったファフニルさんと挨拶を交わして、さっそく移動する。まぁ、とは言っても、そこまで遠くないので、ほんの数分の移動ではある。

うん、やっぱ飛竜便で移動する必要はなかったと思う。

「……か、感動です。竜族でありながら伯爵級、超古代真竜のファフニル様に運んでいただけるとは……」

……まぁ、リリアさんが嬉しそうなのでよしとしておこう。

＊＊＊＊

六王祭の開催地は魔界の島だと聞いていたけど、辿り着いたその場所は圧巻の一言だった。

それは王都にも匹敵するほど巨大な、六王祭を開催するためだけに作られた都市――遠目にマグナウェルさんの巨体が見え、あの位置まで都市が続いていると考えると……本当に凄まじい大きさなのが予想できる。

豪華な装飾が施された巨大な門の前に辿り着くと、そこではキャラウェイさんが柔らかい微笑みを浮かべながら待っていた。

「お待ちしておりました。ミヤマ様……改めて、本日ご案内を務めさせていただくキャラウェイです」

「こんにちは、キャラウェイさん。案内をお願いしてしまってすみません」

「いえ、光栄です……ミヤマ様の御一行は、全員お集まりですか？」

う〜ん。当たり前に俺の一行とか言ってるけど、アルベルト公爵家御一行とかではないのかな？

いや、まぁ、確かに招待状のランクとしては俺が一番上みたいなんだけど……なんかむずむずする。

あと、関係ないことだけど……これで全員かと尋ねてきた時、キャラウェイさんの長い尻尾が「？」の形になってた。アレって無意識なのかな？　だとしたらなんか可愛い。

「いえ、あと二人合流する予定なので……ちょっと待ってもらって大丈夫ですか？」

「かしこまりました。では、そのお二方が合流されてから、ご案内をさせていただきますね」

そう言ってキャラウェイさんは微笑みを浮かべる。気のせいか、以前会った時よりも表情が柔らかい気がした。

＊＊＊＊

穏やかに言葉を交わす快人とキャラウェイを見ながら、ルナマリアはポツリと呟いた。

「……いったい、どういう過程を経たら、以前一回会っただけの女性が……次に会った時に『大好きオーラ全開のメスの顔』で現れるんですか？」

「……快人さんなので」

「……快人先輩ですから」

「なんというか、その一言で納得できてしまうのがミヤマ様の恐ろしさですね」

ルナマリアの呟きに、葵と陽菜が呆れた表情で答える。

そう、彼女たちは気付いていた。キャラウェイが快人に向ける視線が熱っぽいことに……という
より、快人と話している時『尻尾がハートの形になっている』ことに……。

「……ふむ、ご主人様の崇高さを見抜くとは、あの高位魔族……なかなか見所がある」

「ええ、それもこれもご主人様の偉大さゆえですね」

「さすが、ご主人様……です」

ルナマリアたちとは対照的に、アニマ、イータ、シータの従者三人は、どこか誇らしげな表情で
頷いていた。

そんな三人に向かって呆れた視線を送ったあと、ルナマリアは自分の母親に向き直る。

「……いいですか、お母さん。ミヤマ様にあまり近付いちゃ駄目ですよ。見ての通り、一瞬で籠絡
されますから……」

「うん？　やっぱり、ミヤマさんは素敵な殿方ですね～」

「お母さん……私の話聞いてます？」

「ええ、あんなにたくさんの女性に愛されるミヤマさんは、本当に素敵ですねってことですよね？」

「い、いや……た、確かに、ミヤマ様の男性としての魅力は疑う余地もありませんが……」

一夫多妻が常識であるこの世界において、多くの女性に好意を向けられるというのは、その男性
の価値にも直結する。

多くの恋人を持つ男性こそ素晴らしいという考えは、非常に一般的なものであり、その点に関し

てはルナマリアも否定ができなかった。

ただ、やはり彼女としては、自分の母親が快人に非常に好意的なのは複雑らしく、微妙な表情を浮かべていた。

「ですよね？　あの人は優しい人でしたけど……妻が私ひとりというのは、『少し情けなかった』ですね」

「なんで軽やかにお父さんを貶してるんですか⁉　いや、私もお父さんに肩入れする気はありませんし、少し情けないというのには同意ですが……お母さんはもう少し気にしてください！」

「うん？　あの人のことは、いまでも愛してますよ～」

「じゃ、じゃあ……」

「でも、ミヤマさんのような素敵な殿方といると、私の中の『女』が疼いてしまいますね」

「完全に『メスの顔』してるじゃないですかぁぁぁぁ⁉」

日傘を片手に、うっとりと頬を染めながら快人を見つめるノアの目には、キャラウェイに負けず劣らずあつい熱が籠っていた。

「ルーちゃん、ルーちゃん」

「……なんですか？」

「ミヤマさんは、『舐める』のと『咥える』の……どちらが好きなんでしょうか？」

「それを聞いてどうするつもりなんですか⁉　アバンチュールですか？　旅行に来て一夜のアバンチュールするつもりですか⁉　許しませんよ！　私は絶対に許しませんからね‼」

「……うん？　ああ、そっか、ごめんなさいルーちゃん。お母さんの考えが足りなかったわ」

「……わ、わかってくれましたか……」

　パンッと可愛らしく両手を叩いて微笑むノアを見て、ルナマリアは安堵したが……直後にそれは粉々に打ち砕かれた。

「『ルーちゃんも一緒』がいいのね？　わかりました。ルーちゃんは初めてでしょうから、お母さんがちゃんと教えてあげますね」

「全然っ！　欠片もっ！　わかってないじゃないですかぁぁぁ!?　リリ、リリィ!!　助けて!!」

「……い、一夜の……わ、私もそうした方が？　で、でも、まだそういうのは……」

「そっちはそっちで、なにまんざらでもない顔してるんですかぁぁぁ!?」

　助けを求めて振り返った先では、リリアが真っ赤な顔で両手の人差し指をツンツンと突き合わせており、その様子を見て味方がいないことを悟ったルナマリアは、涙目で絶叫する。

　ただ、ルナマリアにひとつ勘違いがあるとすれば……ノアは性行為に関して語っているわけではなく、血の飲み方に関して話しているということ。あわよくばこの六王祭の最中に、もう一度快人の血を飲みたかった。

　指を切って血が出た際に、舐めとるのと指を咥えるのでは、どちらが快人にとって嬉しいかと、そういうことをノアは考えていたのだ。

　もっとも、ルナマリアの危惧も決して的外れではない。

　ノアにとって快人の血を飲むことは至上の喜びであり、血を飲むたびに快人への好感度はガンガン上がっている。

　正直言ってすでに、快人の方から求めてきた場合は、そういった行為でも応じるレベルには好感度は高い。

　ルナマリアの苦難は、まだまだ続きそうだった。

＊＊＊＊

　キャラウェイさんと再会し、初対面であるアニマたちとの自己紹介も終わる。なぜかわからないけど、アニマにしては珍しく、初対面のキャラウェイさんに好印象な感じだった。

　同じ獣人系の魔族として、なにか通じるところでもあるんだろうか？

　そんな疑問が頭に浮かぶのとほぼ同じタイミングで、どこからともなく声が聞こえてくる。

「……待たせたね、皆！」

　力強く聞き覚えのある声……俺たちは声のした方に振り向き、ジークさんは両手で頭を抱えた。

　そして俺たちの視線の先から、ふたつの影が走ってくる。

　見覚えのある男女は、ジグザグに交差しながらこちらに向かって走ってきた。そして俺たちの前で交差する時、空中で一回転して着地し、最後に揃ってバク宙を決めてポーズをとった。

「久しぶりだね、皆！」

「私たちの登場よ～」

場を置き去りにしたテンションで現れたのは、もちろんジークさんの両親……レイさんとフィアさんである。

「決まったわね、レイ」

「ああ、この日に備えて練習したかいがあって、完璧な登場だった！　皆も感動で言葉もないみたいだ」

違います。むしろ呆れて言葉が出てこないんです。

あと、レイさんとフィアさん、誇らしげなのはいいですが……そろそろブレーキ踏まないと、ジークさんの目がどんどん据わってきてますよ？

しかし当然このふたりがそう簡単に落ち着くはずもなく、恒例のジークさんによる折檻が開始されようとすると……なぜか『先程とは別の声』が聞こえてきた。

「……ふふふ、あはは、はーはっははは！　その程度で完璧な登場？　甘い、ホイップクリームのように甘いですね！」

「な、何者だ⁉」

……俺の知る限り、世界最高峰の馬鹿です。

「仕方ありませんね。大空の広大さも知らないヒヨコのために、真の登場とはいかなるものか、見せてあげましょう！」

頭の痛くなるような台詞と共に、遠方から馬鹿と馬鹿の分体が走ってくる……猫と犬の着ぐるみで……。

そして馬鹿犬と馬鹿猫はある程度進むとジャンプし、横回転をしながら上下に交差する。

確かに凄い動きだとは思うけど、アイツならあの程度はできても……。

「そ、そんな馬鹿な⁉　ア、アレはまさか……『ディバインエクスチェンジ』⁉」

「し、信じられないわ……アレはすでに失われた技ではないの⁉」

しかし若干二名、もの凄い勢いで喰いついている。

そんなふたりの視線の前で、馬鹿犬と馬鹿猫は着地して即座に切り返し、回転しながら空中で互いの足を蹴り、もとの位置に戻っていく。

「なんだとっ⁉　ディバインエクスチェンジから『ダブルクレッセントムーン』への連携だって⁉」

「そ、そんなの体が耐えられるわけがないわ⁉　なんなのあのふたり、化け物……」

前々から気になってたんだけど、なに？　そのやたらカッコいい名前はなんなの？　誰がつけてるの？

そして馬鹿犬と馬鹿猫の演出もラストに差し掛かったらしく、走りながら一列に並んだあと、馬鹿犬が馬鹿猫の肩を踏み、くるくると回転しながら高く跳躍。馬鹿猫は体操選手のように地面を跳躍しながら接近し、馬鹿犬の着地ポイントで背中合わせにポーズを決めた。

「……あ、ぁぁ……『シューティングスター』……なんて……そんな」

「しかも、もう片方は『グラウンドコンビネーション』で……あ、あんなの人間わざじゃないわ⁉」

……レイさんとフィアさんも人間じゃなくてエルフですけどね⁉

俺たちにとっては別にそうでもなかったが、レイさんとフィアさんにとって馬鹿の登場は衝撃的だったみたいで、ふたり同時に膝をついて項垂れた。

「……私たちの負けだ」

「……まさか、世界にこんなパフォーマーがいたなんて……いったい貴方たちは、何者なの⁉」

……救いようのない馬鹿です。

「ふふふ、よくぞ聞いてくれました。世界に煌めく星……謎の超絶美少女アリスちゃんとは、私のことです！」

「「な、なんだってっ⁉」」

レイさんとフィアさん、ノリが良過ぎる。なんか見てるこっちが疲れてくるよ。

「な、謎の超絶美少女アリスちゃん……い、いったい何者なんだ⁉」

「ま、まるで正体がわからないわ……コレが、謎の超絶美少女アリスちゃんたるゆえんなのね！」

いや、名乗ってますからね⁉ 滅茶苦茶ハッキリ、アリスって名乗ったからね！

「ふっ、私の正体は明かせませんが……」

だから、自分で名乗ってたって⁉ なにひとつ隠してない、完全にフルオープンだったからね⁉

「貴方たちも、中々見込みがあります。ただ、そこで慢心しないでほしかった。パフォーマーとしての頂点は、まだ遥かに高く険しい。それを忘れず、精進してください」

「な、謎の超絶美少女アリスちゃん……あ、ありがとうございます！」

「ええ、私たちもいつか謎の超絶美少女アリスちゃんに追いつけるように、がんばります！」

もうついていけないな、このノリ……。

テンションに差があり過ぎてまったくついていけない俺の前で、レイさんとフィアさんは感極まったように涙を流し……その首もとに、スッと剣が突き付けられた。

「……あ、あの、ジーク？　こ、これは……」

「ジークちゃん、落ち着いて……」

「……」

ふたりに剣を突き付けたジークさんの目は、殺意にあふれていた。なんというか、宝樹祭、ジークさんの里帰りと、これまでも何度か見た流れである。

「……ふたり共、幻王様に無礼ですよ！」

「「……え？　幻王……様？」」

ジークさんから告げられた言葉に、ふたりは完全に硬直し……少ししてギギギッと音がするような動きでアリスの方を向く。

「……えと……幻王様……ですか？」

「ええ、私、謎の超絶美少女アリスちゃんの正体は……じゃ〜ん！　幻王でした！」

大袈裟な動きで着ぐるみを脱ぐと、黒いフードを被った幻王の姿のアリスが登場する。

それを見たレイさんとフィアさんの顔からは、完全に色が消え失せ……流れるような動きで土下座に移行した。

「も、もも、申し訳ありません！　ま、まま、まさか、幻王様とはつゆ知らず……」

「ご、ご無礼を……」

さっきのノリノリの会話を思い出したのか、ふたり共震えながら謝罪の言葉を口にする。

それを聞いたアリスは、満足そうに一度頷き、偉そうな口調で話し始める。

「まぁ、気付かないのも無理はありません。私は幻王であると同時に超一流のパフォーマー……動きひとつひとつが、完璧に洗練されたビューティフォーな存在です。いまならそんな私が書いた『パフォーマー教本』を特別価格で――ふぎゃっ⁉」

「……いい加減、自重しろよ、お前」

「カ、カイトさん⁉　い、いや、私はパフォーマーとしての心構えを――みぎゃぁぁぁ⁉　ほ、ほっぺ引っぱ……取れる、取れりゅぅぅぅ⁉」

「……ちょっとこっち来い」

「にゃぁぁぁぁ⁉　ほっぺ引っ張ったまま移動は……ご、ごめんなさいぃぃぃ⁉　調子に乗りましたあぁぁぁ⁉」

怯えるふたりに向けて商売を始めようとした馬鹿を殴り、強制的に連行する。

最近ちょっと甘やかしてたらコレだ……ちょっと久しぶりに説教しよう。そうしよう。

「……ねぇ、ジークちゃん？　あの方、本当に幻王様？」

「そうです」

「……その、ミヤマくんに正座させられて、叱られてるけど……」

「……幻王様です」

馬鹿への説教が終わると、同じタイミングでジークさんの方の説教も終了したみたいで、ボロボロのレイさんとフィアさんが立ち上がる。

「それにしても凄いものだね。六王様主催の祭りだから大がかりだろうとは思ってたけど……ここまでとは」

相変わらずの立ち直りと切り替えの早さで、レイさんは大きな会場となる都市を見つめながら呟く。

その言葉には全面的に同意できる。実際想像より遥かに凄まじい規模になりそうだし、中央にそびえ立つ塔は、天を突くほど大きい。

あそこに泊まるのかと思うと、ちょっと……いや、かなり萎縮してしまうが、拒否権などない。

「それにしても、さすがは六王様……いったいどれだけのお金がかかっているんでしょう？」

「想像もつきませんね」

リリアさんが呟き、ルナマリアさんも神妙な顔で同意する。確かに、あの中央塔ひとつだけでも桁外れの資材が使われているだろう。いったいどこからそんなに大量の資材を短時間で集めたのか……。

まぁ、本当にいまだかつて体験したことのない規模のお祭りになりそうなことだけは確かだ。

「でも、これだけ巨大だと……回りきるのも難しそうね」

「ああ、確かに……シンフォニア王都ぐらい広そうですし……七日間では回り切れないかもしれませんね」

フィアさんの至極もっともな呟きに言葉を返す。この会場となる都市はあまりに大きすぎる。この都市すべてに出店等が並ぶとすれば、まず間違いなく半分も回れればいいレベルだろう。

考えて回らないといけないなと、そんな考えが頭に浮かんだが……直後にキャラウェイさんの口から、信じられない言葉が告げられた。

「……いえ、ミヤマ様。七日間ではなく一日ですよ？」

「……はい？　いや、だって、六王祭は……」

「私も聞いただけですが……なんでも、六王祭は『一日ごとに中央塔と宿泊施設を除いたすべての出しものを切り替える』らしいんです」

「……」

キャラウェイさんの告げた言葉に、俺だけではなくここにいる全員が絶句した。

要するに、毎日すべての出店等を変更するってこと？　いやいや、いくらなんでもそんな……。

「にわかには信じがたいですが、『建物も切り替わる』らしいです」

「……そ、そんなことが可能なんですか⁉」

「わかりません。ですが、六王様方なら……ありえないとも言いきれません」

リリアさんが驚愕しながら尋ねると、キャラウェイさん自身も半信半疑なのか、戸惑うような表情に変わる。

けど、確かにキャラウェイさんの言う通り、俺たちの常識では不可能でも、六王ならもしかしたらと、そう思ってしまう。

しかし、そうなると先程フィアさんが語った問題が、より深刻になる。

七日間かけても半分も回れないような規模の祭りが、毎日丸ごと切り替わるとなると……本当に一部しか楽しむことはできないだろう。

そうなると、ここは見て回りたいというアタリを付けて回るのがいいんだけど……この広さでは、どこになにがあるかすらわからないな……。

「……」

そんな俺たちの前を、複数の木材を持っててくてくと歩くアリス……なんか、このパターン見たことあるぞ？

アリスは俺の予想通り、トンカチを取り出し三度ほど木材を叩くと……露店が出来上がる。

そしてその露店の看板には『コレでバッチリ！　アリスちゃん特製六王祭ガイド～完全版～』と書かれている。

……やるじゃないか。需要を的確につき、全員がそれを望んだタイミングで提示……コレは買うしかない。

しかし、気になるのは値段。今度はどんだけふっかけてくるのやら。

戦々恐々としながら視線を動かすと、今回は値段の書かれた木札を用意していた。そしてその木札に書かれてある値段は……。

『カイトさん・一冊百R　他の有象無象・一冊十万R』

俺は一冊一万円、他の人は一千万円……恐ろしいほどの格差であった。

いや、本一冊一万円という値段も高いには高いのだが、もう一方の価格設定がボッタクリ過ぎで霞んでしまう。

「……ア、アリス？　いくらなんでもそれは……」

「いえ、適正価格でしょう」

「……ルナマリアさん？」

「ミヤマ様と幻王様は、『この世界でも類を見ないほどのベストカップル』なので特別価格でも納得できます。しかし、そうでない場合、幻王様が書いた本というだけでも十分すぎる価値がありますし、内容は六王祭の完全ガイド……むしろ白金貨一枚なら、安すぎるぐらいでしょう。それほどまでに『幻王様は偉大な存在』なのです」

「……」

「あくまで、幻王様と『ベストカップル』であるミヤマ様が特別なのです」

なんだろう？　なんかルナマリアさんがやたらアリスを持ち上げている。あとなんかやたらベストカップルを強調してる。

そんなルナマリアさんの言葉の意図は、すぐに理解することとなった。

ルナマリアさんの言葉を聞いたあと、アリスは値段を書いていた木札を手に持ち、なにかを書きこんでからもとの位置に戻した。

そして、追加された文は……。

『ルナマリアさん・千R』

……大胆にも『九十九％ＯＦＦ』、一千万円の品が十万円である。よっぽどルナマリアさんの褒め言葉が嬉しかったと見える。

うん、さすがルナマリアさん……強かだ。でも、思ったんだけど……コレって……。

「なぁ、アリス……複数冊買ってもいいの？」

「カイトさんのみ可です！」

「……じゃあ、『俺が全員分買えば』いいだけか……」

「まいどあり～」

俺がそう呟くと、アリスはまるでそれがわかっていたかのような満面の笑みを浮かべる。

「……最初からそのつもりだったな？」

「……はて？」

……コノヤロウ。最初っから俺に全員分買わせるつもりだったな！　他の人用の値段とか書いてたけど、最初っからターゲットは俺ひとりじゃねぇか⁉

本当にコイツ、対俺用の商売スキルだけ急成長しやがって……油断ならないやつだ。

アリスから受け取った六王祭ガイドは、どこの辞典だと言いたくなるほど分厚く、六王祭の規模の凄まじさを物語っていた。

幸いここにいる面々は全員マジックボックスを所持しているので、そちらに収納した。

そしてこれ以上門の前で騒ぐのも迷惑なので、入場することになった。

「あちらで招待状の確認があります。同行者の方は、招待状保持者のあとに続いて通過してください」

キャラウェイさんの説明を聞き、門番らしき人たちがいる場所へと向かう。どうやら招待状のチェックはそれなりの人数で行っているらしく、あまり待つ感じではない。

すぐに俺の順番が回ってきたので、俺はマジックボックスから招待状を取り出して門番の方に見せる。

「はい……え？　ブラックランク⁉　こ、こんな『冴えない奴』が⁉」

「……」

いや、紛うことなき事実ではあるけど……。

門番がつい反射的にといった感じでそんな言葉を口にした瞬間、俺の背後でジャキッと爪を研ぐような音が聞こえた。どう考えてもアニマである。

そして、俺がアニマを止めるために振り返ろうとしたタイミングで、轟音と共に門番が彼方へ吹き飛ばされ、先程まで門番が立っていた位置に、パンドラさんの姿があった。

「……あのゴミを、招待状確認の任から外す。外壁の掃除でもさせてろ」

「は、はい！」

パンドラさんは冷たい声で近くにいた別の門番に告げたあと、ブツブツと呟き始める。

「……だから私は戦王様の配下を配置するのには反対だったんだ。対面的な配慮が必要とはいえ……やはり無理やりにでも、ミヤマ様にはうちの配下を当てるべきだった。礼儀のなってない獣の分際で、ミヤマ様に無礼を働こうとは……百回ほど切り刻んでおくべきか？　いや、すり潰そう。いや、毒の方がいいか？　……死にそうで死ねない毒を浴びるほど飲ませてやろう……指はすべて切り落とそう、ミヤマ様の怒りが少しでも収まるように、公開処刑にするか？」

「……」

……コワイ。

小声でブツブツと呪詛のように呟くパンドラさんは、見た目の雰囲気もあって、本当に呪いをかけているようにさえ見えた。

「……はいはい、カイトさんが引いてるんで……ハウス」

「え？　あっ、ちょっ……」

声をかけることができず茫然としていると、パンドラさんは保護者（アリス）に連行されていった。

エデンさんとは違ったタイプの怖さだ……エデンさんなら、一切の情け容赦なく一発で消し飛ばすだろうけど、パンドラさんはジワジワ苦しめる感じか……絶対怒らせちゃいけない人だ。

「……大変なご無礼をいたしました。ミヤマ様」

「へ？　あ、いえ……うん？」

連れていかれるパンドラさんを眺めていると、いつの間にか俺の近くに見覚えのない方が現れていた。

燃え盛る炎のような紅蓮の長髪を、首の後ろで大きな三つ編みにしている女性……サソリの尻尾みたいに見える髪型と、黒色の鋭ささえ感じる吊り目。

クロノアさんと同じぐらいの高い身長も相まって、鋭い雰囲気が感じられる切れ長の目の美女は、俺に深く頭を下げて謝罪の言葉を口にした。

「配下の不始末、メギド様に代わって謝罪いたします」

「い、いいえ、俺は気にしてませんので……あの、だから、あんま酷いこととかは……しないであげてください」

「寛大なお言葉、感謝いたします」

「は、はい……え～と」

この女性はメギドさんの配下みたいだけど、俺には見覚えがない。少なくとも、以前の宴会に参加していたメンバーにはいなかった。

誰だろう？　と、そう思っていると……後ろから、イータとシータの驚愕したような声が聞こえてきた。

「……あ、『アグニ様』……」

「むっ？　お前たちは……ああ、バッカスの配下だった双子か、いまはミヤマ様に仕えているらしいな？」

「は、はい！」

「そ、そう……です！」

アグニと呼ばれた女性が話しかけると、イータとシータはわかりやすいほどに緊張した様子で背筋を伸ばす。

「ふむ、以前より魔力が洗練されている。よいことだ……今後も奮励努力せよ」

「「はっ！」」

……うん、話にまったくついていけてない。

そう思っていると、アグニさんは俺の様子に気が付いたのか、再び軽く頭を下げてから口を開く。

「失礼。自己紹介がまだでしたね。名はアグニ。メギド様より『業火』の二つ名と戦王五将『筆頭』の地位を賜り、メギド様の配下をまとめている者です。記憶の片隅にでも、名を留めていただけたら光栄です」

「えと、宮間快人です。よ、よろしくお願いします」

騎士の礼のように片膝を地面につき、ハキハキとした口調で自己紹介をするアグニさん。

戦王五将筆頭ってことは……メギドさんの配下で一番偉いってことかな？　な、なんかまた凄い人が……。

リ、リリアさんはいないのかな？　もう先に入場しちゃった？　うん、あとで説明しよう……絶対にしよう。命が危ない。

「今回の無礼に関しては、また改めて謝罪を行わせていただきます。申し訳ありませんが、職務が立て込んでいますので、詳細な話はまた後ほど」

「は、はい」

「では、失礼いたします。確か……イータとシータだったか？」

「「はっ！」」

「命を賭してミヤマ様の盾、そして剣であり続けよ。お前たちは一時であれメギド様の配下だった。無様な行いをすれば、メギド様の名にも傷がつくということ……ゆめ、忘れるな」

「「はっ!!」」

鋭い目と威圧感のある声でイータとシータに告げたあと、アグニさんはもう一度俺に頭を下げてから姿を消した。

うん、なんというか軍の隊長みたいな感じの人だったな……俺に対しては、メギドさんの知り合いということもあって丁重だったけど……イータとシータの様子を見れば、普段は相当厳しくて怖い人なんだと思う。

しかし、うん……なんか入場するだけで、また変な騒ぎに……俺って……呪われてるのかな？

「……なるほど、そういったトラブルがあって……戦王五将筆頭であるアグニ様とお会いしたと……」

「……はい」

「……もうやだ。ちょっと目を離すと、すぐこんなことに……」

「お嬢様、お気を確かに……」

アグニさんが去ったあとで、改めて招待状の確認を行って門の中に入った。そして合流したリリアさんたちに門での一件を説明すると、リリアさんは頭を抱えて蹲った。いや、本当に申し訳ない。

「ミヤマ様はブラックランク……もっとも重要な来賓といっていいですからね。無礼があれば、立場のある者が謝罪に出てくるのも当然でしょうね」

「……俺としてはもっと普通でいいんですけどね」

キャラウェイさんの言葉を聞いて、俺は溜息と共に肩を落とす。

しょっぱなからあんな感じで、結構注目を集めちゃったし……できれば、もうこれ以上騒ぎになるようなことが起りませんように……お願いします、神様。

（なにかした方がいいですか？）

いえ、大丈夫です。貴女が動くといま以上の騒ぎになるので、妙なことは絶対にしないでください。

（わかりました）

よし、これでひとつ厄介なのは封じた……封じられた……かな？　封じられてるといいなぁ……無理だろうけど。

まぁ、それでもさすがにここから宿泊施設まで歩く間に、なにか起こったりはしないだろう。

「お～い。カイトく～ん！」

「……」

せめてもうちょっとぐらい平穏が続いてもいいんじゃないかな⁉　なんか冥王が笑顔で手を振りながら走ってくるんだけど⁉

てか、周囲のザワツキ凄いけど、認識阻害魔法とかは⁉　六王主催の祭りだから……使ってない？　周りから突き刺さる「誰だアイツ？」と「ああ、アイツが噂の……」という二種類の視線。場所も悪く、門のすぐ近くであるココには結構な人がいるので注がれる視線も多い。

……気分は動物園のパンダである。

現実逃避したい気分になりながら、駆け寄ってくるクロに手を振り返していると、すぐ近くでルナマリアさんがしゃがみ込む。

「……尊い」

……誰か、この駄メイドを病院に連れて行ってくれないかな？　鼻押さえて涙流してるんだけど……。

クロはそんなルナマリアさんの反応を気にすることもなく、近くに来ると少し速度を落として俺に抱きついてきた。

「えへへ、我慢できなくて会いに来ちゃった。カイトくん、いらっしゃい」

「う、うん」

……可愛い。コレはもう、壮絶に可愛い。

大量の視線なんか忘却の彼方に消し去ってしまうほど可愛い。あっ、いや、嘘です。やっぱ視線めっちゃ気になる。というか、恥ずかしくてたまらない。

「……で、では、カイトさんは冥王様とのお話もあるでしょうし、私たちは先に……」

「リリアさん⁉　見捨てようとしてません？　俺を生贄にして、この注目の中から逃げ出そうとしてません⁉」

「……き、気のせい、ですよ？」

俺の指摘に目線を泳がせながら、リリアさんはこの場から離脱しようとする。

他の面々も、このテンション最高潮と言っていいクロの邪魔をするのは命が危ないと思ったのか、俺がリリアさんに訴えかけている間にスッと移動を始めていた。

しかし、そこで意外なことに、クロが抱きついていた手を離してリリアさんに話しかけた。

「あっ、リリアちゃん。ちょっと待って、連絡があるんだ」

「え？　れ、連絡、ですか？」

「うん。まぁ、シャ……ノーフェイスに頼めば良かったんだけど、カイトくんに会いたかったからボクが伝えに来たんだ」

クロに呼び止められ、恐縮しながら尋ね返すリリアさんに対し、クロは笑顔のままでどこからともなく手紙ぐらいのサイズのカードを取り出す。

「リリアちゃんたちは、皆招待状のランクがバラバラだよね？」

「え、あ、はい」

「通常だとランクごとに宿泊施設が変わるって聞いてると思うんだけど……六王同士の話し合いで、満場一致で『カイトくんの知り合いだから特別扱い』することに決まったんだ」

「……そ、それは、こ、ここ、光栄です」

「うん。それでそのカードに書かれている場所に『リリアちゃんたち専用の宿泊施設』を作っておいたから、皆そこに泊まってね」

「……は？」

クロの言葉を聞いたリリアさんは、それはもうわかりやすいほど唖然とした表情を浮かべる。

それもそのはずだ。六王が自分たちのために、わざわざ宿泊施設を新規で建ててくれたわけだし……。

「あっ、ちなみに『専属使用人』は『三百ほど配置』しておいたけど、足りなかったら言ってね？」

「……へ？」

「腕のいい料理人も付けておいたし、食材も『最高級』のを揃えておいたから、ゆっくり楽しんでね」

「……」

ヤバい、リリアさんがショート寸前になってる。まさかここまで六王からＶＩＰ待遇で迎えられるとは思ってなかったらしい。

陸に揚げられた魚のように口をパクパクと動かして硬直してしまっている。

というか、俺以外の皆は同じ場所に泊まれるのか……。

「……ク、クロ。俺もその宿泊施設に……」

「駄目」

「……はい」

力強く迷いないＮＯであった。

ガックリと肩を落とす俺だったが、思わぬところから援護の言葉が飛んできた。

「め、冥王様、恐れながら……ミヤマくんも、皆と一緒の方が気が楽なのでは？」

「……きょ、今日一日ぐらいとかなら……」

「……レイさん、フィアさん……」

萎縮しながらも、今日一日ぐらい俺も皆のいる場所に泊まればいいのではないかと、クロに進言してくれる。

な、なんていい人たちなんだ。俺はいままでレイさんとフィアさんのことを誤解していた。

「う～ん。ボクはそれでもいいと思うけど、皆は大丈夫なの？」

「え、えと、大丈夫といいますと？」

意外とアッサリそれでも構わないと告げたクロだが、なにやら表情は微妙だ。

それを疑問に思ったレイさんが尋ねると、クロはリリアさんたちを見回したあとで口を開く。

「……カイトくんが泊まるところ……『アイシス』来るよ？」

「さあ、皆！　六王様が折角宿泊施設を用意してくれたんだ。私たちはすみやかにそちらに向かうことにしようじゃないか！」

「ええ、そうしましょう！」

……鮮やかな掌返しである。貴方たち、そんなにアイシスさんが怖いか……って、よくよく考えたら、ここにいるメンバーの多くは『アイシスさんがブラックベアーを絶滅させた』のを見てた人たちか……。

リリアさんたちも首振り人形の如く頷いてるし……う、うん。さすがにここまで怖がっていると……リリアさんたちの場所に宿泊するのは諦める他ない。

クロにしっかりと挨拶をしてから皆は宿泊施設に向かい、俺はキャラウェイさんから案内を引き継いだクロと一緒に中央塔に向かっていた。

まぁ、他の皆はともかく、あんなでかい中央塔に泊まる俺は、案内なんてなくても辿り着けそうな気はする。

「……と、ところでクロ？　リリアさんたちの宿泊施設、もの凄い感じだったけど……俺が泊まる所にも、使用人とかいっぱいいるの？」

嬉しそうに俺の手を握り、ニコニコと満面の笑みで歩いているクロに尋ねる。

リリアさんたちの宿泊施設は、使用人が三百人もいる規模……それは凄まじいだろうが、俺の場合はそれ以上にとんでもないいんじゃないかと不安になる。

さすがに見ず知らずの使用人が山ほどいるような場所にひとり泊まるのは、なんというか小市民の俺には精神的に辛いものがある。

「ううん。カイトくんが泊まる場所の専属はひとりだけだよ」

「え？　そうなの？　それは、安心したけど……意外だ」

「だって他に必要ないしね。カイトくんの専属は『アイン』だから」

「ああ、うん。もう全部納得した」

なるほど、アインさんが配置されてるのか……確かにそれは他の使用人は必要ないな。だってアインさんだもん。アインさんがいるだけで、もうすでに世界最上級の待遇が保証されてるようなものだし……。

「ねぇ、カイトくん」

「うん？」

「泊まる場所、案内したあとでさ……ボクと少し出かけない？」

「それは構わないけど、どこに行くの？」

「それは着いてからのお楽しみ！」

そう言って悪戯が成功した子供のような笑みを浮かべるクロは、どうしようもないほど可愛かった。

最近はクロが六王祭の準備で忙しそうだったし、クロとのんびりできるのは、正直凄く楽しみだ。ただ、まぁ、できればあんま注目されないところがいいかな……。

都市の中心にそびえる中央塔。その周囲はそれこそ、村ひとつぐらい入りそうなほど巨大な広場だった。

まだ前日だというのにかなり多くの人がいるのは、さすがというべきだろう。ほとんどが不老である魔界の人口は、それは凄まじい数みたいで、招待制とはいえ相当の数が集まるみたいだ。

クロに案内されながら、あまりにも巨大な塔の中に入る。

「そういえば、この塔って、最終日のパーティ以外の用途はあるの？」

「ああ、ここはね。ボクの家族や皆の配下が泊まってるんだよ。ただし、最上階から下『三十階分』はカイトくんの宿泊場所だけどね」

「……規模がおかしい」

それもうほとんど、ビルが丸ごとひとつ俺の宿みたいな状況なんじゃ。……本当にどんな場所なんだ？

これから行く場所への期待と不安を胸に塔の中に入ると、一階は広いロビーになっており、あちこちに巨大な魔法陣が設置されていた。

「……あの魔法陣は？」

「アレで各階に転移できるんだよ。中央塔は階が凄く多いから、階段とかじゃ大変だしね」

「なるほど……じゃあ、あそこに……」

「ううん。カイトくんは『中央の魔法陣』だよ。カイトくん専用のやつだね！」

おっと、ここでも羞恥プレイだと？　広いロビーのど真ん中から専用の転移魔法陣で移動……本当に待遇がＶＩＰ過ぎて落ち着かない。

ここでも降り注ぐ視線を感じつつ、クロと一緒に魔法陣の中央に移動し……ついに俺は、用意された宿泊スペースへと辿り着く。

「……なにここ？　どうなってるの？」

「えへへ、どう？　凄いでしょう？」

「い、いや、凄いもなにも……なんで室内に『青空』⁉　しかもあっちには、『巨大な湖とボート』があるんだけど⁉」

「釣りもできるよ！」

辿り着いた俺を迎えたのは、広大な草原と湖……いやいや、色々おかしい。

そして視線の先にある巨大な……。

「なんで『お城』⁉」

「カイトくんの世界風だね！」

いやいや、俺の世界でも城に住んでる奴なんて、いまはいないよ‼　い、いや、もしかしたら世界のどこかにはいるのかもしれないけど……。

しかも、城があるだけじゃない。城の周囲には、先程見たような転移魔法陣がいっぱいあって、他にもいろいろな場所に繋がっているのが想像できた。

「……ちなみにあの転移魔法陣は？」

「えっとね。『プール』と『闘技場』と『商店街』と……他にも色々な場所に繋がってるね！　それに建物の裏にある魔法陣からは、会場の各地に転移できるよ！　あと、室内には『温泉』への転移魔法陣もあるから！」

「……凄すぎる。てか、温泉とかもあるんだ」

「うん。ゲンセンカケナガシってやつだね！」

「どこに源泉があるんだよ⁉」

もうなにもかもが常識外すぎる。頭が痛くなるような感覚を感じつつ、湖のほとりを歩いて城の前に移動する。

城の前に辿り着くと、巨大な門がまるで俺の到着を察知したように開き、中からアインさんが登場した。

「カイト様、ようこそいらっしゃいました。お聞きかと思いますが、本日より六王祭終了まで、私が身の回りのお世話をさせていただきます」

「あ、はい。よ、よろしくお願いします」

「では、こちらに……」

丁寧に礼をしてから入城を促すアインさんに従い、城の中に入ると……そこは宮殿のような廊下が続いていた。

「中は洋風なの⁉」

「あ、大丈夫。ちゃんとタタミの部屋とかもあるから」

「……う、うん。もうなにが大丈夫なのかわからないけど……」

しかし、凄いな。廊下にある飾りひとつひとつ、どれもこれも滅茶苦茶高そうな物ばかり……本当に国賓みたいな扱いで、変に緊張してしまう。

そしてアインさんに案内されて、なぜか初めに寝室を見ることになった。

寝室は畳の間だったが……ベッドだった。うん。畳の上にベッドが置いてあった。もはやなにも言うまい。

あとベッドがでかすぎる。メギドさんでも寝転がれそうなほど巨大なそれは、もはやどういう用途に使えばいいのかわからないレベルだ。

そしてなぜか並べて置いてある枕が『四つ』……。

「……なぁ、クロ」

「うん？」

「なんで枕が四つ？」

「え？　カイトくんのと、『ボク』のと『アイシス』のと『シャルティア』のだね！」

「……」

え？　なんでそんな当たり前みたいな顔してるの？　平然と四人で寝るとか言ってるんだけどこの子……え？　まじで？　そういうことなの？

「……ま、まさかとは思うけど……この宿泊施設って、クロとかも一緒なの？」

「そうだよ？　ボクたちも一緒～。だから、また『一緒にお風呂入ったり』しようね」

「……」

殺しにきてる。こいつ、完全に俺の理性を抹消しにきてる。

七日間そんな状況とか、俺はいったいどうなってしまうんだろうか？　いや、冗談ではなく。

告げられた言葉に唖然としていると、スッと近くに来たアインさんが、小さな声で耳打ちをしてきた。

「……カイト様が望まれるのでしたら、夜のお世話もさせていただきます。いつなりと、お申し付けください」

なんで参戦してきた⁉　やめて、色っぽい声で耳もとで囁かないで！　童貞には効果抜群だから⁉

な、なんだろう、この、未来に対するそこはかとない不安は……俺は果たして、六王祭を無事に乗り越えることができるのだろうか？

# 閑話　クロムエイナ　～君と見る星空～

――いまから、この瞬間から始めよう！　いままでと違うことを！

思い返してみれば、それが一番大きな始まりだったのかもしれない。

――君が――主人公の物語を!!

そう、確かにあの瞬間始まったんだ……。

カイトくんに宿泊施設を案内し終えると、いつの間にか夜と言っていい時間になっていた。広いからね、ここ。

うん、正直ボクもちょ～っと気合い入れ過ぎたかな～とか思わないわけじゃないけど、カイトくんのためにって思ったら、ついつい張り切り過ぎちゃった。

本来ならそのまま晩ご飯だけど、その前にボクはカイトくんと一緒に行きたい場所があった。事前に言っておいたかいもあって、カイトくんはご飯の前にボクの行きたい場所へ行こうと言ってくれて、ボクとカイトくんはふたりである場所へ移動した。

すっかり日が落ち、星の光が満ちる空。ここは、中央塔の屋上……ここら一帯で一番高い場所。

「……いや、だから、なんで畳？」

「あはは、やっぱり『オツキミ』はタタミだね！」

「……でも茶請けはベビーカステラなんだろ？」

「もちろん！」

なんだか懐かしい言葉に、思わず笑顔になる。

そのままボクはタタミの上に移動して座り、カイトくんの方を見ながら膝を軽く叩く。

「でも、お菓子食べる前に……カイトくん、ここ」

「……はぁ、どうしたんだ急に……」

どこか呆れたように苦笑しながら、それでもカイトくんはボクの望み通り、ボクの膝に頭を乗せて寝転がる。

膝枕……ボクはそれをカイトくんにするのが、凄く好きだ。膝に感じる温もりと肌の感触は、カイトくんと一緒にいるんだって強く実感させてくれる。

寝転がったカイトくんの頭を優しく撫でながら、ボクはそっと視線を空に移す。

「……ねぇ、カイトくん？」

「うん？」

「覚えてる？　カイトくんが初めてこの世界に来た夜……こうして一緒に月と星を眺めたよね」

「……ああ、ちゃんと覚えてるよ」

心地いい夜風が優しく頬を撫で、穏やかな雰囲気に包まれる。

それ以上特に言葉を交わすこともなく、ボクは頭を撫でて、カイトくんは気持ち良さそうに目を閉じる。

「……カイトくん、そのまま少し寝ていいよ？」

「……うん。ここが、クロの行きたかった場所なのか？」

「うん。ボクさ、こうしてカイトくんと星を見るの……すっかり好きになっちゃったんだ」

「……そっか」

今日は……まぁ、ボクにも少し原因はあると思うけど、色々あったから疲れてるのかもしれない。

ボクの言葉を聞いたカイトくんは、少し眠そうな声で優しく話しかけてきた。

本当に他愛のない雑談。それを、どうしようもなく幸せに感じる。それはもちろん、カイトくんと一緒だからだね。

初めて君と星を見た夜は、こんな風になるなんて夢にも思ってなかった。

カイトくんはまだなにも知らない雛鳥で、手を伸ばせば届くものを怖がっているみたいに見えた。

だから、ボクは……君を育てようと思った。いままで数え切れないほどそうしてきたように……。

君がいつか翼を得て飛び立つ時、その翼はどんなに綺麗なんだろうって……それを近くで見るのが、凄く楽しみだったよ。

でも、君はボクの想像なんて簡単に超えちゃった。君が広げた翼は、ボクが思っていたよりずっとずっと大きくて、眩しいぐらいに綺麗だった。

雛鳥を育てるばかりで『自分が飛ぶことを諦めていたボク』を『一緒に連れて行ってくれる』ぐらい……。

ねぇ、カイトくん？　覚えてるかな？

ボクはあの時君に言ったよね。ここから『君の物語』を始めようって……。

でも、いまはさ、こう思うんだ。あの時始まったのは『君とボクの物語』だったんじゃないかってね。あはは、少し自惚れが過ぎるかな？　でも、そう思っちゃうぐらい君はボクにたくさんのものをくれたんだよ。

君と二度目に星を見た夜……あのバーベキューの日から、君は変わったね。いままでよりずっとカッコ良くなって、凄く強くなった。

ううん、たぶんカイトくんは初めから誰よりも強かったんだよね。だけど、その強さを忘れてしまってた。ボクがそれを思い出す手伝いをしてあげられたのかな？　してあげられてたら……嬉しいな。

三度目に君と一緒に星を見たのは……宝樹祭の時だったかな？

思い返してみれば、そのころから、ボクにとって君という存在がどんどん大きくなり始めてたのかもしれない。

そんな君を大好きになるまで、時間はあんまりかからなかったね。

そして……君はボクに挑んできた。

ボクという化け物を、それでも好きだと……必死に手を伸ばしてくれた。どんなに嬉しかったか、ボクはいまだにあの時の感動を表現する言葉を見つけられてないよ。

君との関係が友だちから恋人に変わって……世界が、いままで以上に綺麗に見えるようになった。

それこそ、数え切れないほど見たはずの星空も、カイトくんが傍にいるってだけで全然違う景色に感じられた。

その時になってさ、ボクはようやく気付いたんだ。成長してるのは君だけじゃないって。君のお陰でボクの心も、いままでよりずっと強くなれたって思う。

それこそ、いまのボクならシロにだって……ううん。ボクはカイトくんのためなら、誰にだって勝てる。誰よりも強く輝いていられる。そんな風に思うんだ。

カイトくん……君は、本当に凄いよ。

たった半年、君と出会ってからの時間は、ボクの生きてきた年月から考えると瞬きほどに短い。だけど、ボクはその短い時間がいままでで一番強く印象に残ってる。

目を閉じて君の顔を思い浮かべれば、どんな言葉を交わしたかまでハッキリと思い出せるほどに……。

そして君は、ボクだけじゃなくフィーアまで救ってくれた。ボクができなかったものを、ボクが落としちゃったものを……当たり前のように拾い上げて、ボクの前に差し出してくれた。

君への想いを伝えきるのは本当に難しいね。好きだって気持ちが大きすぎて、どう言葉にしていいかわからない。

いっそボクの心がそのまま君に伝わればいいのに、なんて……そんな風に考えたりもするよ。

ボクはいま、毎日毎日が楽しくてしょうがないんだ。君の笑顔を見るたび、君と言葉を交わすたび、どんどん君を好きになる。限界なんてないんじゃないかって思うほど、君が好きで好きでしょうがない。

こういう気持ちを、なんて言うんだろうね？　ああ、きっと……こう言うんだよね。

「……カイトくん。愛してるよ」

穏やかな寝息をたてはじめたカイトくんに、そっと囁く。

大切な家族たちに向けていたものとはまた違う。見守り、守ってあげるんじゃなくて……共に歩き、支え合いたいって気持ち。

大好きな人を愛するって、こんなにも幸せなものなんだね。ふふふ、長く生きてきたつもりだけど、ボクもまだまだ知らないことばっかりだなぁ～。

ねぇ、カイトくん？　覚えてるかな？　ボクは鮮明に覚えてるよ。君と一緒に初めて見た夜空を……君と交わした言葉を……。

そして、君と見るこれからの未来は、いままで以上に幸せなものになる。

これは、予感じゃなくて確信……だってボクは、カイトくんがいてくれればいつまでも心からの笑みを浮かべられるからね。

ほら、視線を上げてみると星空はどこまでも広がってる。世界は、こんなにも広い。

「……これからも、色々なものを見よう。いっぱい笑顔になろう。誰よりも、なによりも愛しい君と一緒に……」

「……んんっ……クロ……」

「うん。ボクはここに、カイトくんの傍にいるよ。これまでも、そして……これからも」

眠るカイトくんの頬に軽く口付けをして、ボクはまた星空へと視線を向ける。

うん、今日の星空は……いままでで一番綺麗だね。

# 第六章　六王祭前夜

どうして、こんなことになったんだろう？

「前々から貴女とは一度、決着をつけるべきだとは思っていたのですよ」

「へ～。そのまま逃げててくれればいいんすよ？　負けたくないのでしたら……ねぇ？」

「ふふふ、本当に面白いですね。貴女は見事な道化ですよ、シャルティア」

「あはは、あまりカッコいいこと言わない方がいいんじゃないっすか？　滑稽ですよ？　アインさん」

「……ふふふ」

「……ははは」

両者笑顔ながら、俺の前で火花を散らすアインさんとアリス。どちらも背後に般若でも背負ってるんじゃないかという雰囲気で、俺の背中には冷たい汗が流れる。

クロでさえも迂闊に口を挟めないのか、オロオロとふたりを交互に見ている。

「……カイト……お茶……どうぞ」

「あ、ありがとうございます」

しかしその中で、アイシスさんだけは平常運転。可愛らしい笑みを浮かべながら俺の前に紅茶を差し出してくれた。

そもそもことの発端は、ほんの少し前……一時間ほどクロの膝枕で眠ったあと、一緒に宿泊施設に戻ってきた時に起こった。

アイシスさんも合流し、皆で夕食を食べることになったわけなんだけど……。

「それではクロム様、私は夕食を用意します」

「うん。よろしくね～」

そう、ごく自然な流れでアインさんが夕食を作るために台所に向かおうとしたタイミングで、いつの間にか現れていたアリスが呟いた。

「……なんなら私が作りましょうか？　カイトさんの好みは熟知してますからね」

「……シャルティア？　それはつまり、私への挑戦と受け取っても構いませんか？」

「へ？　いや、別にアインさんに喧嘩売ったわけじゃないですよ。アインさんなら凄く豪華で美味しい食事を用意してくれるでしょうし、私は楽しみです……まぁ、豪華ならいいってもんじゃないっすけどね」

「……ほぅ？」

そのあたりから、なにやら不穏な空気が流れ始めた。たぶん、初めに火花が散ったのはこの瞬間だと思う。

「……なかなか面白い冗談です。貴女は、メイドである私より上だと、そう言いたいわけですね？」

「いえいえ、そんなことはないですよ～。まぁ、カイトさんに食べてもらう料理を作るという点では、私の方が上でしょうけど……」

「……ア、アイン？　シャ、シャルティア？」

クロもふたりの様子を察したのか、フォローを入れようとしたが……もう遅い。

「な、なぁ、クロ？　このふたりって、仲悪いの？」

「そんなことないよ！　っていうか、喧嘩なんて初めてだよ⁉　普段なら、シャルティアはここまで意地になったりしないし……」

どうやらアインさんとアリスの仲が特別悪いというわけではないらしい。クロの話だと、こういった空気になっても、アリスの方が引くらしい。

確かに究極のベビーカステラ作りの時にも、アインさんの方はアリスに対しライバル意識を持っているようには感じた。しかし、アリスの方はそんな感じではなかったはずだが……今回は俺が関わったことで、アリスも意地になっているらしい。

……どうしよう？


そして現在、目の前には料理番組で使うような調理台がふたつ用意され、それぞれアインさんとアリスが立っている。正に料理対決といった感じだ。

「……そのような食材で大丈夫ですか？　シャルティア」

「……食材が豪華ならいいってもんじゃないんすよ。私はカイトさんの好みは完璧に把握しています！　かつて『ピーマンを食べて泣いた』エピソードまでバッチシです！」

「なんで知ってるんだよっ⁉」

本当に俺のプライバシーどこいった！　なんでたびたび、黒歴史が拡散されてるんだよ⁉

おかしい、アインさんとアリスの対決のはずなのに、なんでこっちにダメージが来てるんだ？

こら、保護者（クロ）も、諦めた顔で俺の隣に座って、ベビーカステラ食べてる場合じゃないだろ⁉

「……ファイ……」

そしてアイシスさんもなんで審判みたいなことしてるんですか⁉　もうこの流れついていけないんだけど⁉

アイシスさんの声と共に、両者一斉に動き出す。

瞬きほどの間に大量の食材を切り、複雑そうな下ごしらえをしていくアインさん。何本もの包丁を華麗に使い分けながら調理していくアリス。

正直どっちも速すぎて見えないんだが、たぶん互角の攻防……なのかな？

「……やりますね。シャルティア、さすが私が互角と認めた存在です」

「アインさんこそ、さすがっすね……さすが、メイドです」

……まぁ、色々言いたいことはあるが……さも当然のように、メイドという言葉を超人という意味で使うなよ。そんな化け物、アインさんだけだからね。

よくはわからないが、なにやら互いを認め合い白熱した戦いが繰り広げられているみたいだ。

それを眺めている俺の前に、スッと白い容器とスプーンが置かれる。

「……はい……カイト」

「え？　アイシスさん？　コレは？」

「……グラタン……カイトのために……作った」

「あ、ありがとうございます……あれ？」

なにかがおかしい気がする。さっきまで審判のようなことをしていたアイシスさんが、なぜさも当然のようにグラタンを差し出してきたんだろう？

というか、このグラタン……いったいいつの間に作ったんだ？

「……カイトが来るから……作ってた」

「ああ、なるほど……だからアイシスさんは、あとから合流したんですね」

「……うん」

この宿泊施設に到着した時点でアイシスさんの姿がなかったのは、俺のためにグラタンを作っていたからみたいだ。

うん、コレはアレだ……嬉しい。食べないという選択肢はない。

「……はい……あ～ん」

「……これで、完成で――アイシス!?」

「こっちもできま――なんですって!?」

アイシスさんがニコニコと笑顔でスプーンを差し出してきたタイミングで、アインさんとアリスも調理を終え……アイシスさんを見て驚愕に目を見開いた。

「ちょ、ちょっと、アイシスさん？　そ、それはいったい……」

「……グラタン」

「いえ、そうではなくて、あの、私とシャルティアの勝負は……」

「……皆の分も……あるよ？」

「「……そ、そうですか……」」

　どうもアイシスさんはアインさんとアリスの勝負をいまいちよく理解していなかったみたいだ。確かに直接的なことは言わず、どちらも遠回しの嫌味みたいに言ってたけど……。

　そして、純粋なアイシスさんの笑顔にふたり共毒気を抜かれたのか、ガックリと肩を落とした。

　それを見ていたクロが、どこからともなく青い旗を取り出して宣言する。

「……これは、う～ん……アイシスの勝ち！」

「……なにが？」

「カイトくんへの夕食対決」

「……うん？　……よくわからないけど……勝った」

　コテンと首を傾げながら告げたあと、アイシスさんはアインさんとアリスの方を向いて、可愛らしい笑みを浮かべる。

「……シャルティアとアインも……食べよ？　……一緒に食べると……もっと……美味しい」

「……了解ですよ。ところで、アインさん、その料理美味しそうっすね？　食べさせてください」

「……構いませんよ。その代わり、貴女の料理も食べさせていただきます」

裏表のないアイシスさんの願いを受け、どちらからともなく苦笑したあとで、アリスとアインさんも椅子を用意する。そしてアインさんはクロの方にチラリと目を動かし、クロが頷いたのを確認してから席に座った。

もちろんクロもベビーカステラをしまって、アイシスさんの作ったグラタンを笑顔で食べ始めた。

思わぬことから始まったアインさんとアリスの料理対決だけど、結局決着はつかなかった。ただ、なんだかんだで楽しそうなふたりを見ていると、クロの言う通り――アイシスさんの勝ちでいいと思ったよ。

＊＊＊＊

楽しく穏やかな夕食を終え、アインさんが淹れてくれた紅茶を飲みながら雑談を交わし、それなりにいい時間になったあたりでクロがある提案をした。

「そろそろいい時間だし、『皆で』お風呂に入ろうよ！」

その言葉を聞いた瞬間、俺は逃げ出した。その時の俺の動きは、いまだかつてないほど無駄なく素早かったと思う。

最小限の動きで椅子から立ち、クロたちを振り返ることもせずに全力疾走した。

そして、数秒後……俺は脱衣場にいた。駄目だ、周りがチートすぎる。クロたちにとって俺の全力疾走などカタツムリレベルだろう。俺が知覚するより早く脱衣所に連行しやがった。

「……カイト……そんなにお風呂に入りたかったの？」

いいえ、違うんです。アイシスさん……俺はいま風呂場に向けてダッシュしたのではなく、風呂場から逃げるためにダッシュしたんです。俺がここにいるのは全部あの化け物メイドのせいなんです。

木造りで純和風といった感じの脱衣所は、本当に温泉地みたいな雰囲気だったが、俺にそれをのんびり眺める余裕はない。

「……な、なぁ、クロ？　念のために聞くけど、これ、男女別とかじゃ……」

「え？　一緒に入ろうよ。背中流しっこしよ！」

「……私も……カイトの背中……流す」

予想通り混浴である……誰か助けて!?　いや、コレはマジでヤバいって！　だって、クロにアイシスさんにアインさんにアリス……美女四人と混浴とか、意識を保つことさえ難しそうだ。

なにか、ないか？　上手く逃れる手は……で、でも、嫌だとか言ったらアイシスさんやクロが悲しむだろうし……うぐぐ、どうすれば……。

「待ってください！　乙女の柔肌は、そう簡単に晒すものじゃないんです！」

むっ、なんか妙なところから援護が……あ、いや、よく考えればアリスは滅茶苦茶恥ずかしがり屋だった。このメンバーの中では貴重だ。

よしよし、これで三対二、まだ数の上では不利だが、十分に対抗でき……。

「というか、私は『以前の件』がトラウマなんです！　カイトさんとお風呂に入って、私は、私は……もう、『カイトさんにお嫁にもらってもらうしかない体』にされてしまったんですよ!!」

「誤解を招くような言い方は止めろ⁉」

アリスのトラウマとは、以前あった風呂場での事故のことだが……言い方！　絶対別の意味に聞こえるからそれ⁉

「……驚きました。まさか、シャルティアがクロム様を差し置いて、カイト様とそのような……」

「ちょっと、アインさん？　誤解ですから……誤か……」

「いま思い出しても恥ずかしくて死にそうです。『私の一番大事なところ』まで『ガッツリと見られて』……」

「ちょっと、お前黙れ‼」

味方どころか最悪の敵だったコイツ⁉　恥ずかしくて慌ててるのはわかるけど、もう余計なことを言わないでほしい。

「というわけで、私は『水着着用』を強く推します！」

「……なんで？」

「なんでって、アイシスさん……だから、そうしないと裸をですね」

「……カイト以外には見られたくないけど……カイトは……カイトが見たいなら……私は……いいよ？」

「想像以上にアグレッシブ⁉」

こともなげに告げるアイシスさんに、アリスだけではなく俺も唖然としてしまう。

脳裏に浮かぶのは以前アイシスさんと温泉に入った時に見た、雪のように白い肌……思わず生唾を飲んでしまう。い、いかん、冷静に……冷静になれ！

　アイシスさんは絶対それ以上のことはわかってない。単純に俺が望むならなんでもしてあげる、みたいな純粋すぎる愛情からの発言……だからこそ、こちらとしては凄く辛い。

「……ボクも……ま、まぁ、その、恥ずかしいけど……カイトくんが見たいなら……」

「クロさんまで⁉」

　少し俯き気味に告げるクロの言葉は、普段とのギャップもあって凄まじい破壊力であり、風呂に入る前から俺の精神をガツガツと削り取ってくる。

　前言撤回。アリス、黙らないでいいから、もうちょっとがんばってくれ……なんとかこの変な流れを……。

「だ、駄目です！　カイトさんだって男性……『羊の皮を被ったオオカミに見せかけた羊』なんです‼」

「……それは要するに羊なのでは？」

　しかしアリスも相当テンパっているようで、わけのわからないことを言い始め、アインさんに鋭い突っ込みを受けていた。

　ぐだぐだの流れになってきたが、そこでクロがアリスにそっと近付き、なにやら耳打ちをする。

「シャルティア……」

「……へ？　あ、ああ、そういう手が……なるほど……」

「え、えと、ふたり共、なにを……」

「折角ですし、カイトさん。皆で裸の付き合いと行きましょう！」

「本当になにがあった⁉」

馬鹿な⁉　あのアリスがこうも簡単に意見を変えるとは……クロはいったいなにを言ったんだ？　絶対ロクでもないことだろうけど……。

え？　もうこれ、決定？　皆でお風呂に入ること……確定なの？

唯一の味方だったアリスまで寝返り、いよいよ逃げ場のなくなった俺は無意識のうちに一歩下が……。

「アイシスさん⁉　服を脱ぎ始めないでください！　せめて、脱衣所は別で‼」

「……え？　……うん……わかった」

あ、危ない。完全に不意打ちを食らうところだった……うん。俺はなにも見てない、胸もとにちらっと薄い青の布が見えたとか、そんなことはまったくない。

大丈夫、大丈夫だ……落ち着け、心を無にするんだ。

と、そんなことを考えていると……アインさんがクロに一礼をしてから口を開いた。

「……では、私はこちらでお待ちしておりますので、なにかありましたら……」

「なに言ってるの、アイン？　アインも一緒に入るんだよ？」

「……い、いえ、しかし、メイドである私が、主であるクロム様と一緒に入浴するわけには……」

あれ？　なんか、気のせいかな？　アインさんにしては珍しく歯切れが悪いというか、なんか慌ててるような。

「ア、アインさん？　嫌なら、無理しなくていいですからね！」

「……い、いえ、カイト様と入浴するのが嫌なのではなく……これはその、私の問題でして……」

「うん？」

もし嫌ならそう言ってくれればいい、クロは俺が説得するという意味を込めて尋ねてみるが、アインさんの返答はやはり歯切れが悪い。

結局アインさんはクロに押し切られる形で、クロ、アイシスさん、アリスの三人と一緒に隣の脱衣所へ移動していった。

もはや混浴から逃れる術はない。いや、最初からなかった。そもそも、かたやクロを始めこの世界の頂点に近い四人、かたやスライム以下と称される俺……物理的に逃げることは不可能だし、人数も負けているので民主主義的にも勝ち目はない。

まぁ、それはもういいだろう。覚悟を決めた……なに、俺だってここまで精神的な意味で数々の困難を乗り越えてきた。

今回が過去最強と言っていい布陣なのは認めよう。腕が鳴るってものだ……たぶんこの体の震えと、背筋の悪寒は武者震い的なナニカだろう。

しかし、気になるのはアリスだ。俺の知る限り彼女は、普段はああでも筋金入りの恥ずかしがり屋。さらには以前の事件がトラウマになっていると本人も語っていた。

だというのに、アリスはクロの一言で納得した……クロはいったいなにを言ったんだろうか？

そんな現実逃避とも言える思考を頭の中に浮かべながら、タオルを腰にしっかりと巻き、三度ほど深呼吸をしてから扉を開く。

宿泊施設の凄まじさを考えれば、この温泉が凄いというのは予想できていた。しかし、プールどころか大きめの池ぐらいありそうな広さに、様々な植物の見える絶景……というか、山もあるんだけど？　ここ、本当に室内？

あまりの巨大な温泉に圧倒されつつ、石が綺麗に敷き詰められた床を歩いて浴槽に近付くと……湯けむりの向こうに『三つ』の影が見え、近付くにつれそれは鮮明になっていく。

「あっ、カイトくん。こっち、こっち！」

「あ、あぁ……」

俺の姿を見つけて手を振るクロは、湯に浸かっている……セーフ。

「……カイト……」

「遅くなりました」

はにかむように微笑みながら小さく手を振るアイシスさんは、大きめのタオルを巻いて温泉のふちに座っており、こちらも危険な部分は見えない……よかった。ちゃんとタオル巻いてくれてる。

「もう、待ちくたびれましたよ～」

「……」

そう言って声をかけてくる『グラマラスな体形の背の高い金髪の美女』……なるほど、そうきたか。

別人に変身することで羞恥を和らげる作戦……しかも明らかに本来のアリスと体形も身長も違う。

言ってみれば魔法による着ぐるみってところか？　やけにあっさり了承すると思ったら……。

「ふふふ、温泉仕様のセクシーアリスちゃんに見とれて声も出ませんか……」

……百歩譲っていまの姿がセクシーだということは認めよう。しかし、アリス……じゃねぇだろ⁉　顔も完全に別人じゃねぇか！

い、いや、まぁ、アリスがそれでいいなら……別に誰が迷惑を被るってわけでもないし、いいかな？　ドヤ顔はウザいけど。

「もっとしっかり見てもいいんですよ？　このこのっ」

アリスは精神的余裕があるみたいで、俺をからかうような口調で近付いてきて、肘で俺をつつい……。

「だ、駄目！　シャルティア⁉　その魔法はカイトくんを『欺こうと思って使用』してるから『敵意って認識』され……」

「……へ？」

俺にはシロさんの本祝福があるため、その影響によって一部の魔法は無効化されるみたいだ。最初にアリスと知り合った時に、着ぐるみが消えたのもソレが原因らしい。

クロが慌てた様子で叫んだ時には、アリスの肘は俺の体に触れ……直後にガラスの砕けるような音と共にアリスの魔法が解除される。

するとどうなるか？　アリスは自分より大きな体形の存在に変身して、タオルを巻いていた。それが素のアリスの体形に戻ると、当然タオルは落ちるわけで……。

「……ぁっ、やっ……」

傷ひとつない綺麗な肌、そして扇情的で美しい桃色の突起……予期せぬ事態で思考が回らなかったせいか、それとも男としての本能なのか、つい、反射的にそこを凝視してしまう。

まるで空気が凍りついたような、一秒に満たない短い沈黙のあと、アリスは全身が沸騰したように真っ赤になる。

「ひゃぃやぁぁぁぁぁ⁉」

「ッ⁉」

そして知覚すらできない速度で温泉に入って、濁り湯の中に潜水したみたいで、少し離れた場所からブクブクと気泡が出ていた。

……いろいろな意味で悲惨な事件だった。顔が焼けつくほど熱い。アリスにとっても不意打ちだったが、俺にとっても完全な不意打ち……脳裏に焼きついたアリスの裸体は、いやがおうでも俺の男を駆り立てた。

咄嗟に下半身を隠したのはファインプレーだったと思う。

いや、ほら、俺も健全な男なわけで……好きな子の裸とかを見ちゃったら、反応しない方がおかしいわけで……うん、ちょっとしばらく風呂には入れそうにない。

なによりアリスの顔を直視できそうにない。少し冷たい水でも被って頭を冷やそう。

「……お、俺、ちょっと……体を洗って――うん？」

とりあえずその場から離れようと視線を動かすと、なんか妙なものが見えた。

それは俺にとってあまりに衝撃的な光景であり、思わず足が止まる。

「……な、なぁ、クロ？」

「うん？」

「俺の見間違いじゃなければ……あの、隅っこで『負のオーラ全開』で膝抱えてるの……『アインさん』だよね？」

「う、うん……ボクもすっかり忘れてた。反省してる」

俺の目に映ったのは、タオルを大量に巻き過ぎてミノムシみたいになってるアインさんが、膝を抱えて壁の方を向いて座りこんでいる姿だった。

なんというか、アインさんの周りが薄暗いと錯覚してしまいそうなほどの負のオーラ……い、いったいなにが？

普段のクールなイメージからはかけ離れていて、まるで陰キャラのようになっているアインさんに、俺は恐る恐る近付いて声をかける。

「あ、あの……アインさん？　大丈夫ですか？　た、体調が悪いとか……」

「……で……ださい……」

「へ？」

「……見ないでください……『メイド服を着ていない』私の惨めな姿を、どうか見ないでください……」

「……」

そこぉっ⁉　え？　なに？　つまり、そういうことなの？　アインさんがやたら一緒に入るのを渋っていたのは……メイド服姿じゃない自分を見られたくなかったから？

「え、えと……」

「……メイドじゃない……私はいまメイドじゃない……消えたい……誰にも見えないように……消えてなくなりたい」

か細く弱々しい声。……なんていうネガティブオーラ……え？　アインさんってメイド服脱ぐとこんな風になるの？　い、いや、確かにメイド服以外の姿を見たことはなかったけど……。

どんよりとした空気が凄まじい。い、いたたまれない……相当メイド服じゃない自分を他人に見られるのが嫌みたいだ。

ど、どうしよう。正直声をかけたことを後悔してる。い、いや、でもいまさら無視して戻るわけにもいかないし……げ、元気づけなきゃ。

「……アインさん、聞いてください」

「……カイト様？」

「アインさんは、メイドであることに誇りを持っている。全霊を注いでいる……そうですね？」

「はい……メイドであることは私の存在価値そのもの……それがないと……私は……」

「アインさんのメイドにかける思いは、その程度なんですか？」

「……え？」

なんというか、変な空気にでも当てられたのか、妙に口調に熱が籠るのを感じながら言葉を続ける。

「メイド服を着ているから、メイドなんですか？　違うでしょう！　アインさんのメイドへの情熱は、見た目が変わった程度で消えてしまうほどヤワではないはずです！　メイドであるか否かを決めるのは、決して服装なんかじゃない！　どんな格好であれ、メイドとしての矜持が貴女の胸にあるなら……貴女は、メイドのはずです！」

「っ……」

正直『自分でもなに言ってるかわからなく』なってきたんだけど⁉　あっ、でもなんかアインさんは衝撃を受けたような顔してる。もういい！　この流れのまま、勢いでいこう！

「立ってくださいアインさん！　メイド服でないのなら、なおのことその心でメイドとしての存在感を出さなくちゃいけないはずです！」

「あっ……あぁ……わ、私は、メイド……なのですね！」

「そうです！　アインさんがメイドだと思えば、アインさんはメイドなんです！　メイドであることを諦めないでください！　メイドである自分を信じてください！」

……メイド、メイド、言い過ぎて、メイドがなんなのかわからなくなってきた。

自分で自分の言葉に混乱するという、なんとも情けない慰めをしつつ、それでもノリと勢いで締めくくる。

するといつの間にか、ミノムシみたいに大量に巻かれていたタオルが一枚になっていて、アインさんはいつもの凛とした表情に戻っていた。

「……感謝します、カイト様。私はどうやら、一番大切なことを忘れていました。『メイドだから私があるのではなく、私があるからこそメイドが存在するのですね！』」

「え？　そ、そそ、そうですね！　その通りです！」

「つまり『私はメイドで、メイドは私』ということ……お見苦しいところをお見せしました。もう大丈夫です」

「……そ、そうですか……」

どうやらアインさんはすっかり元気になったみたいで、それは本当によかったと思う。

でも、ただ、一言だけ言いたい……なにわけのわからないこと言ってんのこの人⁉

さて、無事アインさんが復活し、厄介事も無事解決……あぁ、いや、まぁアリスは潜水したままだけど……。

ともあれこれで混浴編も終わり……なんてことになって、時間だけ飛んでくれたらどんなにいいか。いま、俺は切実に時間を操る力が欲しい。

まぁ、仮に時間を操れたとしても、平気で無効化しそうな人ばかりだけど……。

「じゃ、じゃあ、俺は体を洗うから……」

とりあえず、まだ湯に浸かる勇気はない。色々あって混乱している頭を落ち着かせなければいけない。叶うのなら、ここで座禅を組んで精神集中でもしたい。

いまは時間が必要だ。しょっぱなからアリスの姿が強烈過ぎた……正直、いまは顔をまともに見られる気がしないし、思い出すだけで心臓がバクバクと脈打つ。

しかし、俺は完全に冷静さを欠いていた。いま、ここでこんな発言をすればどうなるか……少し考えればわかったはずなのに……。

「あっ、じゃあ、ボクが背中流してあげる！」

「……私も……カイトの背中……流してあげたい」

即座に反応するクロとアイシスさん。脳裏によみがえるアイシスさんの居城での出来事……だ、駄目だ！　この状態での追撃なんて、耐えきれないぞ⁉

なにか、なにかないか？　上手いことクロとアイシスさんを納得させ、俺だけで体を洗う方法が……くそっ、思いつかない。

「クロム様、お待ちください」

「うん？　どうしたの？」

自ら死地へ飛び込んでしまったことを察し、なんとか打開策を考えていると、意外にもアインさんがクロを止めた。

「ご無礼を承知でお願い申しあげます。どうか、その役目、私に譲ってはいただけないでしょうか？」

「……アインに？」

「はい。私は先程、カイト様のお陰でメイドとしての誇りを取り戻すことができました。受けた恩を返さないのは、メイドにとってこの上ない恥……どうか、お願いします」

「う、う～ん……アインがそこまで言うなら、ボクは構わないよ。アイシスは、どう？」

「……うん……私も……アインに……譲る」

「感謝いたします。カイト様も、それで構いませんか?」

……う～ん。これは、助かったのかもしれない。

真面目なアインさんなら、背中を流すと言っても本当に言葉通りの意味だろう。緊張はすると思うけど、それなら耐えられる。

少なくともクロやアイシスさんのように、どんなことをしてくるかわからないという恐ろしさはない。

「……で、では、お願いします」

「かしこまりました」

アインさんに背中を流してもらうことを了承し、少し移動して小さな木造りの椅子に座る。

「……あっ、そうだ！　アイシス、見て見て、アヒル持ってきたよ～」

「……可愛い」

クロがどこからともなくアヒルのおもちゃを取り出し、アイシスさんと遊び始めたのを見てなんか和んだ。

視線を前に向けているのでアインさんの姿は見えないが、後ろで微かな物音がしたので手早く準備をしているみたいだ。

それこそアインさんなら俺が気付かないうちに背中を流し終えることも可能だろうが、なんとなくいつもの超スピードを使う気はないみたいに思えた。

「それでは、お背中を流させていただきます」

「あ、はい。よろしくお願いします」

後ろから聞こえてきたアインさんの声に返事をすると、丁度その時に視界の端に綺麗に折り畳まれたタオルが見えた。

あれは、なんだろう？　背中を流すのに使う……という割には、少し離れた場所にあるみたいだけど……。

いや、まさかな……そんなはずがないよな？　アレはきっと、あとで使うんだ。そうに違いない……『アインさんが体に巻いていたタオル』があんなところにあるわけがない。

だって必要ないからね！　背中流すのに、全裸になる必要なんてないからね⁉　い、いや〜駄目だな。童貞はどうも妄想力が豊かで……はは、ははは……。

「あ、アインさん。あの、少し離れたところに置いてあるタオルは？」

直接聞いてみることにした。大丈夫、問題ない。きっとアインさんは「ああ、アレは後ほど使うのですよ」とか、そう答えるに決まっている。

いや、別に聞く必要なんてなかったんだけど、見えちゃったからね。少し気になっただけだし……。

「……私が身に着けていたタオルですよ」

「ちょっ⁉　アイ、アインさん⁉」

しかし、アインさんの行動は俺の予想の斜め上、遥か彼方をマッハで飛び越えていった。

突如耳もとに生温かい吐息と共に、小さく、それでいて艶かしい声が聞こえてきた。

「……カイト様、先程は本当にありがとうございました」

なにこれ⁉　なにがどうなってるの⁉　なんで、生まれたままの姿らしいアインさんが、唇が耳に触れそうな距離で囁いてきてるの⁉

「あ、い、いえ……その……」

「私を想ってのお言葉、本当に嬉しかったです」

普段のクールな印象からは想像もできないほど色っぽい声。耳もとで囁かれるたびに、ゾクゾクと言いようのない感覚が襲いかかってくる。

「せめてものお礼に……心から『ご奉仕』させていただきますね」

なんか変な意味に聞こえる⁉　メイドさんが全裸でご奉仕とか言ったら、もう完全に別のやつだよ！　い、いや、まさかな、そんな意味で言ったんじゃないよな？

安牌を選んだつもりが、最悪最強のジョーカーだったとか、そんなはずは……。

「なぁっ⁉⁉」

なんか柔らかいものが背中に触れた⁉　スポンジ？　スポンジだよね⁉　なんか人肌みたいな温もり感じるんだけど、スポンジにしては広範囲に温もり感じすぎてるんだけど⁉　な、なんか少し硬めの弾力がある部分もあるっていうか、ああこれもう、アレじゃん⁉　アインさんの体じゃねぇか⁉　なにしてんの⁉

「こうして体を使って殿方を綺麗にする方法が、あるのですよね？　以前シャルティアから聞きました」

「な、なな、なぁ……」

あの馬鹿野郎⁉　なんてことしてくれてるんだ！　確かにそういう洗い方もあるだろうけど、それ一般的なやつじゃなくて怪しい店とかでやるやつだから⁉

あぁ、動かないでアインさん⁉　ヤバいから！　本当にヤバいから⁉

背中に感じるいいようのない温かさと柔らかさ、それが上下に動くたびに理性がヤスリで削られるように擦り減っていく。

「惜しむらくは、私の胸があまり大きくないことですが……そこは、技術で補うことといたしましょう」

「ぁ、ぁぁ……ま、持って、それは……」

時に強く、時に優しく、緩急をつけて行われるそれは、まるで天上の如き心地良さを与えてくる。

俺の頭の中は地獄の苦しみではあるが……。

い、いつ終わるんだこれ？　も、もう、頭が沸騰しそう……だ、誰か、助け……。

「……ああいう洗い方もあるんだ」

「……さすが……アイン……今度……私も……やってみる」

味方なんていなかった⁉　なに参考にしようとか考えてるの？　止めて、絶対止めて⁉

アインさんに背中を流してもらうことになり、最初はソレが最善の選択だと思っていた。しかし、実はそれが最も危険な選択肢だったと、俺はいま身をもって実感している。いや、もう、本当に早く終わらせてください。このままだと――理性が完全に消えてしまう。

温泉、それは広く開放的な景色を見ながら、様々な効能のある湯に浸かり体の疲れを取る。まさに、日本人の心と言ってもいいだろう。

しかし、なぜ、俺は温泉に来てこうも疲弊しているのだろう？　まだ、湯にさえ入っていないというのに……。

最強の伏兵であるアインさんの体をスポンジにして洗うという、理性を殺しにきてるとしか思えない行為により、俺は酷く疲労していた。

しかし……しかし、だ。俺は乗り越えた。過去最強クラスの試練であったことは間違いないが、それでも俺は戦い抜いた。

こんなことを言うと仏教関係者に助走をつけて殴られるかもしれないが、俺はいまなら悟りを開くことができそうだ。なんだか後半ぐらいから、意識のさらに向こう側が見えた気がする。

まぁ、もっとも、それが終わったいまとなっては、体に残るアインさんの感触に悶々としているわけだが……。

ともあれ体も洗い終わり、俺はようやく湯に浸かることができた。かなり濃い濁り湯は少し熱めで、疲れた体にじんわりと染み込んでいく。

「はぁ～」

やっぱり温泉はいいな。ひとり暮らしの大学生じゃ行く機会なんてなかったけど、俺は温泉が結構好きみたいだ。

先程尋常じゃない試練を乗り越えたお陰か、いまは精神的に余裕がある。精神が摩耗し切っているから、細かいことを考える余裕がないだけかもしれないが……。

「……はい！　カイトくんの分ね！」

「……うん？」

「アヒルのおもちゃ！」

「……あ、ありがとう」

クロから渡されたのは、風呂に浮かべて遊ぶ子供用のおもちゃ。ああ、そういえば、クロとアイシスさんは俺を待つ間、遊んでたんだっけ？

よくよく見てみると、クロは黄色のアヒル、アイシスさんは白色のアヒルを目の前に浮かべていた。

「……私のアヒルが……一番強い」

「むっ、ボクのも負けてないよ！」

強さを競うとかそういう用途のおもちゃじゃない気がするけど……まぁ、なんか和むからいいか。クロとアイシスさんがワイワイやっているのを見ながら、俺は先程クロから渡されたおもちゃを見る。

俺のは茶色でクロたちのものより少しスリムな……これ、アヒルじゃなくて『ガチョウ』じゃない？

「カイト様、お酒はいかがですか？」

「え？　あぁ、ありがとうございます。いただきます」

のんびりとクロたちを眺めていると、アインさんが湯におぼんを浮かべて近付いてきた。おぼんの上には徳利と猪口……ああ、いいなぁ。さすがアインさん、わかってる。

お礼を言ってから猪口を手に取ると、アインさんは流れるような動作で酒を注いでくれた。

零さないように気を遣いつつ、一口飲んでみると、辛口で強めながらスッキリとした口当たりで、じんわりと口からのどへ、のどから胃へと染み渡るようで、とても美味しかった。

「……美味しいですね。日本酒ですか？」

「ええ、ノインの希望で作ったものですが、同じ世界のカイト様の口にも合うかと思いまして、用意しました」

なるほど、ノインさんはお酒に関しても日本酒が好みなのか……似合いそうだ。

「クロム様と、アイシス、シャルティアにも用意してありますよ」

「ありがと～アイン」

「……ありがとう」

アインさんがどこからともなく新しいおぼんを取り出すと、クロとアイシスさんはこちらに移動してきた。

クロとアイシスさん用のおぼんに載せられているのは、ワイングラスと普通のコップだった。

「クロはワイン？」

「うん。ボクは辛いお酒はあんまり好きじゃないし、ワインの方が好きだね」

「アイシスさんは？」

「……私は……お酒は苦手……だから……ジュース」

ふむふむ、それぞれ好みがあるんだな。俺はどうだろ？　どんな酒でもわりと好きだけど、匂いがきついやつは苦手かもしれないな。

というか、まぁ、それはいいとして……。

「……アリス、いつまで潜水してるんだ？」

「……」

気になるのはいまだ潜水したままのアリス……よっぽど先程の事故が尾を引いているらしく、反応すら返してこない。

「……俺も注意が足りなくて、ごめん。お詫びに今度またご飯でも奢るからさ」

「……」

「わかったよ。それでいいから早く出てこい」

ご飯を奢ると発言すると、湯の中から指が三本立った手だけが出てきた。それを三食奢れということだと認識し、それで構わないと答える。

すると湯船の中から『鼻から上だけ』を出したアリスが、ゆっくりとこちらに近付いてきた。

アリスは俺たちの近くまで移動すると、顎下は完全に湯に浸かったまま顔を出す。その顔はわかりやすいほど真っ赤で、青色の瞳は緩んでいて……不覚にもちょっと可愛いと思ってしまった。

「……うぅ、キズものにされました。カイトさん、責任とってください」

「……発言に色々ツッコみたいことはあるけど、その前に……『アヒルが上陸』してるぞ、お前」

「……」

なんの偶然か、アリスが顔を出したところには先程クロが浮かべていた黄色いアヒルがいて、いまはアリスの頭の上にちょこんと乗っている。

そのことを指摘すると、アリスは無言で頭からアヒルを取り除き、再び鼻から下を湯の中に沈めた。どうやら恥ずかしかったらしい。

いまいるメンバーの中では、ある意味新鮮とも言えるアリスの反応に、思わず苦笑を浮かべていると……。

「よいしょっ」

「なぁっ⁉」

湯船の中で伸ばしていた俺の脚の上に、クロが当たり前のように乗っかってきた。

なにしてんのクロ⁉　いや、確かに最近俺の膝に乗ることが多くなってたけど……服着た状態で乗るのと、裸で乗るのだと破壊力が違うんだと何度……ああ、や、柔らかい……じゃなくて⁉

「えへへ、カイトくんといっしょ～」

「ク、クロ、お、降り……」

「……ずるい……私も……」

「アイシスさん⁉」

とにかくクロを膝から降ろそうと、猪口を持っていない手をクロの方へ動かしかけたが、それより早くその手はアイシスさんに掴まれた。

そのままアイシスさんは俺の腕に抱きついてきて、その柔らかくスベスベの体がピッタリと腕に密着する。
ヤ、ヤバい⁉　せっかく少し落ち着きかけてたのに、またこんな……しかも反対側にはアインさんがいて、動けるスペースがまったくない。
沸騰しそうな頭で、もがくように体を少し動かしたが……それは更なる事態を引き起こす。

「ひゃぅっ⁉」

「え？　あっ、ご、ごめん⁉」

「カカ、カイトさん⁉　な、なんてとこを……わ、私をどこまで辱める気なんすか！」

「い、いや、ワザとじゃなくて……」

動かした足が、なにやらプニッと柔らかいものに触れ、その直後アリスがビクッと体を動かした。

足の位置、アリスの反応と言葉、つまり俺の足がいま触れたのは……い、いや、駄目だ！　考えるな⁉

無だ！　心を無に……。

「うん？　あっ、もしかして、シャルティアも乗りたいの？」

「へ？　クロさん？　な、なにを……」

「大丈夫。カイトくんの足長いし、ちゃんとスペースあるよ……ほいっ」

「みゃぁぁぁ⁉　ク、クロさん⁉　離してください。駄目、駄目で……」

クロの言葉と共に、足に触れる柔らかい感触が増える。ヤバい、ヤバい……。

「……むむっ、シャルティア……もしかして、ボクより胸が大きいんじゃ……」

「ひゃぁっ⁉ ど、どこ触ってるんすか、クロさん！ だ、駄目、んぁっ……まっ……」

足の上で繰り広げられる痴態。削られていく精神……誰か、助けて……。

＊＊＊＊

温泉によるものか、それとも別の原因があるのか、火照った体で脱衣所の長椅子に座り深く息を吐く。

浴衣との隙間を通る空気が、熱い体をゆっくりと冷やしてくれて、なんだか心地いい。

しかし、まぁ、本当に……長く、そして苦しい戦いだった。何度諦めようと思ったことか……それでも俺は成し遂げた。乗り越えた。

アリスじゃないけど風呂がトラウマになりそうだ。なんでこう、俺は風呂でのハプニングに縁があるんだか……この世界に来たばかりのころに、ラッキースケベなんてない、なんて考えてたのが懐かしい。

そんなことを考えながらぼんやりとしていると、俺の目の前に牛乳の入った瓶が差し出された。

「カイトさん、冷たい牛乳なんていかがっすか？」

「……ありがとう。クロたちは？」

「あぁ、なんでも『花火』するみたいで、先に準備してくるって移動しましたよ。私がカイトさんのお迎え担当です」

「……そっか……あぁ、美味い」

「やっぱり風呂上がりにはコレっすね」

どうやらクロやアイシスさんは、皆で宿泊ということにテンションが上がりまくっているみたいで、花火の用意に向かったらしい。

俺を迎えに来たアリスは、浴衣にいつもの仮面を被っており、なんとなくアンバランスな見た目になっている。

そんなアリスは、迎えだというわりには、どこからともなく俺のと同じ牛乳を取り出し、俺のすぐ隣に座った。

「……ぷは～。まぁ、ヤングなカイトさんはお疲れみたいですし、一息ついてから行きましょう」

「そうだな。確かにちょっと一息つきたい気分だ」

風呂上がりということもあるのだろうが、なんとなくしんみりというか、落ち着いた空気が流れる。

アリスはそれ以上なにも言わないまま牛乳を飲み、しばらく経ってから、ポツリと呟いた。

「……カイトさん。ひとつ、どうしてもわからないことがあるんで、聞いてもいいですか？」

「うん？　アリスにわからないことがあるなんて、珍しいな」

「そりゃ私だって、知らないことはありますよ。人の心の深奥は……覗こうと思わないと覗けませんしね」

「やろうと思えば、覗けるのかよ……」

「あはは」

「……それで？」

「あ～いや、別に大したことじゃないんすけどね」

そう前置きをしたあと、アリスは俺の方に視線を向けてゆっくりと言葉を紡ぐ。

「……カイトさんは、なんで『我慢』するんすか？」

「へ？　なにが？」

「いや、まぁ、そういう行為に関してです。クロさんと私はしばらく待って欲しいって自分から言いましたし、アイシスさんは純粋な方ですから、かえって踏み込みにくいってのもわかります。アインさんにいたっては恋人でもないですしね」

「……うん」

「……リリア公爵に関しても、あの性格なので理解できますが……ジークさんはどうなんすか？」

アリスが聞きたいことは理解できる。なぜ俺はいまだに誰とも肉体関係を持ってないのかと、そういうことだろう。

「いや、まぁ、それに関してはカイトさんにも心の準備とかあるでしょうし、苦言とかを言うつもりではないんですけど……単純に、なんでなのかなぁ～って思いましてね」

「……なんで、か……」

「まぁ、いまさら隠すことでもないですし、言いますけど……私はカイトさんが時々こっそり自分で処理してるのも知ってます。ああ、もちろんそういう状況になったら、見えない場所に移動してますけどね」

「……ほんと、いまさらだけど……どこいった俺のプライバシー……」

本来なら赤面ものの話題であり、頭を抱えていたかもしれないが……いまのアリスの真剣な雰囲気がそうさせてくれない。

アリスは俺をからかう気などは一切なく、あくまで純粋な興味からの質問みたいだ。

「……まぁ、それで、ですね。言い方は悪いですけど、ジークさんて条件的に丁度いい方じゃないですか？　性格的にカイトさんが求めれば受け入れてくれるでしょうし、年齢的にも……私みたいに数万年も処女拗らせてないです」

「……むぅ」

「ひとつ屋根の下に住んでて、ペットの世話とかで会話も多い。エルフ族はクロさんやアイシスさんと違って、種の保存に起因した性欲もちゃんとあります」

「……」

まぁ、確かにそう言われればジークさんは、完璧に条件が整っていると言ってもいいかもしれない。実際ジークさんは優しい年上の女性って感じだし、そういう意味でも俺にはもったいないほどできた恋人だ。

それでも、手を出していない理由か……。

「……あっ、いや、答えにくいなら別に……」

「アリスは知ってるよな？　俺がもとの世界に一度帰ったあとで、こっちの世界に戻ってこようとしてるって」

「ええ、カイトさんから直接聞きもしましたしね」

「……うん。帰る目的は単純だよ。もとの世界でお世話になった人たちに別れを告げたい。それだけ……だけど、それは俺にとって凄く重要なことなんだ。それをちゃんと行って初めて、俺は『この世界で生きていく』って胸を張って言えると思う」

「……ケジメってやつっすかね。それが終わるまでは……って感じですか？」

「……ああ」

……ごめん、アリス。俺はいま嘘をついた。

いや、嘘というのは違うかもしれない……俺を引き取って育ててくれたおじさんやおばさんは、俺にとってかけがえのない恩人だ。

クロたちと、そういう……いま以上に深い関係になる前に、ちゃんと自分の心に区切りをつけたいっていうのは本心だ。

だけど、意図的に話していない部分がある。俺がいま抱えている一番の不安要素を……。

俺はまだ誰にも話していない。以前神界を訪れた際にシロさんから告げられた言葉。シロさんは俺のひとつの物語での『ラスボス』だと、自分を例えた。そして、俺に最後の試練を与えると……自分に勝ってみろと、そう言った。

俺はあの時のシロさんの言葉で、ひとつだけ違和感を覚えた部分があった。

シロさんは俺が試練を乗り越えられなかった場合、俺が選べる選択肢は他の異世界人と同じ……残るか、戻るかのどちらかだけだと言った。

それに関しては、嘘ではないだろう……しかし『本当にそれだけ』なんだろうか？

試練という言い方ではあったが、なんとなく俺はその試練がシロさんとの勝負なのではないかと感じている。

俺が求めるのは、一度もとの世界に帰ってからこの世界に戻ってくるという……過去前例がない行為だ。

もし、試練がシロさんとの勝負という予感が正しかった場合……負けた時に『俺が失うもの』はなんだ？

考えすぎ、なのかもしれない。いや、むしろ、シロさんは本当に単純に試練を課すだけで、俺に対価は求めない可能性が高いだろう。

しかし、どうしても気になってしまう。あの時、シロさんが『俺の価値を示してみせろ』と告げたさいの、挑戦的な表情が……そして『多くを望むのであれば、相応の覚悟を持て』という言葉が……。

もし俺が、シロさんの求める価値の基準に達していなかったら、その時、シロさんは俺をどうするんだろう？

そしてもうひとつ、リグフォレシアから帰ったあとの様子のおかしいシロさんと、その時の諦めずに足掻いてみるという言葉……その真意はなんだろう？

わからないし、聞いたところでシロさんは答えてくれないだろうという確信もある。

まぁ、本当に俺の考え過ぎって可能性もあるんだけどな……。

「さて、クロたちが待ちくたびれちゃいけないし、移動しようか」

「……そうですね」

いまは、まだ誰にもこのことは話さない。直感にすぎないけど、シロさんが俺に与えてくる試練は……『俺自身で乗り越えなければいけないナニカ』だと思うから……。

長椅子から立ち上がり、アリスと並んで歩きはじめようとしたタイミングで、アリスに袖を引かれた。

「……アリス？」

「カイトさん、ほら、私、勇気が出るまで待っててくださいって言ったじゃないですか……」

「うん」

「私って、ほら、処女拗らせてますし……まだちょっと時間かかっちゃいそうなんですよね。けど、たぶん……『カイトさんがこの世界に帰ってくるころには、勇気が出せる』と思うんですよ」

「……」

「……だから、え～と……カイトさんがもとの世界でしっかり別れを告げて、こちらに帰ってきたら……その時は、連れて行ってくださいね。『ロマンチックな海辺の見えるコテージ』に……約束ですよ？」

「……ああ、約束する」

よく言われることだが、俺は嘘をつくのが下手らしい。だから、きっと……アリスは気付いている。俺がなにかを隠していることも、ソレが簡単な内容ではないことも……それを察した上で、彼女は待っていると言ってくれた。なんていうか、うん――惚れ直したよ。

湖のほとり、浴衣に身を包んだクロたちと、色とりどりの花火を楽しむ。

誰が用意したのかわからないが、もとの世界で見たような手持ち花火で、ご丁寧に線香花火、ロケット花火、ねずみ花火……そして安物感漂う打ち上げ花火まで用意してある充実ぶり。

「火、つけるよ～」

少し離れた場所に置いた打ち上げ花火にクロが火をつけ、少しすると小さいながら綺麗な花火が上がる。

……信じられるか？　ここ『室内』なんだぜ？　本当にどれだけ常識外れの広さなんだよ、ここ……。

「アイシスさんは、線香花火ですか？」

「……うん……これ……好き」

しゃがんだ状態で線香花火を手に持ち、微笑んでいるアイシスさんはとても絵になり、なんというか風情を感じる。

「ク、クロさん⁉　それは飛ぶやつで――うひゃぁっ⁉」

「あっ、ごめん！　大丈夫？」

「やってくれましたね、クロさん……喰らえ！　花火投擲！」

「よっ」

「あっ、ちょっ!?　打ち返さないでくださ――ひぎゃぁぁぁ!?」

「ご、ごめん……」

企画者でもあり一番楽しんでいるクロだが、どうやら彼女は花火に関しては中途半端にしか知らないようだ。

ロケット花火を手に持って火をつけ、アリスが飛んできたそれを回避していたりと……アイシスさんと違って、こっちは賑やかだ。

アインさんが用意してくれたスイカらしきものを食べながら、騒がしくも楽しいその光景を見て、俺は自然と笑みを浮かべた。

＊＊＊＊

楽しい花火はあっという間に終わり、俺たちは広すぎる寝室へと移動した。

しかしまだ寝るには少々早い時間で、これからどうするんだろう？　と思っていると、クロとアイシスさんとアリスが静かに睨み合いをはじめた。

「……ふたり共、準備はいいね？」

「……ええ、いつでもどうぞ」

「……かかって……こい……私が……勝つ」

睨み合う三人の間にはバチバチと火花が散り、緊迫した空気が伝わってくる。

え？　なにこれ？　なんで急に一触即発みたいな空気になってるの？　皆さっきまで楽しく花火してたのに……ま、不味い！　止めないと……。

「勝負は『ババ抜き』！　負けたひとりは『カイトくんの隣じゃ寝られない』……いいね！」

「……うん……勝負」

「ええ、勝たせてもらいますよ……って、あれ？　カイトさん、なに寝転んでるんすか？　まだ寝るのは早いですよ」

……違う、コレはずっこけたんだ。なにやってんのこの人たち⁉　ババ抜き？　それで「いざ決闘」みたいな空気出してたの⁉

というか、そもそも俺は両脇にふたり抱えて、真ん中で寝ること決定なの？

「それじゃあ、アイン！　カードを配って！」

「かしこまりました」

唖然とする俺だが、三人は真剣そのもので、アインさんに配られたカードを手に持ち、真剣な表情を浮かべる。

というか、ちょっと待って？　『俺にもカードが配られている』んだけど？　え？　俺も参加？

戸惑いつつ俺もカードを手に持つと、アリスがこちらを見て不敵な笑みを浮かべた。

「……ふふふ、カイトさん。いいことを教えてあげますよ。いかにカイトさんの運がよかろうと、

「この勝負……カイトさんの勝ちはありません。いえ、カイトさんだからこそ……勝てません」

「ど、どういうこと……」

「じゃあ、スタート！」

「お～い……クロ……」

　俺だからこそ勝てないババ抜きという言葉の意味を尋ねようとしたが、それより早くクロがスタートを宣言してしまった。

　ちなみに、カードを引く順番はクロ、アリス、アイシスさん、俺……まぁ、参加するからには真剣にやることにしよう。

　そう思ってババ抜きを始めたが、アリスが語った言葉の意味はすぐに理解することができた。

　アリスからカードを引いたアイシスさんは、わかりやす過ぎるほど落ち込んだ表情を浮かべた……あれ、絶対ジョーカー引いた。アイシスさん、わかりやす過ぎる。

　そして俺の番になり、俺がアイシスさんからカードを引こうとして、一枚のカードに手を伸ばすと……アイシスさんの顔がパァッと明るくなる。

　それを見てから別のカードに手を動かすと、いまにも泣き出しそうな表情に変わる。

　……アイシスさん。わかりやす過ぎる。というか、ババ抜き弱すぎる。もうジョーカーがどこにあるのかわかっちゃったよ。

　しかし、えっと、コレは……なるほど……無理だ。俺は勝てない。だって俺がババ以外を引くと、アイシスさんが泣きそうな顔になっちゃうわけだし……。

お、俺には、アイシスさんの涙と引き換えの勝利を掴む非情さはない。

ニヤニヤと笑うアリスに負けた気分を味わいつつ、俺はアイシスさんの表情が明るくなるカードを引いた。

……って、あれ？　ジョーカーじゃない？　なんで？　あんなにわかりやすかったのに……。

引いたカードはババどころか、俺の手持ちとペアになるカードであり、そのお陰で俺はあと二枚……次はクロが俺から引くから、実質的にリーチというわけだ。

俺が首を傾げていると、アリスも俺がババを引いたと思っていたのか、なにやら驚いた表情を浮かべていた。

もしかしてカードを勘違いしちゃったかな？　よし、今度こそ……。

再び俺に順番が回ってくると、俺は今度こそアイシスさんの表情をしっかり確かめ、明るい笑顔になるカードを引いた……すると、俺の手もとからカードがなくなった。つまり、あがりである……なんで？

その結果に首を傾げつつアイシスさんの方を見ると、アイシスさんはカードをテーブルに置いて、小さく拍手をしていた。

「……カイトが一番……凄い」

「……」

そうか、アイシスさんは『俺に一番になってほしかった』から、俺が『ババを引こうとすると』、悲しそうな表情を浮かべていたのか……。え？　なにこの人、天使なんじゃない？　いや確実に天使だよ。ものすっごく可愛いし……。

「……そ、そうきましたか……コ、コレは読めなかったっすね」

さすがにアイシスさんが俺を勝たせようとしているとは思っていなかったみたいで、アリスも苦笑を浮かべていた。

そしてそのあと、再開されたババ抜きでは、アイシスさんが怒涛の追い上げを見せた。そしてアレほど表情の変化がわかりやすく、ババ抜きが弱そうなアイシスさんは、次々にペアを揃え、残り二枚となった。

アイシスさんの手持ちはジョーカーとエース。次はアイシスさんが引く番なので、これでエースを揃えれば、アイシスさんはあがりである。

「あっ、アイシスさん。それじゃなくて右のカードがいいですよ」

「……うん……わかった」

「ちょっとぉ⁉　カイトさん、アイシスさんに指示出すの止めてくれませんか！　さっきからアイシスさんの引くカード、全部ペアになってるじゃないすか⁉　貴方の運はチートなんすから⁉」

……すまない、アリス。俺は、天使の笑顔を守りたいんだ。

俺の意思とは関係なく始まった、俺の隣で寝る人を選出するためのババ抜き勝負。

俺が一抜け、アイシスさんが二抜けして、クロとアリスの一騎打ちとなり……『一時間』が経過した。

いやいや⁉　なんで一枚と二枚の段階になって、一時間も勝負が続いてるの⁉　どっちもさっきからババ引いてばかりじゃん！

「……クロさん『因果律操作』止めてもらえませんか？　正々堂々と勝負しましょうよ」

「……シャルティアこそ、ボクが引いた瞬間に『絵柄だけ魔法で入れ替える』の止めてよ。終わらないじゃん」

「……」

「……」

なにやってんのコイツら⁉　ババ抜きにどれだけ本気出してんの⁉

真剣な表情で睨み合うクロとアリスは、そのまま互いに手札を持ったままで硬直した。

そして少しすると、時折パンッと空気が破裂するような音が響き始める。

「どちらも凄まじい速度でカードを引いてますね。いまの数秒で『千』は引いてます」

「……ほんとなにやってんのコイツら……」

アインさんの補足によると、現在のクロとアリスは俺には知覚できない速度でカードを引いているらしい。もはやババ抜きじゃねぇよ、それ……。

「……アインさん、これ、勝負つくんですか？」

「難しいですね。クロム様が本気を出せば、シャルティアが反応できない速度でカードを引くことは可能でしょうが……そうなった場合、対応術式を施していたとしても衝撃で『この部屋程度は消し飛びます』」

「……」

「周囲に影響がない程度の速度では、シャルティアは十分反応できますからね。どちらかのミスを待つとして……『十日』ほどあれば終わるかと」

「それ六王祭も終わっちゃいますからね⁉」

化け物同士のババ抜きがここまで凄まじいとは……まぁ、俺の気持ちとしては、もう一緒に寝ることへの抵抗は諦めたのでさっさと終わらせてほしい。

しかし、クロとアリスは真剣そのもので、どちらも手を緩める気は一切ないみたいだ。

「……仕方ない……カイトの隣で寝られるのは……ふたりだけ……とても……貴重」

「いや、そんなおおげさな……」

神妙な顔で告げるアイシスさんに、俺は溜息を吐きながら言葉を返す。

すると、アインさんがなにか考えるように顎に手を当て、少しして口を開いた。

「というより……いっそ『ひとりはカイト様の上で寝たら』よいのでは？　お二方なら体重程度いくらでも変化できるでしょうし……」

「……は？」

「「それだッ⁉」」

アインさんがとんでもないことを呟いた瞬間、クロとアリスは同時にこちらを向いて叫んだ。

いやいや、それだ⁉　じゃ、ないから！　それはどう考えても駄目なやつだからね⁉

両サイドをふたりに固められ、ひとりは上に乗る。いや、駄目だ。俺の理性的な問題で……。

「いや、それはさすがに……」

「いい手ですよ、クロさん！　それなら確かに、三人とも大丈夫です！」

「うんうん！　さすがアイン！」

「い、いや、だから……」

「……皆一緒……嬉しい」

「ア、アイシスさん……」

あっ、駄目だこれ。いままでの経験からわかる。押し切られて、流されるやつだ。

先程までの真剣な様子はどこへやら、大はしゃぎするクロとアリスを見ながら、俺は今日一番大きな溜息を吐いた。


そして就寝の時間……アインさんは眠らず扉の外で待機しているらしい。クロたちも普段は寝たりはしないらしいが、俺のいる時だけは一緒に寝るとのことだ。

ちなみにクロとアリスのババ抜き対決は、引き分けということで決着した。なにせ本気で争う理由がふたりともなくなったので、その流れで終了となった。

「う～ん。カイトくんの負担にならないように、体重を調整できるボクかシャルティアが上の方がいいよね？」

「そうっすね。ただ、私はさすがに上は恥ずかしいので……クロさんが上でいいですか？」

「うん！」

もうちょっと分厚い服ないかな？　浴衣はなぁ……生地薄いし隙間あるし、寝やすくはあるんだろうけど、この状況では最悪の服だ。

というか、全員固まって寝るんならこのベットのサイズはまったく意味なくないか？　いや、もうその辺を突っ込んだら負けの気がするが……駄目だ。思考が落ち着かない。

「……四人一緒……楽しい」

「ですね。私たちがクロさんのところからひとり立ちしてから、あまりこういう機会はなかったですしね……じゃあ、さっそく寝ましょう！」

色即是空、空即是色……無だ。俺はいま無になる。正直言葉の意味はよくわからないけど、なんとなく悟りの境地に向かっている気がする。

「……カイト？」

「だ、大丈夫です。寝ましょう」

心を空っぽにして、一切を空にするんだ……。

アイシスさんに促され、ベッドに仰向けになって寝転がる。

右にはアイシスさんが来て、俺の手を抱き、柔らかな体の感触が薄い布を隔てて伝わってくる。

煩悩退散、煩悩退散……。

左側にはアリスが寝転がり、アイシスさんと同じように俺の腕を抱く。小柄なアリスの体は俺の腕にピッタリと密着し、スベスベの肌の感触を余すことなく伝えてくる。

言い聞かせろ、心の中で己に言い聞かせるんだ！　俺は大丈夫、変な興奮とかしていない。耐えきれる、耐えきれる、耐えきれる……。

そして、最後にクロが仰向けに寝ている俺の上に乗っかってくる。体重を調整するという言葉の通り、クロの体は驚くほど軽く、重さはほとんど感じなかった。

しかし、重さは感じなくともクロの体の感触は伝わってくる。クロの顔が近く、鼻孔をくすぐるいい匂いが漂ってくるし、少しでも視線を体の方に向けると、浴衣の隙間からクロの胸が……あぁぁぁ⁉　やっぱ、駄目だ⁉　やばい、体中の血が沸騰しそう……。

三方向から感じる、それぞれ少しずつ違う感触。前を向いても美少女、横を向いても美少女……もう風呂から上がっているのに、のぼせてしまいそうだ。

なにより一番危険なのはクロ……先程から楽しそうな笑みを浮かべているが、ふとももがデンジャラスゾーンに掠ったりしており、大変危険な状況だ。

「えへへ、カイトくんのおっきいね」

止めて⁉　別の意味に聞こえるから止めて⁉　あと耳もとで甘い声出さないで……吐息かかってるから、ヤバいから！

「……カイト」

「……カイトさん」

さ、さらに挟撃で追加攻撃だと……完全に俺の理性を殺しにきてる⁉

な、なんとか精神を落ち着け……ちょっと、クロ⁉　『浴衣の隙間に手を入れるな』⁉　ど、どうしてこうなった……。

# エピローグ

カーテンの隙間から差し込む朝日に目を細める。なんで塔の中なのに夜や朝があるのか疑問ではあるが、そのあたりはチート集団なのでなんとでもなるだろう。

天国だった……いや、地獄だった？　わからない……ただ、確かなのは、俺は一睡もせずに六王祭の日を迎えたということ……。

いや、正直三人が寝たら、寝返りとかで解放されてある程度の自由が戻ってくるんじゃないかと思ってたけど……甘かった。

クロは寝返りひとつせず俺の上で可愛らしい寝息を立てており、アイシスさんも同様に寝返りをしなかった。アリスは時々していたけど、俺の手だけは断固として離さなかった。

結果として、俺は長く苦しい理性との戦いを強いられることになり、結局一睡もできなかった。

しかし、しかしである。ようやく、朝が来た……これでやっとこの天国のような地獄から解放される。

そんなことを考えていると、初めに目を覚ましたのはクロだった。

「……うみゅ」

「お、おはよう、ク――はっ⁉」

可愛らしい声と共にうっすらと目を開くクロに、俺は完全に油断していたのか『過去の出来事を忘れて』、反射的に声をかけてしまった。

するとクロは半開きでトロンとした目をこちらに向け、口もとに笑みを作る。

「あ～カイトくんだ～」

確か、クロの寝起きは……ヤバい⁉　に、逃げ――られない⁉

かつての記憶が頭に蘇り咄嗟に逃げようとするが、俺の両腕はアイシスさんとアリスに捕縛されており、逃げ道はない。

そして慌てる俺の前で、クロの手が真っ直ぐ俺の顔に伸ばされ、両頬をしっかり固定する。

「カイトくん～しゅきぃ～ちゅぅ」

「んんっ⁉」

甘えるような声と共に、躊躇なく押し当てられる唇。柔らかく甘い感触を味わう間もなく、唾液をたっぷりと纏ったクロの舌が容赦なく俺の唇をこじ開け、口内に侵入してくる。

「ちゅっ……んぁ……んん……ちゅぱっ、ちゅっ……」

「～～⁉⁉」

口内すべてを塗りつぶすように縦横無尽に動く舌は、すぐに俺の舌を発見し、それを搦め捕りながら水音を響かせる。

意識が飛びそうなほどに濃厚なキスは、そのまま数分続き……いよいよ気を失いそうなタイミングで、クロの口が離れた。

クロはボーッとした表情で俺を見つめていたが、少ししてその目に光が宿る。

「……んん？　あれ？　カイトくん、おはよ～」

「……お、おは……よう……」

もう無理、意識飛ぶ……前より凄かった。


徹夜からの寝ぼけクロにより、起きて早々激しく疲労した俺は、朝食前にこっそり世界樹の果実をひとつ食べた。

コレで疲れは取れるんだけど、眠気とか精神的な疲労はどうにもならない。開始から不安だらけだよ六王祭。

そして、まだかなり早い時間ではあるが、主催者のクロたちは準備があるみたいなので、早目に朝食を食べることになった。

アインさんが用意してくれた朝食は……なんと、味噌汁、白米とたくあん、だし巻き卵に焼き魚と純和風……パーフェクトである。

「……って、俺は和食で嬉しいけど、クロたちは大丈夫なの？」

この世界では米はあまりポピュラーではなく、リリアさんたちのように「朝食にご飯はちょっと……」と言う人も多い。なのでクロたちは大丈夫かと思って尋ねてみた。

「うん？　ボクは『いつも通り』のご飯だよ？」

「え？　そうなの？」

「うん、うちにはノインがいるからね～朝食はいつもご飯だよ」

「ああ、なるほど……」

クロは大の和食党であるノインさんの影響もあってか、日本食は食べ慣れているみたいで、慣れた様子で箸を使いながら食べていた。

「……私は……普段食事しないから……どっちでも」

アイシスさんは基本的にほとんど食事はしないみたいなので、パンや米といった拘りはない感じだ。

「私は……」

「お前には聞いてない」

「え？　ちょっ⁉」

アリスに関しては初めからなんの心配もしてない。だってコイツなんでも喰うし、焼肉屋ではガンガンご飯食べていたし……。

そんな感じにアリスをあしらうと、アリスはなぜかニヤリと笑みを浮かべる。

「ふふふ、そんな態度をとれるのもいまのうちですよ……いまに、カイトさんは『さすがアリス！』と、私を称えるでしょう」

「なにを馬鹿な……」

「まぁ、とりあえずこちらを……」

「なっ⁉　なにぃ……ま、まさかこれは……」

「イエス『アリスちゃん特製海苔の佃煮』です！」

ば、馬鹿な……ここで俺の個人的なご飯のお供ランキングトップである海苔の佃煮だと⁉　こ、こいつ……な、なんてやつだ。

差し出された佃煮に驚愕しつつ、箸を伸ばして食べてみると……しそ風味でさっぱりとした海苔の風味が口の中に広がり、ご飯をかきこむとその美味さが一層引き立った。

「……う、うぐぅ……さ、さすがアリス……」

「ふふふ、でしょう！」

悔しいがコレは完全に一本取られた。しかも、凄く美味い。

アリスが宣言した通りの発言をしてしまった悔しさはあるが、それ以上にこの佃煮の感動が大きい。

「しかし、凄く美味いよこの佃煮。なぁ、アリ……ス？」

感動を胸に抱きつつ、アリスの方を振り返ると……アリスは胸もとに一枚の紙を持って、満面の笑みを浮かべていた。

その紙には『アリスちゃん特製海苔の佃煮五種詰め合わせ　金貨一枚。海苔セット　銀貨五枚』と書かれている。

しまった……コレは『罠』か⁉　あえて最初の一口を無料で提供することにより、その美味しさを実感させ、財布の紐が緩むように誘導する。なんて効率的な作戦だ。

「……四つずつくれ」

「まいどあり～」

完全敗北ではあるが、葵ちゃんや陽菜ちゃんにも食べさせてあげたいので、ここは潔く購入しておくことにした。

いやはや、本当にどんどん商売が上手くなるな……対俺限定で……。

「ねぇ、シャルティア。それボクにもひとつ買わせて」

「へ？　ええ、構いませんよ」

「ありがと～」

アリスにお金を払いセットを受け取ってマジックボックスにしまっていると、食事の手を止めたクロが自分にも売って欲しいと告げる。

「……なぁ、クロ。いちおう聞くんだけど、それなにに使うの？」

「え？　新作のベビーカステラに……」

さて、どうするべきか？　海苔入りベビーカステラ……どうなんだ？　わからない。味の想像ができない。

ただ、甘い生地とはあまり合いそうにない気がするから、そこは加減して欲しいものだ。

「あっ、大丈夫だよ！　ちゃんとカイトくんに『一番先に食べさせてあげる』からね！」

「……そ、そっか……」

気のせいだよね？　いまの発言は純粋な好意からだよね？　なんか実験台になれって聞こえたんだけど……気のせいだよね⁉

なんというかこれからいよいよ六王祭が始まるというのに、このいつも通りな感じ……まぁ、クロらしいと言えばらしいのかもしれない。

（第十二巻　了）

## Special
# キャラクターデザイン大公開

『勇者召喚に巻き込まれたけど、異世界は平和でした 12』に
登場する主な新キャラクターを、
おちゃう氏によるデザイン画とともにご紹介！

Illustration：おちゃう

アリスの着ぐるみ

# フレアベル・ニーズベルト

ワイバーン特殊個体。竜王配下幹部四大魔竜の一角にして、竜王配下最強の存在。四大魔竜唯一の小型種。向上心の塊のような性格で、挑戦や鍛錬を好む。

イルネス
【極星】
奥義【極星】によって変化したイルネス。髪と角が伸び、瞳は赤い光を放って空中に尾を引く。白い雷のような魔力が身体から迸っている。

## フュンフ
## 【冥王の手】

『フィーアただひとりを守る』ため創り上げた魔法によって変化したフュンフ。魔力が漆黒の炎のように右腕を黒く燃え上がらせ、右目を黒く染め上げる。

# あとがき

　このたびは『勇者召喚に巻き込まれたけど、異世界は平和でした』の第十二巻を手に取っていただき、本当にありがとうございます。

　今回でいよいよ中盤の山場ともいえる魔王フィーアに関する話がひと段落した感じですね。次の長編というかシリーズ的な話は、前々から予告されていた六王祭となります。

　リグフォレシアの三倍以上の日数ですし、六王全員分のお祭りを回る形になるので、最長になるような気がします。というか、確実になります。

　実際ＷＥＢ版でも、六王祭はエピソード的には最長で、新規に登場するキャラも圧倒的に多いです。ＷＥＢ版であれば、オズマやイルネスは六王祭編で初登場となったキャラクターだったりします。

　というか、六王祭で新規に出るキャラが多いのである程度小出しにしておこうと、書籍版では登場を早めて出してると言ってもいいかもしれません。

　さて、六王祭の話はこの辺にしておいて今回の巻のお話に触れさせていただこうと思います。今回の巻で新規に登場したキャラ、竜王配下幹部四大魔竜の一角、フレアベル・ニーズベルト。このキャラも早めの登場となるキャラです。

　魔界では弱い方であり、実際にクロなども弱い魔物と口にしていたワイバーンの特殊個体であり、弱者から強者に成り上がった存在でもあります。

作中での説明こそなかったものの、竜王配下において最強の存在であり、その実力は配下筆頭のファフニルを大きく上回ります。

ではなぜニーズベルトが配下筆頭ではないのかというと、筆頭はあくまで配下のまとめ役なので戦闘力以外も総合して選ばれているので、筆頭＝最強の配下というわけでは無かったりします。

他の陣営を説明すると、冥王陣営は配下という括りでは無いですが、他で言うところの筆頭ポジションはアインなので、ここは筆頭が最強であるパターンですね。

幻王陣営も同じく筆頭であるパンドラが配下最強である陣営です。

戦王配下は今回の巻の後半でチラッとでたアグニが筆頭ですが、配下最強はオズマです。

界王配下は筆頭はリーリエですが、配下最強は草華姫カミリアと呼ばれる存在です。このキャラもまた後々登場するかと思います……いつかは、まだ考えていませんが……。

そして、これも本当に先の先、ＷＥＢ版の軽いネタバレではありますが……死王配下に関しては、筆頭配下＝最強の配下という形になります。

まぁ、そんな感じで六王幹部はまだまだ数がいますので、今後徐々に登場してくるような形になるかと思います。

とまぁ、そんな感じで今回のあとがきでのお話は終わらさせていただこうと思います。

改めまして、ここまで読んでくださいましてありがとうございます。また次の巻のあとがきにてお会いできたら嬉しいです。

灯台

# 勇者召喚に巻き込まれたけど、<br>異世界は平和でした 12

2021 年 10 月 14 日 初版発行

---

【著　　者】灯台

【イラスト】おちゃう
【編集】株式会社 桜雲社／新紀元社編集部
【デザイン・DTP】株式会社明昌堂

【発行者】福本皇祐
【発行所】株式会社新紀元社
〒 101-0054　東京都千代田区神田錦町 1-7　錦町一丁目ビル 2F
TEL 03-3219-0921 ／ FAX 03-3219-0922
http://www.shinkigensha.co.jp/
郵便振替　00110-4-27618

【印刷・製本】株式会社リーブルテック

---

ISBN978-4-7753-1958-1



---

※本書は、「小説家になろう」（http://syosetu.com/）に掲載されていたものを、改稿のうえ書籍化したものです。